傭兵の男が女神と呼ばれる世界

Characters
登場人物紹介
尾上雄一郎
-Yuichirou Ogami-
37歳の傭兵。
異世界に飛ばされ、
その世界で
「女神」と呼ばれる。
テメレア
-Temeraire-
異世界の神によって選ばれた
女神である雄一郎に
仕え捧げる者。
ノア
-Noah-
雄一郎が飛ばされた
世界の【正しき王】。
王位を狙う兄二人に
内乱を起こされる。

チェト
-Tyet-
ノアが治める国の軍人（小隊長）弓の名手。
ベルズ
-Bells-
ノアが治める国の軍人（小隊長）槍の名手。
ヤマ
-Yama-
ノアが治める国の軍人（小隊長）剣の名手。
ゴート
-Goat-
ノアが治める国の軍人。雄一郎の副官となる。

目次

傭兵の男が女神と呼ばれる世界

第一章　地獄はどこも同じ

　頭上を銃弾が掠《かす》めていくのが、風を切る音で解る。まるで、よく研いだカミソリで空気を切り裂いていくような、細く鋭い音だ。銃弾が飛んでいった方角から考えるに、敵がアンブッシュしている位置は、雄一郎《ゆういちろう》から見て十時の方向だろう。

　大木の陰から構えていたＡＫ47を、十時の方向へ向けて引き金を絞る。パパパと短い破裂音が鳴って、銃口から小さな火花が散るのが見えた。同時にジャングルの向こうから飛んでくる銃撃がわずかに減った。一人ぐらいは仕留められただろうか。

「ユーイチロー、無事か」

　その時、ぬかるんだ泥の中を匍匐《ほふく》前進で這《は》いずりながら、オズワルドが足下まで近付いてきた。元から褐色《かっしょく》の肌が泥のせいで余計に黒く見える。

　オズワルドも雄一郎と同じ、フリーの傭兵だ。この戦場で出会ったのはつい一週間前だというのに、元来人懐こい性格なのか、雄一郎には随分と砕けた口を利くようになっている。初対面の時に右手を差し出して「オズと呼んでくれ、ユーイチロー」と屈託《くったく》のない笑みを向けてきたのを思い出す。その若々しい目元や口元を見ると、今年、三十七歳になった雄一郎よりもずっと年下なのかもしれない。

「無事だ。味方の損害は」

「新兵が二人やられた。片方は頭を撃たれて即死。もう片方は腹をやられて、のたうち回ってるところだ」

「腹を撃たれたって銃は持てるだろ。死ぬまでは戦わせろ」

淡々とした雄一郎の言葉に、オズが口笛を吹こうとするみたいに唇を軽く尖《とが》らせた。だが、その唇から音は漏《も》れない。その代わりに、小さな問い掛けの声が聞こえてくる。

「敵の数は把握したか？」

「四から六人程度。茂みに隠れて、こっちを狙い撃ちしている。このまま撃ち続けたんじゃ、お互いの弾切れを待つだけだな」

「一度後退するか」

「後退したところで、結局はこいつらを潰さないと他に道はない」

一週間もこのクソ暑くてジメジメとしたジャングルを歩き回ってきたのに、今更逃げかえるなんて冗談じゃなかった。任務を完遂《かんすい》できなければ報酬も支払われない。この不快極まりない一週間がタダ働きになるのだけは耐えられなかった。

オズに右手を差し出す。

「手榴弾《しゅりゅうだん》を持っていただろう。一つくれよ」

「転がすには遮蔽物《しゃへいぶつ》が多すぎるぞ」

「解っている」

そう言いつつも手を下げようとはしない雄一郎に、オズが溜息《ためいき》を漏《も》らして手榴弾《しゅりゅうだん》を一つ手のひらへ載せてくる。受け取るなり、雄一郎は手榴弾《しゅりゅうだん》のピンを引き抜いた。頭の中でカウントを始める。

残り二秒になった瞬間、振りかぶって、全力で放り投げた。

手榴弾《しゅりゅうだん》は敵陣の真上に達し、激しい爆音を鳴らす。同時に鈍い断末魔の声が聞こえてきた。敵兵の身体には、頭上から降り注ぐ金属片が突き刺さっていることだろう。

オズが今度こそ小さく口笛を吹く。

「空中爆発か。エグいことをするな」

「死に方が安らかだろうがエグかろうが、死ぬのは一緒だ」

握っていた手榴弾《しゅりゅうだん》のピンを地面へ放り投げながら呟《つぶや》く。すでに敵陣からの銃弾は止まっている。全員死んだか、死んだフリをしているか。

手元の時計に視線を落とした。五分待つ。その後、敵兵の生死確認に向かうことにする。

まるで機械のような雄一郎の動作を見て、オズが苦い笑みを滲《にじ》ませた。

「あんただけは敵に回したくないね」

ちらと視線を向けると、オズは肩を竦《すく》めた。

「時々いるんだ。あんたみたいに生き死にの区別が曖昧《あいまい》になっちゃってる奴。そういう奴は大抵ロクな死に方をしない」

予言めいた言葉に、雄一郎は露骨に眉を顰《ひそ》めた。

「俺だって生き物と死体の区別ぐらいつく」

「そういう意味じゃないよ」

「じゃあ、どういう意味だ」

「ただ、呼吸をしているだけが生きてるってことではないって意味さ」

ますます訳が解らない。威嚇《いかく》する犬のように雄一郎が鼻梁《びりょう》に皺《しわ》を寄せると、オズはその口元に人懐こい笑みを浮かべた。その快活な笑みに、人を殺して金を稼ぐ者の卑《いや》しさは見えない。

「お前は何で傭兵なんかをしてるんだ？」

問い掛けると、オズは咽喉《のど》の奥で、くく、と小さく笑った。

「僕の方こそ聞きたいよ。あんたこそ、どうして傭兵をしてる？」

「決まってるだろ。金のためだ」

「金のために命を捨てられるのか？」

不躾《ぶしつけ》にもとれるオズの返しに、雄一郎は顔を歪《ゆが》めた。

「俺は金のために生きて、金のために死ぬ」

極端かつ攻撃的に言い放つ。呆《あき》れるかと思いきや、オズは口元に柔らかな笑みを浮かべた。まるで幼い子供を見つめるような、慈愛に満ちた眼差《まなざ》しだ。

「なぁ、金は美味《うま》いか」

「何？」

「金は美しいか」

「お前の言っていることは意味が解らん」

雄一郎が呆《あき》れ気味に見やると、オズは子供みたいに唇を尖《とが》らせた。

「自分の富に依《よ》り頼む者、その者は倒れる、と聖人も言っている」

「お前は宗教家か」

「いいや。でも、聖書は面白い。エログロバイオレンス三拍子揃った最強のエンターテイメント小説だ。あんたに貸してやるよ」

「俺には要らんよ」

首を左右に振る。だが、オズは雄一郎に目を向けることもなく、自身のバックパックから古びた聖書を取り出した。

赤い表紙は擦り切れていて、それが何度も読み返されていることをうかがわせる。オズは、有無《うむ》をいわさず古びた聖書を雄一郎のバックパックにねじ込んだ。そうして、眩《まぶ》しいくらい白い歯を剥《む》き出《だ》しにして笑う。

「いつか、あんたの役に立つさ」

死んだら役には立たんだろ、と思わず言いそうになった。その言葉を咽喉《のど》の奥に呑み込んで、雄一郎は再び時計へ視線を落とした。五分経った。

遮蔽物《しゃへいぶつ》に身を隠しながら、オズと二人で音の消えた敵陣へ向かう。

敵陣に近付くほど、噎《む》せ返《かえ》るような血臭が漂《ただよ》ってくる。草の陰から覗き込むと、五人の男が血を流して倒れているのが視界に入った。そのうちの一人には銃創《じゅうそう》が見て取れる。

「全員死んでるか」

オズが小声で囁《ささや》き掛けてくる。その声に緩く目線を向けて、雄一郎は唇に人差し指を押し当てた。その仕草を見て、オズが上半身を屈《かが》めた格好で倒れた敵兵に近付いていく。雄一郎も、オズの斜め後ろに続いた。

オズが銃口を向けたまま、うつ伏せに倒れた敵兵を仰《あお》向《む》けに転がしていく。二人目の時だった。

オズが突然、大声で叫んだ。

「逃げろ、ユーイチロー！」

叫び声に視線を向けると、仰《あお》向《む》けになった敵兵がピンの抜かれた手榴弾《しゅりゅうだん》を胸に抱いているのが見えた。血に濡れた敵兵の唇には、紛れもない笑みが滲《にじ》んでいる。

オズが手榴弾《しゅりゅうだん》の上に覆《おお》い被《かぶ》さる。そうして次の瞬間、鈍い爆音と共に光の矢が眼球を貫《つらぬ》いた。

爆発の衝撃が全身を通り抜ける。背骨が大木に叩《たた》き付けられて、目蓋《まぶた》の裏が真っ暗になった。

＊＊＊

砲弾が地面を抉《えぐ》る音で目が覚めた。

薄く目蓋《まぶた》を開くと、自分にしがみ付いている小さな身体が見える。まだ十代前半だろう、髪も肌も真珠のように真っ白な少年だ。勿論《もちろん》、雄一郎の知り合いではない。

仰《あお》向《む》けに倒れたまま、数度瞬《またた》く。耳鳴りと頭痛がひどい。雄一郎は頭を動かさず、視線だけを周囲に巡らせた。狭く、薄暗い場所だ。洞窟か、防空壕か。

「どいて、くれ」

胸にしがみ付いて震えている少年へ、掠《かす》れた声で言う。すると、少年は驚いたように顔を上げた。雄一郎を見つめる瞳は、目が覚めるような鮮やかな青色をしている。

上半身を起こした雄一郎は、背骨に痺《しび》れるような鈍痛が走るのを感じた。全身が血にまみれている。おそらくオズの血だろう。予想はしていたが、周囲にオズの姿はない。

「ここはどこだ」

小さく言葉を漏《も》らす。雄一郎の周囲には、少年の他に一人の男がうずくまっていた。その男も少年と同じく、真っ白な髪と肌をしている。男は、まるで神に祈るかのように雄一郎に向かって両手を組み合わせたまま、理解できない言語をブツブツと呟《つぶや》いていた。

仕方なく少年の両肩を掴んで、その顔を覗き込む。

「ここはどこだ。誰から攻撃を受けている」

どうしてだか少年は、敵意を滲《にじ》ませた眼差《まなざ》しで雄一郎を睨《にら》み付《つ》けていた。少年の唇が動く。

「――o――……ena――」

「何？」

「――お――えなん――」

最初は聞き取ることすらできなかった言語が、頭の中で自動的に組み直されていく。形すら解らなかったパズルが一つずつ嵌《は》まっていくような感覚だった。

「お前なんか――」

砲撃の音が近い。

「お前なんか女神じゃない」

言葉が頭の奥で結ばれた瞬間、雄一郎の口元に引《ひ》き攣《つ》った笑いが滲《にじ》んだ。

三十七歳のおっさんが女神であってたまるか。


「――何の冗談か解らんが、今はつまらん話に付き合ってる暇はない」

相変わらず敵意をこめた眼差《まなざ》しを向けてくる少年から視線を外して、雄一郎は砲撃の音の方向へ顔を向けた。

今いる場所は洞窟だろう。感じる振動からして、おそらくそれほど深くはない地下。暗闇でも薄《うっす》らと周囲が視認できるのは、岩壁自体が淡く光を発しているおかげだ。特殊な素材なのか、こんな光を発する岩は今まで見たことがない。

「ここはどこだ。誰か現在位置を教えてくれ」

鈍痛を堪《こら》えながら、ゆっくりと立ち上がる。

繰り返される雄一郎の問い掛けに、念仏のごとき呪文を唱えていた男が顔を上げた。一瞬、男か女か判断できないほど中性的な顔立ちで、真っ白な髪が腰まで伸びている。まだ若い。

雄一郎の顔を見た瞬間、中性的な青年はハッと息を呑み、かすかに目線を逸《そ》らした。まるで、何かを恥じるような仕草だ。顔を逸《そ》らしたまま、青年が薄く唇を開く。

「ここはアム・ウォレスから南西に千ロートほど離れた地下神殿です」

「アム・ウォレス？　ロート？」

初めて聞く地名と単位に、無意識に眉間《みけん》に皺《しわ》が寄る。訝《いぶか》しげな雄一郎の視線に気付いたのか、青年は口早に続けた。

「アム・ウォレスは、我らの国、ジュエルドの首都にあたります。ロートとは、成人男性が両手を左右に広げた時の一方の指先からもう一方の指先までの長さです」

なら、大体一ロートが二メートルと言うことか。だが、理解できたことよりも、理解できなかったことの方が多い。

「ジュエルドなんていう国は聞いたことがない」

「それは貴方様がいた世界と、この世界が異なる場所だからです」

ますますもっと意味が解らない。

まるで脳味噌に霧《きり》でもかかっているように思考が回らなくなる。どういうことかと問いただそうと口を開き掛けた瞬間、砲弾が近い場所に着弾したのか、爆音と共に天井が崩れて、岩の破片がパラパラと降ってきた。

少年が短い悲鳴を上げて、雄一郎の腰にしがみ付いてくる。

「僕達みんな、兄さんに殺されるんだ！」

ヒステリックな叫び声が鼓膜に突き刺さる。雄一郎は、少年の胸倉を掴んで無理やり引きずり立たせた。その雑な扱いを見て、狼狽《ろうばい》したように青年が立ち上がる。

「攻撃しているのはお前の兄か」

青年に構わず、雄一郎は少年の目を見据《みす》えて問い掛けた。かすかに涙ぐんだまま、少年が小さく頷《うなず》く。

「交渉の余地はあるか。砲撃は止められるか」

「む、無理だ。兄さん達は、ぼ、僕を殺したくて仕方ないんだ」

「なら、お前の死体を差し出せば攻撃は止まるか」

雄一郎の冷血な問いに、少年の顔が見る見るうちに青ざめていく。死人のように真っ青になった少年の頬を雄一郎が眺めていると、青年が上擦《うわず》った声をあげた。

「ノア様を差し出しても、貴方は助かりません」

どうやら少年の名前はノアというらしい。

「なぜだ。俺はお前らとは一切関係のない他人だ」

「貴方は、我々に勝利をもたらすために現れた女神です。兄上様がたが今この地下神殿を攻撃しているのも、女神を亡き者にしようとしてだと思われます」

聞こえてきた女神という単語に、再び失笑が零《こぼ》れた。

「俺はただの三十七歳のおっさんだ。こんなのが女神だなんてブラックジョークにも程《ほど》がある」

「今はまだ理解できないかもしれません。ですが、貴方は紛れもなく我々の、この国の女神です。今は、この砲撃が貴方の命をも狙うものであることをご理解ください」

淡々とした青年の言葉に、こちらを欺《あざむ》いてやろうという悪意は感じられない。雄一郎は少年の胸倉から手を離して、青年に向き直った。

「向こうの砲弾が切れることは考えられるか」

「無理でしょう。兄上様がたの軍勢には隣国のゴルダールが付いています。物資は腐るほどあります」

「救援は望めるか」

「期待はできません。救援が来るとしても、四エイトは掛かるかと」

一エイトは一日を五十分割したものだとも、簡潔に教えられる。

つまり、大体三十分くらいか。四エイトであれば、二時間ということになる。この洞窟が砲撃の嵐を二時間も耐えられるとは思えなかった。

雄一郎は、改めて辺りを見渡した。

「出口は一ヶ所か」

「いいえ、地下神殿の奥の泉にもう一ヶ所、古い出口が……。今は水の中に沈んでいますが潜《もぐ》ればば……運が良ければ運河に出られるかと」

そこまで聞いて、雄一郎は即座に砲撃が聞こえる反対側へ歩き出した。

絶え間なく砲弾を打たれ続けられれば、ここは近いうちに崩れ落ちる。こんな訳の解らない場所で、生き埋めになるのだけは御免だった。

「お待ちください！」

青年が叫ぶ。振り返ると、青年が見覚えのあるものを雄一郎に差し出していた。

「貴方と一緒にこちらの世界に現れたものです。お持ちください」

ＡＫ47とバックパック。受け取ったそれらを肩に担《かつ》いで、雄一郎は再び進み出した。その後ろを青年と、青年に支えられた少年がついてくるのが気配で解る。

薄暗く狭い坑道を進みながら、雄一郎は『もしかしたら、ここが地獄というやつなんだろうか』とぼんやり考えた。

地獄で『女神』と呼ばれるなんて、やはり笑えない冗談だ。


狭い地下洞窟を、雄一郎は上半身を折り曲げるようにして小走りに進んでいった。

砲撃に絶え間なく曝《さら》された洞窟は不定期に揺れ、岩の破片を頭に降らせる。今この瞬間に天井が崩れて生き埋めになってもおかしくない。

駆ける雄一郎の後ろを、青年とノアが必死で追い掛けてくる。

しばらく走り続けていると、大きく開けた空間に辿《たど》り着《つ》いた。天井は高く、白銀に発光している。その真下に透《す》き通《とお》った泉があった。

近付いて、指先で水に触れる。熱くも冷たくもない。舐《な》めると、無味だった。これなら潜《もぐ》れそうだと判断する。

振り返ると、息を切らした青年とノアの姿があった。

「泳げるか」

問い掛けというよりも命令に近い口調で言う。ノアが唇を半開きにしたまま、絶望的な表情で首を左右に振る。雄一郎が青年へ視線を向けると、今度は首肯《しゅこう》が返ってきた。

「泳ぎます」

泳げる、ではなく、泳ぐと答える気概《きがい》が気に入った。雄一郎が笑みを滲《にじ》ませると、また青年は驚いた表情で視線を逸《そ》らした。その目元は苦渋に歪《ゆが》んでいるのに、かすかに赤い。

ノアが舌を縺《もつ》れさせながら、慌てて言う。

「ぼっ、僕は泳げない。今まで泳いだことがないんだ……！」

「じゃあ、溺れ死ぬか、岩に押し潰されて死ぬかを選べ」

冷たく言い放つと、ノアは雄一郎をきつく睨《にら》み付《つ》けた。

ノアが肩に羽織《はお》っていたマントを乱暴に脱ぎ捨てる。何枚も重ねていた仰々《ぎょうぎょう》しい服を脱ぐと、簡素な白い衣服だけになった。

「泳げばいいんだろ……！」

がなりながらも、その声はかすかに震えている。隠しきれない死への恐怖が、掠《かす》れた語尾に滲《にじ》んでいた。

その声を聞いた瞬間、不意にぞわりと背筋が隆起するのを感じた。

初陣を思い出す。まだ二十歳《はたち》になったばかりだった。両手に抱えた銃が、手が、千切れそうなくらい重たくて、耳元を掠《かす》める銃弾の音に震えが止まらなかったのを覚えている。結局一発も撃てず、ただ小便を漏《も》らして帰った雄一郎を、上官は鼻が折れるほどブン殴ったのだ。そして、お前が撃てなかったせいで仲間が死んだ、と言われた。

あの瞬間の全身が真っ暗な穴に吸い込まれていくような感覚は、今でも忘れられない。

短く息を吐き出し、雄一郎も上着を脱ぎ捨てた。編み上げのブーツを手早く脱ぎ、防水袋に入れてバックパックへ収める。

「潜《もぐ》る前に深呼吸はするな。脳が酸欠になってブラックアウトするぞ」

そう言い残して、泉へ飛び込もうとした瞬間、青年の声が聞こえた。

「女神様、貴方のお名前は」

雄一郎は振り返り、じっと青年を見つめた。すると青年は、自身の胸元に手のひらを当てて言った。

「私は、テメレア。テメレア＝アーク・ラドクリフ、仕《つか》え捧《ささ》げる者です」

「仕《つか》え、捧《ささ》げる？」

「はい、貴方に」

妄執《もうしゅう》的にも聞こえる言葉に、雄一郎は片眉をわずかに跳《は》ねさせた。

不意に、頭を過《よぎ》った。自分に聖書を押し付け、手榴弾《しゅりゅうだん》に覆《おお》い被《かぶ》さった馬鹿な男のことが。他人のために命を捧《ささ》げた男。

「俺は、尾上《おがみ》雄一郎だ。女神様じゃない」

テメレアと名乗った青年は、ゆういちろう様、と拙《つたな》い口調で繰り返した。まるで大事な言葉でも口ずさむような繊細《せんさい》な響きに、むず痒《がゆ》い何かを覚える。それを振り払うように雄一郎は、雑に言い放った。

「使い捨ての傭兵を様付けで呼んだりするな。俺はお前達を助けるつもりはない」

今ここで行動を共にしているのは、見知らぬ場所を案内してくれる人間が必要だからだ。酷薄《こくはく》な雄一郎の言葉に、それでもテメレアは表情一つ変えずに言った。

「それでも、私は貴方に、雄一郎様に祈ります」

雄一郎は、呆気《あっけ》にとられてテメレアを見返した。テメレアは、真っ直ぐ雄一郎を見つめている。言い返すのも躊躇《ためら》うほどに、その眼差《まなざ》しは真摯《しんし》だ。雄一郎は首を左右に振って、溜息《ためいき》を漏《も》らした。

「勝手にしろ」

そう残して、一息に泉へ飛び込む。全身を、さぁっと柔らかい水が嘗《な》めていく。

泉の底も天井と同じく淡い白銀に発光していた。そのおかげで水中でも視界がいい。

左右を見渡し、泉の側面にあいた穴を見付ける。確認するように振り返ると、雄一郎と同じく潜《もぐ》ったテメレアが深く頷《うなず》いた。テメレアは、死にそうな形相をしたノアの腕を掴んでいる。

雄一郎は、再び両腕を動かして水を掻《か》いた。穴へ向かって進み、水に沈んだ狭い通路を泳いでいく。息が苦しくなってきた頃、ようやく水面が見えてきた。浮き上がって、水面から顔を出すと同時に大きく息を吸い込んだ。胸が荒い息に上下する。数秒後、ノアとテメレアの頭が数メートル離れた位置に出てきた。

出たのは、広い河の真ん中だった。雄一郎は数十メートル先に見える岸まで泳いでいき、地面へ這《は》い上《あ》がった。体内から響く自身の鼓動を感じながら耳を澄ませる。砲撃の音は遠い。だが、止まってはいない。

岸に掴まったまま虫の息を漏《も》らすノアとテメレアの服を掴んで、地面に引きずり上げる。

「立て。休んでる暇はない」

そう言いながら、左右を見渡した。

緑のない、ゴツゴツとした岩肌が目立つ大地だ。柔らかく細かい砂地に、石碑《せきひ》のようにいくつもの白い岩が不規則に立っている。三メートルを超す岩もあれば、三十センチに満たない大きさのものもある。そして、頭上を仰《あお》ぎ見た瞬間、雄一郎は目を見開いた。

白銀色の空に、信じられないほどの大きさで幾多《いくた》の星が散らばっている。クレーターすら肉眼で確認できるほど、星々は近くにあるように見えた。棚引《たなび》く銀河がまるで虹のように頭上を横切っている。もしここが地球であるなら、天体望遠鏡がなければこんな光景が見えるはずはない。

「ここは、どこだ」

無意識に唇から言葉が零《こぼ》れていた。夢か幻覚か、それともやはり地獄なのだろうか。

空を見つめたまま凍り付いた雄一郎を見て、テメレアが掠《かす》れた声を漏《も》らす。

「先ほども申し上げました通り、ここは貴方がいた場所とは違う世界です」

「どうして、こんなところにいる」

雄一郎は上擦《うわず》りそうになる声を必死で押し殺した。その問い掛けに、テメレアが一瞬だけ戸惑《とまど》ったように視線を逸《そ》らす。

「この国に崩壊の危機が訪れた時、宝珠によって選ばれし『正しき王』のもとに、女神が現れるとされています。女神はこの国の危機を救い、王に勝利をもたらすと……」

「違う、お前なんか女神じゃないっ！」

四《よ》つん這《ば》いのまま荒い呼吸を繰り返していたノアが、テメレアの言葉を遮《さえぎ》って叫んだ。ノアはかふかふと唇から水を吐き出しながら、泣き出しそうな声で続けた。

「僕は、王様なんかに選ばれたくない……！　お前だって、女神じゃない……！　こんな、兄弟で殺し合うのなんて嫌だ……！　お前なんかいらない、お前みたいな死神は元の世界に帰れよっ！」

そう喚《わめ》き散《ち》らすノアの目は、涙でぐずぐずに潤《うる》んでいた。それに同情を覚えることもなく、雄一郎は大股でノアに近付き、濡れた前髪を鷲掴《わしづか》んだ。そのまま引っ張り上げると、ノアの顔が痛みで歪《ゆが》んだ。

「黙れ、ギャアギャア喚《わめ》くな。殺されたいのか」

ノアの顔を覗き込んで、ゆっくりと吐き捨てる。途端、ノアの瞳に再び憎悪の炎が滲《にじ》んだ。

雄一郎を憎む目、そして血にまみれた王座を厭《いと》う目だ。

掴んでいたノアの前髪を離して、雄一郎は視線をテメレアへ戻した。

「こんなガキが『正しき王』だって言うのか」

その問い掛けに、テメレアは頷《うなず》きを返した。

「今から三月《みつき》ほど前に、ジュエルドの国王が亡くなりました。そして、国王が亡くなった後、宝珠によって新たな王が選ばれたのです。国王の血をひくのは、正妻の嫡男《ちゃくなん》、長男のエドアルド様、第二夫人の御子、次男のロンド様、そして第三夫人の……元は巫女《みこ》であった女性の御子であるノア様です。宝珠は、兄上様お二人ではなく、ノア様を『正しき王』であると選ばれました。ですから……」

「末っ子に王座を取られた兄二人が怒りくるって内乱を起こしている、とそういうことか？」

「はい。しかも、兄上様がたは隣国のゴルダールと手を組み、その力に恐れをなした貴族達も兄上様がたの勢力に流れております。……現状、我々は圧倒的に劣勢です」

劣勢という言葉に、思わず口角に笑みが滲《にじ》んだ。喜んでいるわけではない。ただ嘲笑《ちょうしょう》したくなるのだ、すべてを。特に、いつの間にか不利な戦場に身を置いている自分自身を。

「宝珠が昨夜告げました。愛し子、つまり女神がやってくると。異なる世界から、我らを救うためにこの世界へ『飛び越えてくる』と。ですから、こうしてノア様と私の二人でお迎えに上がったのです」

事実のみを告げているような淡々としたテメレアの口調に、どうしてだか寒気が走った。

何だ『飛び越える』って。何が『女神』だ。

当たり前のようにテメレアが受け入れていることが、雄一郎には受け入れられない。

「そりゃあ、お迎えありがとうよ。だが、残念ながら俺は違う。女神なんてもんじゃねぇよ。見りゃ解るだろうが、そもそも女でもない」

これ見よがしに両腕を広げて、茶化すように呟《つぶや》く。だが、テメレアは首を左右に振った。

「性別など問題ではありません。貴方は間違いなく女神です」

「何を根拠に」

失笑混じりに吐き捨てる。だが、苦虫を噛み潰したような雄一郎の顔を見つめて、テメレアは吐息を漏《も》らすように呟《つぶや》いた。

「貴方は美しい」

一瞬、開いた口が塞《ふさ》がらなくなる。唇を半開きにしたまま、雄一郎は唖然《あぜん》とテメレアを眺めた。誰かに美しいなどと言われたのは初めてだ。そもそもそれが自分に対する言葉だとも思えなかった。

雄一郎の視線を受けて、テメレアはまたしても恥じらうように視線を逸《そ》らした。目を細めて、下唇を薄く噛んでいる。その表情は、どこか悔し気にも見えた。

だが、テメレアの顔をしげしげと眺めているだけの余裕はなかった。

不意に、鈍い破裂音が聞こえた。雄一郎は、咄嗟《とっさ》にテメレアの身体を右腕に抱え込んで、地面に俯《うつぶ》せに倒れた。同時に、四《よ》つん這《ば》いになっていたノアの頭部を地面へ叩《たた》き伏《ふ》せる。

一秒も経たず、傍《かたわ》らの地面に銃弾が撃ち込まれる。

テメレアとノアの身体を引《ひ》き摺《ず》って、岩陰へ身を隠す。その間も、数発銃撃の音が響いた。

ノアが絹を引き裂くような悲鳴をあげる。

「イヤだッ、死にたくない！」

ノアを抱えた腕に震えが伝わってくる。視線を向けると、ノアは大きな瞳からぼろぼろと涙を零《こぼ》していた。その涙を無感動に眺めながら、ひとり言のように呟《つぶや》く。

「いくら死にたくないと喚《わめ》いても、死ぬ時はみんな死ぬ」

虚《うつ》ろな台詞《せりふ》に、ノアが目を大きく開いてこちらを見つめる。その瞳を二度見ぬうちに、雄一郎は銃弾が飛んでくる方向へ素早く視線を投げた。

数十メートルほど先に、数名の人影が見える。十名はいない。おそらく周囲の偵察に当たっていた斥候《せっこう》だろう。再度、周囲を見回し、雄一郎は唇を開いた。

「銃は単発式か」

銃声の頻度から察するに、敵が持っているのはサブマシンガンのような連射式ではなく、言うなれば火縄銃のような単発式だろう。確かめるような雄一郎のひとり言に、テメレアが「はい」と答える。

雄一郎は肩に掛けていたＡＫ47を外して、テメレアへ差し出した。

「敵が現在地から動こうとしたら撃て」

「わ、私は、銃を撃ったことがありません」

「引き金を引くだけだ」

「私には、人は殺せません」

その決然とした言葉を聞いて、思わず口角に笑みが滲《にじ》んだ。嘲笑《ちょうしょう》とほんのかすかな憐憫《れんびん》が湧き上がってくる。

「殺せと言っているんじゃない。銃で威嚇《いかく》して、あいつらをあの場所から動かすなと言っているんだ」

「しかし……」

「お前のノア様が蜂《はち》の巣《す》になってもいいなら撃たなくてもいいさ」

脅《おど》しのように囁《ささや》くと、ようやくテメレアはＡＫ47を受け取った。水に濡れてはいるが撃てる。構造が単純に出来ている銃は、劣悪な環境でこそ真価を発揮する。

雄一郎は、腰に差していたサバイバルナイフを静かに抜き出した。先端から水滴を滴《したた》らせる黒塗りの刀身を見て、ノアがぎょっと身を強張《こわば》らせる。

「お、お前、何するんだよ……」

ノアの強張《こわば》った声に、雄一郎は素っ気ない口調で返した。

「仕事だ」


岩と岩の間を滑るように走っていく。敵の目に触れないよう岩の後ろに隠れて、雄一郎は敵兵に向かって、少しずつ進んでいった。

時々、単発式の銃の音が響く。それに呼応するように、いかにも不慣れなＡＫ47の銃声が聞こえてきた。テメレアがどんな顔をして撃っているのかと想像する。

銃を撃ちながら、人を殺さぬよう祈っているのだろうか。何て不毛な、何ていびつな。

取り留めのない思考が頭を過《よぎ》っては消えていく。

戦場ではいつもこうだ。ぼんやりとしている内に、気が付いたら人を殺している。いつの間にか、手は血にまみれている。それを怖いとか悲しいと思う感情は、とうに消えた。

そのまま岩陰を移動していくと、単発式の長い銃を抱えた男の背が見えてきた。相手は五名ほどだ。その髪はノア達と同じく純白に輝いていた。

足音を殺して男達の一人に近寄り、右手に握り締めていたナイフを静かに、だが勢い良く一気に突き出す。瞬間、切っ先が肉に埋まる感触がグリップ越しに伝わってきた。

ヒュッと息が消える音が聞こえてくるのと同時に、男の身体から急速にすべての力が抜けていく。背後から腎臓を貫《つらぬ》かれたのだから即死だったろう。自分が死ぬことにも気付かず、死んでいく。

肉に埋まったナイフをそのままに、雄一郎は倒れゆく男の手から銃を奪い取った。銃を構え、一番遠い位置にいる男の頭部へ狙いを定めて引き金を引いた。

男の頭部がトマトのように弾けるのも見ず即座に銃を投げ捨てる。死体に突き刺していたナイフを引き抜いて、雄一郎はそのまま、数メートル先に立っていた男へ一気に駆け寄った。

雄一郎の姿に気付いた男が声をあげようと唇を大きく開く。だが、叫ぶよりも雄一郎の方が早い。晒《さら》された咽喉《のど》へ真横に一閃《いっせん》、ナイフを滑らせた。破裂するように噴き出した血飛沫《ちしぶき》が周囲の岩に飛び散る。

この世界でも血は赤いんだな、と頭の端で暢気《のんき》な考えが浮かんだ。

残った二人が雄一郎を見て、何事か喚《わめ》く。だが、恐慌状態でその声はほとんど言葉になっていない。こちらへ向けられた銃口を見て、雄一郎は素早く上半身を屈《かが》めた。発砲音と同時に、頭上を銃弾が掠《かす》めるのを感じた。地面を一気に蹴って近付き、硝煙《しょうえん》を立ち上らせる長い銃身を真下から鷲掴《わしづか》んで吐き捨てる。

「近距離戦に銃は向かない」

そんなアドバイスは目の前の男には必要なかったかもしれない。特に心臓にナイフが突き刺さった状態では。

かふかふと唇を戦慄《わなな》かせる男を地面に蹴り倒して、雄一郎は残った最後の一人に視線を向けた。男はすでに銃を捨て、降伏の意を示すために両手をあげて地面に膝《ひざ》をついている。壮年の男だ。一目で、戦《いくさ》慣れしていると解った。両掌《りょうてのひら》に、何度も豆が潰れて固まった跡が見られる。おそらくは、この斥候《せっこう》部隊の隊長だろう。

ナイフからひたひたと血を滴《したた》らせたまま、雄一郎は男へ近付いていった。男が震える声で言う。

「どうか……どうか殺さないでください」

「だが、逃がせば援軍を呼んでくるだろう？」

「呼びません……。この命にかけて誓います。誓いますから、どうか命だけは……」

「悪いな、信用ならない」

慰《なぐさ》めるように言いながら、雄一郎はナイフを静かに構えた。その瞬間、掠《かす》れた声が聞こえてきた。

「こっ、殺す必要は、ないだろ……っ！」

いつの間にか、ノアとテメレアの姿があった。岩陰に隠れながら、雄一郎の姿をじっと見つめている。ノアの怯《おび》えた眼差《まなざ》しを見返して、雄一郎は緩やかに唇を開いた。

「殺す必要はないかもしれない。だが、生かす必要もない。それだけだ」

「生かす必要って、何だよ、それ……。生かすとか殺すとか、そんなこと決める権利、誰にもないだろ……」

ひどく弱々しい声でノアが呟《つぶや》く。

「そうだな、権利なんかない」

「なら……」

「ただ、選択があるだけだ」

短く言い放つ。ノアの顔を真っ直ぐ見つめたまま、雄一郎は哀れむような口調で答えた。

「お前はこいつを生かすことを選択するわけじゃないんだろ」

ただ、殺すことが怖くて選択できないだけなんだ、と。そう告げた瞬間、ノアの顔が泣き出しそうに歪《ゆが》んだ。まるで迷子になった子供みたいだと思う。

不意に、視界の端で何かが動くのが見えた。視線を、地面に跪《ひざまず》いている男に向ける。瞬間、男が背に隠し持っていた短刀を引き抜くのが見えた。その短刀の切っ先が雄一郎へ向けられる。

「うご、っ……！」

男は、動くなと言うつもりだったのだろう。だが、それよりも早く、男の喉《のど》中央を一本の矢が貫《つらぬ》いていた。釘を巨大化したような、鉄の矢だ。ボウガンの矢に似ている。

矢が放たれた方向へ視線を向けると、片手にボウガンらしき武器を持った男が立っていた。背中まで伸びた白髪が無造作にはねている。目尻が垂れているせいか、その表情は眠そうにも怠惰《たいだ》にも見えた。男の口元には、にたにたと緩んだ笑みが浮かんでいる。

武器を下げているところを見ると、男にこちらを攻撃する意志はないらしい。

にやつくその男を見て、テメレアが驚いた声をあげた。

「ゴート。どうして、ここに」

「勿論《もちろん》、王と女神様を助けにきたに決まってるじゃないですか」

ゴートと呼ばれた男が笑顔のまま答える。ゴートが緩く手をあげて背後に合図をすると、岩肌の陰から何名かの男達が顔を覗かせた。どうやら少人数でノアの救助に来たらしい。

絶命した敵兵を見つめて呆然とするノアへ、ゴートが近付いてくる。そして掬《すく》い上《あ》げるように、ノアの身体を肩に抱き上げた。

「う、ぅわ……ゴートおろせッ……！」

「さっさと撤退しましょうぜ。ところでこの方はどなたですか？」

ゴートが雄一郎を見て、緩く首を傾《かし》げる。心底不思議そうなその眼差《まなざ》しに雄一郎が黙り込んでいると、テメレアが唇を開いた。

「女神様です」

ゴートの眠たそうな目が見開かれた直後、笑い声が大きく弾けた。

ひそやかな笑い声が聞こえる。あれから一時間近く経つというのに、ゴートは笑い続けたままだ。

「ふひ、ひひっ、お、男の女神様って……っ」

時々思い出したようにチラリと雄一郎を見ては、飽きもせず噴き出す。その肩に担《かつ》がれているノアは、ゴートが笑う度に上下に揺さぶられるものだから、いい加減辟易《へきえき》したように顔を顰《しか》めている。

「だから、俺は女神じゃないと言ってるだろう」

「いいえ、貴方は女神様です」

呆《あき》れた雄一郎が言葉を返すと、それに被《かぶ》せるようにテメレアが言い放つ。このやり取りも、もう何回目のことだろう。

アム・ウォレスと呼ばれる王都へ向かう道すがら、雄一郎は言いようのない倦怠感《けんたいかん》を募《つの》らせていた。

「そもそも、今まで男の女神様が現れたことなんかあるんですか？」

含み笑いのままゴートが訊《たず》ねる。すると、テメレアは思い悩むように俯《うつむ》いた後、小さく首を左右に振った。

「これまでで初めてです。今まで現れた女神様六名、全員が女性でした」

「だから、俺は間違いだ」

「いいえ、間違いでは、ありません」

「何なんだ、お前のその自信は」

露骨に嘲《あざけ》りを浮かべる雄一郎を見据《みす》えたまま、テメレアが手を伸ばす。

その細く白い指先が柔く雄一郎の首筋をくすぐった。壊れやすい陶器にでも触れるかのような繊《せん》細《さい》な手付きに、首筋がかすかに粟立《あわだ》つ。

「まず、この肌の色。このような小麦色の肌を持った者は、私達の世界にはおりません」

テメレアの指先が首筋を沿って、髪に触れる。

「この髪も。今まで飛んできた女神様達は皆、白髪ではない髪色をしておりました。金に赤、茶に灰……その中でも黒髪は始祖の女神以来何千年ぶりです」

テメレアの青い瞳が雄一郎を見つめる。そのかすかに熱を孕《はら》んだ眼差《まなざ》しに、雄一郎は一瞬たじろいだ。動揺を隠すために奥歯をゆっくりと噛み締める。

だが、雄一郎の強張《こわば》りに気付いたのか、テメレアの指先は呆気《あっけ》なく離れていった。雄一郎から視線を逸《そ》らして、ぽつりとひとり言のように呟《つぶや》く。

「白の者は、黒に焦《こ》がれずにはいられない」

「焦《こ》がれる？」

訝《いぶか》しげな雄一郎の声にテメレアは返事をせず、黙って下唇を噛んだ。代わりのようにゴートが口を開く。

「俺達の世界で、黒は最も高貴で貴重な色なんですよ」

「貴重だって？」

「地底深くを掘らなきゃ手に入らないオビリスっていう宝石を削って、黒色は作られる。そのオビリスは、年に数個掘り出せれば万々歳ってぐらいに希少なんです」

アルマは大量に掘り出せるのになぁ、などとゴートがイジケた口調で呟《つぶや》く。その指先が胸元に引っかけていた紐《ひも》を引っ張った。服の内側から吊るされた何かが出てくる。

紐《ひも》の先に引っかけられた煌《きら》めく石を見た瞬間、雄一郎は目を大きく開いた。

「それ、ダイヤだろ」

「ダイヤ？　これはアルマって言うんですよ」

無造作にダイヤを左右に揺らして、ゴートが笑う。だが、雄一郎は笑えなかった。

ゴートの胸元にぶら下がったダイヤは、ビー玉くらいのサイズはある。しかも、紐《ひも》に付いている石はダイヤだけではない。エメラルドやサファイアやルビーが無造作に重なり合って、ぶら下がっていた。地球であれば、目の前のネックレスだけで何千万の価値になるだろうか。

「……この世界では、そういった石がよく取れるのか」

「こんなのその辺を掘ればいくらでも出てきますよ」

ははと暢気《のんき》に笑うゴートの声に、不意に咽喉《のど》の奥が小さく震えた。ぞわりと皮膚が隆起する。おぞましい何かが血管の内側を静かに這《は》い回《まわ》り始めるのを感じた。

その時、それまで黙り込んでいたノアが、ゴートの肩越しに前方を見て呟《つぶや》いた。

「――アム・ウォレスだ」

それはほっとしたというよりも、まるで慣れ親しんだ牢獄に戻るかのような憂鬱《ゆううつ》な声に聞こえた。

アム・ウォレスは純白の街だった。まるで古いヨーロッパの街並みが根こそぎ色彩を抜かれたような外観だ。あまりの白さに、自分が夢か霧《きり》の中を彷徨《さまよ》っている気分になってくる。

現実感がないのは、街に活気がないことも要因の一つかもしれない。左右に見える家の門戸は閉ざされ、道を歩く人影も少なかった。その少数の人も、皆一様に力なく俯《うつむ》いている。

街の入り口前で乗せられた馬車から通りを眺めて、雄一郎はぽつりと呟《つぶや》いた。

「ゾンビみたいだな」

「ぞんび？」

テメレアが拙《つたな》い口調で繰り返す。

「死人みたいだって言ってるんだ」

「死人なんかじゃない」

ノアが怒った口調で言い返してくる。その拳《こぶし》は、膝《ひざ》の上できつく握り締められていた。

「三月《みつき》前まではこの街は素晴らしい街だったんだ。平和で、みんな幸せそうに笑っていて……」

「お前の父親が死んで、こうなったのか」

王が死んで内乱が始まり、一気に街から生気が失せたということか。

そう問う雄一郎の声に、ノアが押し殺した声で叫ぶ。

「父親なんかじゃない……！」

反抗期のガキみたいな言葉に、思わず口元に嘲《あざけ》りが滲《にじ》んだ。緩んだ唇から、ふ、ふ、と押し殺しきれなかった笑い声が零《こぼ》れる。

途端、ノアが雄一郎の胸倉を掴んだ。その目は、怒りで血走っている。

「笑うなッ……！」

「笑うさ。守ってもらってばっかで何もできないガキが、ぐずぐずぐずぐず泣き言ばっか言いやがって。何を言っても、ああじゃないこうじゃないと否定しか返さねぇ。鬱陶《うっとう》しいガキだ。お前みたいなガキは『僕は王様じゃない』って喚《わめ》きながら、兄貴達に首を切られて城門にでも飾られりゃいい」

言いつつ、唇に笑みが滲《にじ》んだ。朗《ほが》らかに笑う雄一郎を見て、ノアの顔色がすっと褪《あ》せていく。

雄一郎の胸倉を掴んでいた小さな手から力が抜け落ちる。その手のひらには乾きかけた血がこびりついていた。自身の手に付いた血を見て、ノアが咽喉《のど》の奥で小さく悲鳴をあげる。

その身体が退く前に、雄一郎は無造作にノアの腕を掴んだ。小さな身体を勢い良く引き寄せて、幼い顔を覗き込む。

「お前みたいな意気地のないガキが王だなんて反吐《へど》が出そうだ」

微笑《ほほえ》んで毒を吐き出す。その瞬間、ノアの目からぼろりと大粒の涙が溢《あふ》れ出《だ》した。ぼろぼろと零《こぼ》れ出《だ》した涙が、雄一郎の膝《ひざ》に落ちてくる。

ズボンに染み込む涙の感触に、古い記憶が蘇《よみがえ》る。くだらない、感傷的な思い出だ。

雄一郎の娘もよく泣いていた。道ばたで野良《のら》猫が死んでいるのを見て、雄一郎に『おねがい、生きかえらせて！』と泣いてせがんだことを思い出す。感受性が強くて、色んなことに傷ついては泣きじゃくり、その分たくさん笑う子だった。雄一郎が戦地から帰る度に、泣きながら笑って出迎えてくれた。生きていれば、目の前の少年くらいの歳《とし》になっていたはずだ。

そう思うと、子供相手に大人げないことをしている、と虚脱感にも似たやるせなさが湧き上がってきた。だが、雄一郎が口を開く前に、泣きじゃくるノアを引き寄せる腕があった。テメレアがノアの背をそっと撫《な》でながら、窘《たしな》めるような目付きで雄一郎を見ている。

「……あまりノア様を追いつめないでください。何もかもが突然変わってしまって……まだ現状が受け入れられていないんです」

テメレアの声が悲しげな色を帯《お》びる。

「ノア様が王に選ばれてから一月《ひとつき》も経たずに、この街は隣国ゴルダールの軍勢に襲撃されました。街はそれほど破壊されませんでしたが、貴族や有力者達の多くは教会へ集められ火をつけられて殺されたんです。……おそらく兄上様がたについているだろう貴族達のみ、全員『運良く』屋敷を離れており、誰も殺されませんでした」

はぁ、と短い溜息《ためいき》がテメレアの咽喉《のど》から零《こぼ》れる。美しい男に似合わぬ、飽き飽きとした嘆息だ。

「そのような暴挙をなさっておきながら、兄上様がたはゴルダールと和平を結ぼうとおっしゃってきたのです。これからは調和こそがジュエルドの発展の道だと。兄上様がたがジュエルドをゴルダールに売ったのは解り切ったことでした。そして、ゴルダールとの和平の証《あかし》として、ノア様を処刑するように言ってきたのです。宝珠に選ばれた王を捧《ささ》げることによって、ジュエルドの古き忌《い》まわしいしきたりが消え、新たな国に生まれ変われるのだと」

物憂《ものう》げに語るその顔を、雄一郎はじっと見つめていた。だが、次の瞬間、心臓が大きく跳《は》ねた。テメレアの唇に、残忍な笑みが滲《にじ》んでいた。

「母国を敵国に売る裏切り者を、どうやって王と崇《あが》めることができるのでしょう。処刑され、城門に首を並べられるべきなのは、裏切り者どものほうです」

テメレアがそっと微笑《ほほえ》む。その完璧な笑みに、雄一郎は背筋に悪寒《おかん》が走るのを感じた。自身の唇へ人差し指の側面を押し当てて、伏し目がちにテメレアを見つめる。

「あんた、人を殺せないなんて嘘だろう？」

雄一郎の問い掛けに、テメレアは緩く目を瞬《またた》かせた。淡い青色が目蓋《まぶた》の上下によって点滅する。

「私に人は殺せません。ですが……」

言葉が途切れる。テメレアはゆっくりと首を傾《かし》げた。

「裏切り者は人ですか？」

残酷さを微塵《みじん》も含まない穏やかな声に、雄一郎は笑いが隠せなかった。口元を手のひらで押さえ、肩を震わせる。笑いが収まるのを待って、雄一郎は柔らかな声で囁《ささや》いた。

「あんたのことが少し好きになった」

テメレアが、一瞬、目を大きく見開く。その顔が淡い朱色に染まった。そして、また顔が逸《そ》らされる。いつも通りの悔し気な顔だ。

雄一郎は不思議になった。なぜ、こいつはこんな顔をするんだろう。男相手に、まるで恋い焦《こ》がれる女を見るような面《つら》だ。

奇妙さに顔を歪《ゆが》めかけた時、馬車の前方からゴートの声が聞こえてきた。

「城につきますよ」

馬車の窓から外を見ると、視線の先に巨大な城が見えた。白い石で作られた白亜《はくあ》の城だ。高い岩壁に囲まれ、唯一の出入り口である巨大な門は固く閉ざされている。岩壁の隙間からは純白の大樹が数え切れぬほど生えており、鬱蒼《うっそう》と生《お》い茂《しげ》る白葉で城の全貌を隠していた。まるで自然の要塞《ようさい》だ。

門の前で馬車を降り、雄一郎達は見張り兵の横を通り過ぎて城内へ進んでいった。誰もがノアやテメレアやゴートを見ては立ち止まり、深々と頭を下げる。

そして血塗れの雄一郎を見ると、皆一様にぎょっと目を見開いた。彼らの唇は何か恐ろしいものを見たかのように小さく震えている。

先ほどまではあまり気にとめていなかったが血臭がすさまじい。腕を鼻先に近付けて、雄一郎はくんと臭いを嗅《か》いだ。血と泥の臭いだ。一週間もジャングルを歩き続けたおかげで汗と脂《あぶら》の臭いも強い。全身が発酵した死体になったかのようだ。

「くさい……」

自身の臭いを嗅《か》ぐ雄一郎を見て、ノアがぽつりと呟《つぶや》く。

「今更言うか」

そう返すと、ノアはやさぐれた目で雄一郎を見上げた。目元がまだ赤い。泣きはらした子供の目だ。先ほどあれだけ言葉で痛め付けられたというのに、それでも雄一郎に悪態をつけるのだからなかなか根性はあるのかもしれない。

「くさい女神なんてあり得ない……」

拗《す》ねた子供みたいな言い分に、思わず笑いが込み上げた。

「俺は女神じゃないんだろ？」

問い掛けると、ノアは不貞腐《ふてくさ》れたように緩く唇をへし曲げた。

「……あんたが女神であってほしくないと思ってる」

「俺が人を殺したからか？」

素っ気ない声で返す。するとノアは、一瞬気まずそうに視線を逸《そ》らした後、かすかに苦しげな表情で雄一郎を流し見た。

「それもあるけど、それだけじゃない」

「それだけじゃないっていうのは何だ」

その問いに、ノアは今度こそ押し黙った。その耳はかすかに赤い。

朱色に染まったノアの耳を見つめていると、斜め後ろからテメレアの声が聞こえた。

「宝珠に会う前に、湯浴みをしましょう」

当たり前のように『会う』と表現されたことに、雄一郎は首を傾《かし》げた。

「さっきから言ってる宝珠ってのは何だ。人の名前なのか？」

「人ではありません。宝珠とはジュエルドの国宝のことです」

余計に訳が解らなくなる。曖昧《あいまい》に眉を顰《ひそ》めると、テメレアはほんの少しだけ嫌そうな顔をした。あまり宝珠というものにいい感情を抱いていないらしい。見た目は冷静に見えるが、案外感情が表に出やすいタイプか。

「宝珠は、国が混沌《こんとん》に陥《おちい》った際に『正しき王』と『仕《つか》え捧《ささ》げる者』を選定する存在です。ノア様も私も、宝珠によって選ばれた者です。雄一郎様がこちらに飛び越えてくることも、宝珠によって知らされました」

テメレアの説明に、雄一郎はふぅんと相槌《あいづち》を漏《も》らした。

「つまり、宝珠っていうのは『預言者』みたいなものか？」

「そう思っていただいても結構です」

預言者、という単語が伝わったことに、わずかに驚く。

「なぁ、気になっていたんだが。俺の言葉は、あんた達にはどんな風に伝わっているんだ。俺は『何語』を喋《しゃべ》っている」

この世界に来てから不思議だったことを口に出す。するとテメレアは、一度目を瞬《またた》いてから、ゆっくりとした口調で答えた。

「雄一郎様が喋《しゃべ》る言葉は、私達と同じ言語に聞こえます。この世界にきた時に『チューニング』がされるそうです」

「チューニング？」

「はい、今までこちらに飛び越えてきた女神様のお一人が、言葉が頭の中で『自動変換』されることを『チューニング』と表現されたそうです」

チューニングという単語に、笑みが零《こぼ》れる。何ともチープで可愛らしい表現だ。

「ですが、一部チューニングの合わない部分もあります。例えば、雄一郎様は、ロートやエイトという距離や時間の単位が変換されて聞こえませんでしたね」

「ああ、そうだな」

「一度チューニングが合わなかった部分は、永久に変換されることはありません。その原因は解りませんが、これも女神様のお一人が『違和感を与え続けるため』だと言葉を残しています」

「違和感？」

「この世界は自分の世界ではない、という違和感です」

妙に悲しい言葉だなと感じる。一瞬の沈黙の後、雄一郎は唇を開いた。

「今まで、元の世界に戻った女神はいるのか」

今度はテメレアが黙り込む。だが、数十秒後、掠《かす》れた声が返ってきた。

「戻られた方はいます」

どうやって、と訊《たず》ねようと口を開き掛けた瞬間、テメレアが立ち止まった。手のひらで右手側の扉を示して、テメレアが言う。

「湯浴みが終わりましたらお声掛けください」

それ以上の質問を躊躇《ためら》わせるほど、その声は事務的だった。


湯を浴びて、雄一郎は全身にこびり付いた汚れを落としていった。

皮膚から流れ落ちていく血と褐色《かっしょく》の水を眺めていると、先ほどの戦闘の記憶が蘇《よみがえ》ってくる。オズは、おそらく死んだだろう。手榴弾《しゅりゅうだん》の直撃を食らって、生きている確率は低い。

だが、『なぜ』と疑問が湧き上がる。なぜ、オズは自分だけ地面に伏せなかった。一人で逃げていれば、おそらく怪我を負っても死ぬことはなかったはずだ。逃げずに手榴弾《しゅりゅうだん》へ覆《おお》い被《かぶ》さった理由は——後ろに雄一郎がいたからだ。

雄一郎を庇《かば》うために自分の身体を盾にした。もしその考えが正しいのであれば、あいつはとんでもない大馬鹿野郎だ。

感謝や同情心よりも、唾棄《だき》したくなるような胸糞悪い感情がせり上がってくる。その感情の名前を知りたくはない。知ったところで反吐《へど》が出そうな気持ちが消えるわけではない。

全身から汚れを落とした後、雄一郎は備《そな》え付《つ》けられている巨大な浴槽に浸《つ》かった。湯に浸《つ》かるのなんて何ヶ月ぶりだろうか。

浴槽の左側は壁がなく、外に繋がっている。そこから見えるのは、白銀の空と地平まで続く広大な砂漠だ。両腕を縁《ふち》に預け、雄一郎はしばらくその光景を見つめた。悠大だが、拭《ぬぐ》い切《き》れない孤独感を覚える光景だ。白銀の空には、幾多《いくた》の星が散らばっている。その中に地球がないか探そうとする。

だが見付けたところで、郷愁の念が湧いてくるとは思えなかった。元の世界に未練はない。雄一郎は、何も残せなかった。

ならば、この世界では何かを残せるのか。

馬鹿馬鹿しい。感傷を振り払って、雄一郎は浴槽から立ち上がった。雑に水気を拭《ぬぐ》ってから、用意されていた服に袖を通す。上下共に白いシャツとズボンだ。触り心地は麻に近い。

服の傍《かたわ》らには、当たり前のようにＡＫ47とサバイバルナイフが置かれていた。サバイバルナイフはすでに血が落とされ、研がれている。腰裏にナイフを隠し、ＡＫ47を肩に担《かつ》ぐ。

浴室から出ると、扉の直ぐ傍《そば》にテメレアが立っていた。テメレアも湯を浴びてきたのか、先ほどと服装が変わっている。脛《すね》まである長いローブを羽織《はお》り、まだ湿《しめ》りけを帯《お》びた髪の毛は首の後ろで一つに結ばれていた。

「お待ちしていました」

「待ってくれなんて言ってないがな」

茶化すように憎まれ口を叩《たた》くと、テメレアは軽く口角に笑みを浮かべた。

「雄一郎様の気質が少しだけ解ってきました」

「へぇ、どんな気質だ」

「とても愛らしい方だと思います」

雄一郎は、ずっこけそうになった。半眼で見やると、テメレアは更に笑みを深めた。

改めて思ったが、テメレアの美しさは際立ったものがあった。その美貌は、どこか神々しさすら感じる。

「あんたみたいに綺麗な顔をした奴に、美しいだの愛らしいだの言われても、小馬鹿にされてるとしか思えんな」

「私の本心です」

「本心だとしたら狂気の沙汰だ」

「狂気というよりも呪いに近いです」

意味の解らないことを言う。横目で睨《にら》み付《つ》けると、テメレアは咽喉《のど》の奥から小さな笑い声を漏《も》らした。かすかな陰鬱《いんうつ》さを滲《にじ》ませた、羽虫のような笑い声だ。

テメレアに促《うなが》されるまま、雄一郎は歩き出した。迷路のように入り組んだ廊下を進み、大きな扉の前で立ち止まる。

扉が開かれると、がらんとした広間が見えた。天井に大きな硝子《ガラス》がはめられた、陽当たりのいい部屋だ。

部屋の中央には、白い台座があった。その上には、真珠色に輝く丸石が置かれている。バスケットボールを一回り小さくしたくらいの大きさで、天井から射し込む光に反射して艶《つや》やかに輝いていた。

台座の傍《かたわ》らには、すでにノアが立っていた。その隣には、ゴートが気怠《けだる》げに床に胡座《あぐら》をかいている。こちらに気付いたノアが不機嫌そうに顔を歪《ゆが》めて、そっぽを向いた。

「女神様いらっしゃいませー」

そう言ってゴートがひらりと手を振ってくる。近付くと、ゴートはだらだらとした仕草で立ち上がった。

「その女神様っていうのはやめてくれ。鳥肌が立つ」

両腕を擦りながら言うと、ゴートは、ひひひ、と不気味な笑い声をあげた。

「では、隊長で」

「隊長？」

「今後、軍の指揮権はすべて女神様のものですから、隊長と呼ぶのが相応《ふさわ》しいかと」

当たり前のように告げられた言葉に、雄一郎は顔を歪《ゆが》めた。

「軍の指揮権が俺のものだと？」

「そうです。名乗るのが大層遅れましたが、俺はラスティ＝フォルグ・ゴートと申します。ノア様とは従兄弟《いとこ》に当たる、しがない弱小貴族です。今後、隊長の副官を務めさせていただきますので、お見知りおきを」

ゴートが仰々《ぎょうぎょう》しい挨拶《あいさつ》を述べて、緩やかに頭を下げる。だが、その顔はにたにたと笑ったままだ。

その挨拶《あいさつ》に呆《あき》れたように、テメレアが呟《つぶや》いた。

「弱小なんていうのは大嘘です。ゴート家は、ジュエルドで最も古く強大な貴族です」

「それも親父が生きていた間だけの話ですよ。ついこの間、親父は教会で骨まで燃やされてしまいましてね」

ははは、とゴートは声をあげて笑っているが、内容はまったく笑えるものではない。口角を引《ひ》き攣《つ》らせて、雄一郎は問い掛けた。

「俺が隊長なんていう話が初耳なんだが？」

「もしかして、まだテメレアから女神様の役割を聞いてないんですか？」

質問に質問で返される。ゴートは目を丸くして雄一郎を見つめていた。雄一郎が睨《にら》み付《つ》けると、テメレアは軽く肩を竦《すく》めた。

「今からご説明します」

悪びれもせずに言う。大人しげな見た目にそぐわず案外いい性格をしてやがる。

テメレアは台座の上に置かれた丸石に手をかざすと、イズラエルと呟《つぶや》いた。まるで何かを呼び起こすような密やかな声だ。

特に何が起こるわけでもなく、沈黙が流れる。

「おい、説明してくれるんじゃないのか」

「それはイズラエルが来てからです」

「イズラエルっていうのは――」

誰だ、と問い掛けようとした途端、首筋をぞろりと這《は》うものを感じた。何か、生温かいものが雄一郎の首筋を撫《な》でている。

ぞわりと背筋が隆起するのと同時に、耳元に声が吹き込まれた。

「来たか、『愛し子』」

振り返ろうとした瞬間、鼻先が触れ合いそうなほどの至近距離で何かと目が合った。爬虫類《はちゅうるい》の目が雄一郎の顔をじっと覗き込んでいる。びっしりと身体を覆《おお》った緑色の鱗《うろこ》が陽光に照らされて、ぬるりと艶《つや》めいていた。

咄嗟《とっさ》に手が動いた。肩の上に乗っていた何かを叩《たた》き落《お》とす。途端、鈍い声があがった。

「いだぁ！」

その声は、叩《たた》き落《お》とした何かが上げたようだった。

雄一郎は、足元に転がるそれを見下ろした。それは一瞬、蛇のように見えた。全長は一メートルもなく、細長くうねる身体は緑色の鱗《うろこ》で覆《おお》われている。口からは四本の鋭い牙と二股にわかれた真っ赤な舌が見えた。

だが、普通の蛇とは違う。頭には赤い鬣《たてがみ》が生え、短い手足もある。鼻先からは二本の髭《ひげ》がふよふよと泳いでいた。

「龍」

唇から無意識に言葉が零《こぼ》れる。東洋の絵画でよく見る龍の姿だ。おとぎ話の生き物が、この世界には存在しているということなのか。

「お、お前、イズに——宝珠に、何てことするんだ……！」

それまで、むっつりとした様子で黙り込んでいたノアが引《ひ》き攣《つ》った声をあげた。

「ええんよ、僕がいきなり触ったんが悪かった」

予想外に砕けた口調が龍の口から出てくる。まるで関西人のおっさんのような喋《しゃべ》り方に、雄一郎はぽかんと口を開いた。唖然《あぜん》とする雄一郎を、龍が三日月の浮かんだ瞳でじっと見上げてくる。

「きみ、名前は何て言うん」

「……尾上雄一郎」

「ユーイチローか。僕はイズラエル。この国の宝珠であり、きみの守護獣でもある」

「守護獣？」

「そう、僕がきみを守る」

「守るってどうやって」

小さな蛇のような龍を見下ろして、雄一郎は鼻で笑った。すると、イズラエルと名乗った龍はぷかりと宙に浮かび上がり、雄一郎の顔へその鼻先を近付けた。

「愛で」

「は？」

「まぁ、それは冗談やで」

呆気《あっけ》に取られる雄一郎を見て、イズラエルがその厳《いか》つい顔を緩める。龍も笑うんだな、と初めて知る。

イズラエルは無遠慮なまでの仕草で、雄一郎の首元へ身体を擦り寄せてきた。生ぬるい鱗《うろこ》が首筋を舐《な》める感触に、ぞぞっと身体が震える。

「あぁ、僕の愛し子や。ずっときみのことを待っとった」

「やはり、雄一郎様が女神様で間違いありませんか？」

それまで黙っていたテメレアがイズラエルに訊《たず》ねる。その声音はどこか刺々《とげとげ》しい。

「もちろん、彼や！　彼以外にありえん！」

イズラエルが短い手足でぎゅううぅっと雄一郎の上着を鷲掴《わしづか》んで叫ぶ。雄一郎はイズラエルを見下ろしつつ、薄く唇を開いた。

「俺が女神だって言うのか？」

「間違いない！」

「俺は三十七歳の男というか、おっさんなんだが」

「それでも、きみや」

イズラエルが腕に絡み付いて囁《ささや》く。

「きみがこの国を救い、この国の国母《こくも》になる」

「国母《こくも》!?」

国を救う、という部分はまだ理解の範疇《はんちゅう》だったが、国母《こくも》という単語だけは聞き逃せなかった。

素《す》っ頓狂《とんきょう》な声をあげた雄一郎に驚いたのか、イズラエルが腕からほどけて床にコロンと転がる。

イズラエルはそのつぶらな瞳をぱちぱちと瞬《またた》かせながら言った。

「そや、国母《こくも》や」

「待て。繰り返すが、俺は三十七歳のおっさんだ」

「それは解っとる」

「じゃあ、国母《こくも》って言葉はおかしいだろうが」

おかしい、というか、完全に正気の沙汰とは思えない言葉だ。頬を引き攣《つ》らせた雄一郎を見て、イズラエルは不思議そうに首を傾《かし》げた。また、ふよりと浮かんで雄一郎の肩へ身体を沿わせてくる。

「国母《こくも》ゆうのは、この国の次期王を生む存在のことや。それがユーイチローやと言うとるんだが」

「何度も説明させるな。俺は男だ」

いい加減、話が通じないことに苛々《いらいら》してきた。あからさまに苛立《いらだ》ち始めた雄一郎を見て、テメレアが嘆息を漏《も》らす。

「雄一郎様、貴方が男性であることは関係ないんです」

「何?」

「貴方の世界では違っていたのでしょうが、この世界では男も子を孕《はら》めるのです」

テメレアの言葉に、雄一郎は絶句した。テメレアが淡々とした声で続ける。

「女神の役割は二つです。兵を率《ひき》い、正しき王に勝利をもたらすこと。もう一つは、正しき王と女神の御子をこの世界に残すこと」

反射的に、雄一郎はノアを見つめた。ノアは下唇を噛み締めたまま、かすかに青ざめた表情で床を見つめている。その瞬間、ノアが雄一郎を女神であってほしくないと願った理由が解った。

自分の倍以上の年齢の男を孕《はら》ませなくてはならないというのは、幼い子供にはあまりにも酷《こく》だ。

「馬鹿じゃねぇのか」

無意識に悪態が口をついて出ていた。

「できるわけねぇだろ、そんなこと」

「できない？　何でや？」

意味が解らないと言いたげなイズラエルの声に、堪《こら》えようもない憤《ふん》怒《ぬ》が湧き上がってきた。

雄一郎は、肩にとまっていたイズラエルの首を片手で鷲掴《わしづか》んだ。途端、ぐぇ、とイズラエルが呻《うめ》き声《ごえ》をあげる。その三日月の目を間近で睨《にら》み付《つ》けて、雄一郎は吐き捨てた。

「いきなり訳のわかんねぇ世界に来させられた上に、劣勢の軍を勝たせろ、男だがガキを産めと言われて受け入れられる奴がいるのか？　人を舐《な》めるのもいい加減にしろ」

ギリギリと歯噛みしながら言い放つ。

その間も、イズラエルは苦し気に尾をびたんびたんと宙で蠢《うごめ》かせていた。その様子を、テメレアは冷たい眼差《まなざ》しで眺めている。先ほどから感じていたが、テメレアはイズラエルに好意を抱いていないらしい。憎悪しているようですらある。

不意に、腕を掴まれた。ノアがかすかに震えつつ、雄一郎の腕を掴んでいる。

「イズラエルを放せ」

「なぜだ？　お前だって王になりたくねぇんだろうが」

「王様にはなりたくない。なりたくないけど……」

「なら、どうして止める。こいつを助けるってことは、お前が王になるのを受け入れて、その上、俺との間にガキを作るってことだぞ。そんなことお前にできるのか」

挑発するようにノアの顔を覗き込む。途端、ノアは唇をぎこちなく戦慄《わなな》かせた。躊躇《ちゅうちょ》と狼狽《ろうばい》が滲《にじ》む顔。その顔を見据《みす》えたまま、雄一郎は笑い混じりに吐き捨てた。

「できねぇなら、黙ってこいつが縊《くび》り殺《ころ》されるのを見てろ」

そう言い放った瞬間、ノアが叫んだ。

「イズは、僕の友達だ！」

同時に、ノアは大きく口を開いて雄一郎の腕に勢い良く噛み付いた。布越しに歯が肉に食い込む痛みに、咄嗟《とっさ》にイズラエルを掴んでいた手から力が抜ける。

イズラエルがぼとりと床に落ちても、ノアは雄一郎の腕に噛み付いたままだ。

「離せ」

犬歯が食い込んだ部分の皮膚が破けて、じわりと布に血が滲《にじ》み出す。白い布に赤い血が広がる様を冷めた目で眺めながら、雄一郎は繰り返した。

「離せ」

もう一度言うと、ようやく目が覚めたようにノアの唇から力が抜けた。軽く腕を振ると、ノアは床に尻餅《しりもち》をついた。その口元は雄一郎の血でかすかに汚れている。

ゴートがヒュウと小さく口笛を鳴らす。

「初対面で宝珠を殺そうとする女神様なんて初めてっすよ」

王様に噛み付かれる女神様もたぶん初、と笑って続ける。その重々しさを感じさせない笑い声に、雄一郎は妙に脱力した。袖をまくってノアに噛み付かれた部分を確認する。血の量に比べて、傷口は深くない。刻まれた小さな歯型を眺めていると、テメレアがそっと白い布を傷口へあてがってきた。

「後で治療します」

「別にいい」

「いいえ、させてください」

拒否を許さない頑固な口調に、雄一郎は小さく溜息《ためいき》を漏《も》らした。

一方、意識を戻したイズラエルは床でげふげふと咳《せき》込《こ》んでいる。

「おぉお……吃驚《びっくり》した。女神に首を絞められるなんて初体験や」

ゴートと同じことを言う。イズラエルは先ほどまで殺されかけたことなど忘れたように雄一郎を見つめると、その目を柔らかく細めた。

「七人目の女神は、中々おてんばやな」

「おてんば……」

先ほどの行為が『おてんば』で済むのか。雄一郎がガックリと肩を落とすと、イズラエルは後ろ足だけで立ち上がった。まるで足の短いダックスフントが二足歩行しているみたいな姿だ。

「ユーイチロー、僕を殺したいなら殺してもええ。でも、そしたら元の世界には一生戻れんで」

それは脅《おど》しというよりも淡々と事実を告げている声音だった。雄一郎は、まっすぐイズラエルを見つめて唇を開いた。

「戻る方法はあるのか」

「きみが女神の役割を果たした後に、それでも戻りたいと望むのなら」

女神の役割というのは、先ほど告げられた『勝利』と『受胎』の二つだろう。あまりにも気色が悪すぎて、吐き気すら覚える。嫌な唾を呑み込みつつ、雄一郎は唸《うな》るように呟《つぶや》いた。

「……浦島太郎になるんじゃねぇだろうな」

「ウラシマタロー？」

「この世界に何十年もいて、その後に元の世界に戻ったところで俺の居場所はねぇって意味だ」

飛び越えた時の状況を考えると、おそらく自分は戦地にて行方不明。戦死扱いになっているのは間違いない。

だが、イズラエルはぴるぴるとその短い腕を左右に振った。

「それはないで。この世界ときみの世界では時間軸が違うんや。この世界での十年は、あっちの世界では一年にもならん。きみが望むんやったら、新しい肩書を用意してもええ」

「肩書？」

「ユーイチローの世界では、コセキ言うんやったか？」

そう言って、イズラエルがくりんと首を傾ける。戸籍を用意するなんて、随分とこちらのニーズを把握している。むしろ把握しすぎているくらいだ。

「お前は、俺の世界のことをよく知っているのか」

「ようは知らん。けど、時々神様が教えてくれるんや」

神様、という言葉に、雄一郎の片眉は跳《は》ね上がった。女神といい、宝珠といい、神様もいるなんてこの世界の宗教観はどうなっているんだ。

「この世界には神様がいるのか」

「おるで。僕の役割は神様の言葉を伝えることなんや。ユーイチローを女神に選んだのも神様やで」

目の前に神様がいたら、全力でぶん殴ってやりたい。だが、悪態をつくのも、いい加減に疲れてきた。現状を打破できないのであれば、逃げるか受け入れるかどちらかしかない。そして、逃走路はすでに塞《ふさ》がれている。

「お前らの望み通り女神様をやったところで、俺にメリットがない」

「めりっと？」

「元の世界に戻れたところで一文無しになってるんじゃ、つまらんと言ってるんだ」

言いながら雄一郎は、ゴートの首に掛かっていた首飾りを指先で引っ張った。うわ、とゴートが驚きの声をあげる。その声に重なって、カランと石同士が擦《こす》れる音が小さく響いた。

「俺は傭兵だ。戦わせるのなら報酬を払え」

この石でいい、と指先で首飾りの先端についていた石を撫《な》でる。

するとイズラエルは、心底不可思議そうに雄一郎を見つめた。

「そんなんでええの？　ただの石やで」

「俺の世界では金になる。戦いに勝ったら、こいつで報酬を払ってくればいい」

「おっ、お金のために女神をやるっていうのか……！」

憤《いきどお》ったようにノアが叫ぶ。その怒りに満ちた顔を見て、雄一郎は冷たく言い放った。

「王様やりたくねぇって逃げ回ってるガキよりかは、よっぽどマシだろ」

寒々とした言葉に、ノアが口ごもる。泣き出しそうなその顔を睥睨《へいげい》して、雄一郎は左右を見渡した。

「どうする？」

テメレアは小さく頷《うなず》き、ゴートは相変わらず笑いを堪《こら》えているようだった。規格外れな女神に笑い転げたいのを必死に抑えているのだろう。

イズラエルはふぅと息を漏《も》らすと、うっとりとした声で呟《つぶや》いた。

「きみって、めっちゃ最悪で格好ええなぁ」

それは合意の意味なのだろうか。イズラエルは雄一郎の足下に這《は》い寄《よ》ると、そのふくらはぎへ柔らかく絡み付いてきた。その感触が、奇妙な運命に絡め取られていく予兆に思えて、かすかに皮膚が震える。

「最高の女神や」

恍惚《こうこつ》としたイズラエルの声に、思わず雄一郎は笑っていた。もう笑う以外に、自分がどんな表情をすればいいのか解らなかった。

＊＊＊

夜は暗い。それは、この世界でも同じらしい。ただ異なるのは、藍色《あいいろ》の空に七色の銀河が棚引《たなび》いているところだ。

窓際に腰掛けたまま、小さな宝石をばら撒《ま》いたような空を、雄一郎は見上げた。その傍《かたわ》らには、分厚い本が一冊置かれている。古びた表紙には、見覚えのある言語でタイトルが書かれていた。

『ＯＵＲ　ＤＩＡＲＹ』

『私達の日記』と名付けられた本は、先ほどテメレアから渡されたものだ。歴代の女神達が次世代の女神のために書き残したらしい。

ぱらぱらと数ページめくってみたが、その時の女神によって、書かれている言語は異なっていた。基本は英語だが、ロシア語やスペイン語も見て取れる。読めない言語も存在していた。読める部分だけを抜粋して、ぱらぱらとページをめくっていく。

最初の数十ページはこの世界の基礎知識や元の世界との差異が書かれていた。国の名前はジュエルド。元々は五つの部族が力を合わせて作った連合国だったらしい。その中で最も力を持っていた白の部族が今の王族となったということだ。その他、大体の人口や隣国の名前、貨幣単位等が書き連ねられている。だが、いつの時代の記録か判《わか》らないので、記憶の端に留める程度にしておく。

途中で書く女神が変わったのか内容が日々の記録になっている部分もある。そこには、なぜ自分がこんなところにいるのか、なぜ知らない男の子供を身ごもらなければならないのか、元の世界に帰りたい、という泣き言が書かれていた。

その日記は、まるで幼児が書き殴ったような雑然とした文字を最後に、途切れる。

『sacrifice』

サクリファイス——生《い》け贄《にえ》。それは女神自身が残した言葉なのか。それとも、女神によってこの世界に産み落とされ、そして置いていかれた子供の言葉なのか判別がつかない。

だが、その言葉を見た瞬間、言いようのない胸糞悪さが込み上げてきた。そのまま読み続ける気にもならず、雄一郎は本を閉じた。

指先を本の表紙から離して、窓枠にはめられた鉄格子を意味もなく撫《な》でる。

女神様の寝室です、と案内されたその部屋は、綺麗な監獄のようだ。ベッドには豪奢《ごうしゃ》な天蓋《てんがい》が設《もう》けられており、部屋に置かれた調度品も高価なものだと一目で判《わか》る出来映えだ。ただ、この窓が全体のイメージを一気に暗くさせている。窓に十字にはめられた太い鉄格子が、中にいるものを決して逃がさないと言わんばかりの重圧を放っている。

短く息を吐いて、鉄格子から指先を離す。直後に、部屋の扉を叩《たた》く音が聞こえた。控えめなノックに続き、扉が開かれる。顔を覗かせたのはテメレアだ。

「ご報告を」

雄一郎が小さく首肯《しゅこう》を返すと、テメレアは薄暗い室内へ入ってきた。

「ご指示通り、斥候《せっこう》を出しました。短距離と長距離、それぞれ七名単位で各五部隊、別々の方角へ、異なる道筋で。人選はゴートが行ったので間違いないかと。短距離の斥候《せっこう》部隊は、明け方には城の陣営へ戻って参ります」

「宜《よろ》しい。迅速に敵陣営の位置を掴むように尽力してくれ」

視線を向けぬまま、そう短く返す。だが、会話が終わっても、テメレアが部屋を出ていく気配はない。視線を向けると、テメレアは何とも言えない表情で雄一郎を見ていた。

「眠らないのですか」

「寝る気分じゃない」

「夜食でも持って参りましょうか」

「腹が減って寝れないわけじゃない」

子供を宥《なだ》めるようなテメレアの言葉に、小さく笑いが滲《にじ》む。つい数時間前に大量の飯を食わされたばかりだというのに、どれだけ腹ぺこだと思っているんだ。その料理の食材も見たことのないものが多かったが、食べるのには問題ない味だった。

「では、これを」

テメレアが寝台のサイドテーブルに置かれていた瓶を手に取る。瓶の中で、半透明な桃色の液体が揺れているのが見えた。

「それは？」

「シャグリラという果実から作られた飲み物です」

言いながら、テメレアがグラスに液体を注いでいく。

雄一郎は差し出されたグラスを受け取って一口含んだ。途端、ねっとりと甘い味が舌の上に広がる。味は桃に近いが、かすかに日本酒のような清涼感があった。胃へ落ちると、ふわりと身体が奥底から温まる。甘いが、口に合わないものではない。

ちびちびと飲んでいると、テメレアが口を開いた。

「腕はもう痛みませんか」

「あぁ」

ノアに噛まれた方の腕を軽く掲《かか》げる。剥《む》き出《だ》しの腕には、テメレアによって巻かれた包帯が見えた。真っ白な包帯を見つめた後、テメレアが静かに頷《うなず》く。

「まだ何かあるか」

「いいえ、ありませんが……」

「突っ立ってるぐらいなら、そこに座ったらどうだ」

部屋に備《そな》え付《つ》けられた丸テーブルの椅子を指さすと、テメレアは一瞬躊躇《ためら》うように顔を強張《こわば》らせた後、椅子に腰を落とした。雄一郎も窓際から移動して、向かいの椅子に腰掛ける。

テーブルの上には分解されたＡＫ47が置かれていた。その細かな部品を眺めて、テメレアが呟《つぶや》く。

「こんな精巧な銃は初めて見ました」

「そうか。あっちの世界では、この銃は構造がシンプルにできている方だがな」

だから、その分頑丈だ。そう返すと、テメレアは目を大きく開いた。

「雄一郎様の世界は、私達の世界よりもずっと技術が発達しているのですね」

「武器に関してはそうかもな。だが、やってることは大してこと変わらん」

「というのは？」

「どちらの世界でも、人は殺し合ってる。それだけだ」

素っ気なく吐き出す。テメレアは、今度は表情を変えなかった。ただ、静かな眼差《まなざ》しで問い掛けてくる。

「貴方は人殺しを仕事にしていたのですか」

「そうだ」

「なぜですか？」

「金のためだ」

この問答はつい最近もした気がする。奇妙なデジャヴに口角を吊り上げながら、雄一郎は首をぐにゃりと傾《かし》げてテメレアを見上げた。

「金を稼ぎたいから人を殺すというのは邪悪か？」

にたにたと嗤《わら》って尋ねると、テメレアはムッとしたように鼻梁《びりょう》に皺《しわ》を寄せた。顰《しか》めっ面《つら》なのに、テメレアの美しさは欠片《かけら》も損なわれない。

「邪悪かどうかは、私には解りません。ですが、そうまでして貴方が金銭を得ようとする理由は、知りたいと思います」

「理由なんかないさ」

「そうでしょうか」

不意にテメレアがぐっと身を乗り出して、雄一郎の顔を間近に覗き込んできた。至近距離にあるテメレアの整った顔に、一瞬、目蓋《まぶた》が震える。無理やり目線を逸《そ》らして、雄一郎は独りごちるように呟《つぶや》いた。

「お前の顔は、少し怖い」

「怖い、ですか」

「あぁ、綺麗すぎて気味が悪い」

これは誉《ほ》め言葉になるのだろうか。それとも逆に貶《けな》しているると捉えられるのだろうか。テメレアは無表情のまま、ちらりとも感情を覗かせない。

「気味が悪いと言われるのは遺憾《いかん》ですが、貴方に綺麗だと思っていただけているのなら、それは喜ばしいことです」

「ちっとも喜ばしそうには見えないがな」

「ええ、所詮この顔も身体も私自身のものではありませんから」

また意味不明なことを言う。雄一郎が目を瞬《また》かせると、テメレアはそっと雄一郎の手の甲に手のひらを重ねた。テメレアの手はわずかに熱い。

「私の顔も身体も命も、すべて雄一郎様、貴方のものです」

テメレアの声音は熱狂的なものではなかった。盲目的でも偏執《へんしつ》的でもない。ただ、事実だけを告げるような事務的な声音だ。だが、その言葉のおぞましさだけは皮膚を通して、雄一郎の体内までずるりと潜《もぐ》り込《こ》んできた。

「……気持ちが悪いな」

「それは、さっきの気味が悪いよりも傷付きます」

「本当のことだから仕方がない。俺は、お前なんかを貰ったつもりはねぇぞ」

「それでも、私は雄一郎様のものです。私は『仕《つか》え捧《ささ》げる者』なのですから」

「だから、それが何だって言うんだ」

手の甲に重なったテメレアの手のひらを払いのけ、邪険に言い放つ。テメレアは一瞬自身の手のひらを見つめてから、かすかに仄暗《ほのぐら》い眼差《まなざ》しで雄一郎を見つめた。

「女神様が現れる際、仕《つか》え捧《ささ》げる者が宝珠によって選ばれます。仕《つか》え捧《ささ》げる者は、簡単に言ってしまえば女神様の『奴隷』です」

端的な言葉に、雄一郎は眉根を寄せる。どれい、と確かめるように口にすると、テメレアはかすかに笑った。自嘲《じちょう》的な笑いだ。

「別世界へと飛び越えてきた女神様達のほとんどが、精神の安定を失います。泣いたり喚《わめ》いたり、時には自分自身を傷付けたりと。その精神を安定させるために『何でもする』のが、仕《つか》え捧《ささ》げる者の役割です」

「何でも、だと」

「はい。今までの女神様の中には仕《つか》え捧《ささ》げる者をサンドバッグとして扱ったり、性処理道具として使った方もいます。両手両足を切ってベッドに繋ぎ、ただの『屹立《きつりつ》した棒』として扱ったようです。その仕《つか》え捧《ささ》げる者は、最期は性行為中に首を絞められて殺されたそうですが。他には犬のように首輪を付けて散歩させたり、小便も屋外で――」

「おい、それ以上は言うな。これ以上聞いてたら、俺もお前を殴り飛ばしそうだ」

ムカムカと気持ち悪さが胸の奥底から、反吐《へど》のようにわき上がってくる。奥歯を噛んだまま唸《うな》ると、テメレアは唇を開き掛けて、止まった。だが、その唇から掠《かす》れた声が続けて零《こぼ》れる。

「貴方なら、殴ってもいいんですよ」

咄嗟《とっさ》に弾けそうになった。怒りが脳天まで駆け上って、腕を勝手に動かす。右手を勢い良く振り上げる。その拳《こぶし》をテメレアの頬へ向かって振り下ろすつもりだった。

だが、腕は空中に振りかぶられた状態で固まった。

テメレアは、じっと雄一郎を見つめている。まるで神様か母親か、何か絶対的なものを見るような眼差《まなざ》しで。その幼子のような瞳に、拳《こぶし》が振り下ろせなくなった。

「お前は、俺が『女神』だから殴られることをよしとするのか」

「そうかもしれませんし……そうでないかもしれません」

曖昧《あいまい》な返答に苛立《いらだ》ちが募《つの》る。振りかぶった腕が、怒りのあまり小刻みに震えた。

「巫山戯《ふざけ》るな」

「すいません、本当に解らないのです。私は、貴方に会う前は嫌だったんです。女神も、自分の役割も、吐き気がするほど憎くて堪《たま》らなかった。仕《つか》え捧《ささ》げる者に選ばれた瞬間、目の前が真っ暗になりました。今まで必死に生きてきた人生や、抱いてきた夢や希望が、全部無駄になったと思いました。今から自分は誰かの『壊せる玩具』になるのだと思うと、死んだ方がマシだと。たとえこの国のためだとしても、女神なんて者はこの世界に来ることなく、どこかで死んでくれとすら祈りました。それなのに……」

語尾が掠《かす》れて途切れる。テメレアが俯《うつむ》く。その肩は、嗚咽《おえつ》を堪《こら》えるように小さく震えていた。

テメレアの震えを見下ろしていると、不意に腕が掴まれた。テメレアが雄一郎の腕を鷲掴《わしづか》んでいた。雄一郎を見上げるテメレアの目には、隠しきれない熱が滲《にじ》んでいた。

「貴方を見た瞬間、すべてが裏返った。自分の心が勝手に変わっていくのが解るんです。貴方のためなら何でもしたい。命すら捧《ささ》げたい。貴方が、くるおしいほどに愛しいと――」

「触るな」

腕にテメレアの指が食い込んでいる。

「これは何ですか。自分の心が変わりすぎて気味が悪い。そう、貴方の言う通り気持ちが悪いんです。自分でも自分の心が解らなくて、気持ちが悪くて吐き気がする。それなのに、止められない。呪いみたいに」

皮膚の奥底から怖気《おぞけ》が這《は》い上《のぼ》ってくる。こんな感覚は久々だ。戦闘でも経験したことのない、まるで幽霊に腕を掴まれてどぶ川に引きずり込まれるような異質な恐怖だった。

「テメレア」

落ち着きを取り戻させようと静かに名前を呼ぶ。だが、次の瞬間、唇に噛み付かれた。目の前にテメレアの顔がある。

まるっきり獣みたいな口付けだった。半開きだった唇にすぐさま舌が潜《もぐ》り込《こ》んでくる。柔らかく、蛇のようにぬめっている。舌を強引に絡め取られて、ぬるぬると擦《こす》れ合う。唾液が吸われて、逆に口内へ注ぎ込まれる。他人の唾液の味に、皮膚の下がざわめくのを感じた。

テメレアの蒼《あお》い瞳が雄一郎を見つめている。細められた目から覗くのは紛れもない情欲だ。男が女へ向けるような、獰猛《どうもう》で粘《ねば》ついた、おぞましい――

それを感じるのと同時に、勝手に右手が動いていた。拳《こぶし》がテメレアの頬にぶち当たって、その身体が派手に床へ転がる。置いていたバックパックが一緒に落ちて、中身がまき散らされた。

「お、まえは、俺を女扱いするつもりか」

下顎《したあご》を伝う唾液を雑に手の甲で拭《ぬぐ》いつつ、掠《かす》れた声で吐き捨てる。テメレアは緩く上半身を起こすと、未だ熱をくすぶらせた眼差《まなざ》しで雄一郎を見つめた。

「貴方は、女神です」

「だから、女のように振る舞えと？　男に迫られて、女のように受け入れて喘《あえ》げとでも？」

「貴方は、いつか王の子を孕《はら》まなくてはならないんです」

テメレアの淡泊な言葉に、血が脳天まで上る。

雄一郎は椅子を蹴って、テメレアの上に馬乗りになった。胸倉を掴んで、至近距離で睨《にら》み付《つ》ける。テメレアの頬は赤い。雄一郎に殴られたせい、そして性的な高揚《こうよう》から。そのことに、皮膚がぞっと粟立《あわだ》った。

テメレアの指先がそっと伸ばされる。細い指先が雄一郎の下唇を淡く撫《な》でた。その感触に、みっともなく唇が震える。

「貴方が他の男のものになるのが苦しい。たとえ、それがノア様だとしても」

情欲と悲観に満ちた男の声音に、吐き出すはずの罵言《ばげん》が咽喉《のど》の奥で固まった。嫌悪から怖気《おぞけ》が立つという経験は、生まれて初めてだ。

「お前、俺とやりてぇのか」

反吐《へど》の味がする言葉を、呻《うめ》くように呟《つぶや》く。

嫌悪で歪《ゆが》んだ雄一郎の顔を見上げて、テメレアはまるで物知らぬ子供のように数回瞬《またた》いた。下唇に添えられていた指先が下顎《したあご》を滑《すべ》って、喉元《のどもと》から胸元まで下ろされる。左胸へ当てられた手のひらに、心音が大きく跳《は》ねた。

「私は、貴方に触れたい、と思っています」

「はっ」

思わず鼻で嗤《わら》う。だが、嘲《あざけ》りを浮かべる雄一郎をまっすぐ見上げて、テメレアは不意にくしゃりと顔を歪《ゆが》めた。親に縋《すが》る子供にも似た、健気《けなげ》で哀れな顔だ。

「貴方の心に触れたい」

その言葉に、どうしてだか息が止まる。次の瞬間、訳の解らない恐怖が足下からぞぞぞと音を立てて這《は》い上《のぼ》ってくるのを感じた。心臓を裏返されるような、真っ暗な沼を覗き込まれるような、言いようのない恐怖だった。

左胸に当てられたテメレアの手のひらを掴む。その手のひらをゆっくりと下腹まで下ろした。性器のすぐ上辺りまで。

テメレアが目を丸くして、雄一郎を見上げる。

「身体ならくれてやる。代わりに、俺の言うことに従え」

引《ひ》き攣《つ》った笑みを浮かべて、雄一郎は言った。テメレアが悲しげに顔を歪《ゆが》めて、唇を開く。

「代償がなくとも、私は貴方に従います」

「代償がない関係性を、俺は信用しない。特に愛だとか信頼だとか、そういったものを持ち出す輩《やから》は、いつか必ずこちらを裏切る。お前のためなんだ、と言いながら、平気で残酷なことをしやがる。自分は正しい、優しい奴なんだという面《つら》をしてな」

「それは、貴方の今までの経験則ですか」

「そうだ」

短く言い放つと、テメレアは下腹に添えていた手のひらをそっと浮かせて、雄一郎の頬を静かに撫《な》でた。

「貴方は、さみしい人だ」

また嗤《わら》いが零《こぼ》れた。それなのに、上手《うま》く嗤《わら》えない。口角が引《ひ》き攣《つ》った形のまま強張《こわば》る。歪《ゆが》んだ雄一郎の頬を数度柔らかく撫《な》でて、テメレアは祈るような声で続けた。

「貴方のことを知りたい」

耐え切れなくなりそうだった。自分の肉の襞《ひだ》を、指先で一つ一つ丁寧にめくられているようなおぞましさに臓腑《ぞうふ》が震える。

頬に当てられたテメレアの手のひらを払いのけて、雄一郎は自身の上着を雑に脱ぎ捨てた。黄褐《おうかっ》色《しょく》の肌が闇に浮かび上がる。

「どうせ、いつか男とヤらなきゃなんねぇんだ。お前で練習してやるよ」

あくまで奴隷に命じる主人のごとく傲慢《ごうまん》に言い放つ。テメレアは目を奪われたかのように雄一郎の剥《む》き出《だ》しの上半身を見つめて、わずかに咽喉《のど》を上下させた。

「そんなに俺とヤりてぇのか、変態野郎」

蔑《さげす》みの言葉を投げ付けると、テメレアは憤《いきどお》るどころか、うっとりと目を潤《うる》ませた。

テメレアの手が雄一郎の胸元へ伸ばされる。だが、その指先が皮膚に触れる寸前、ヒステリックな声が部屋に響きわたった。

「なっ、何してんだよ、お前……ッ！」

顔を上げると、肩をわななと震わせたノアと目が合った。開かれた扉の前でノアは信じられないものを見る眼差《まなざ》しで、雄一郎を凝視している。その面《つら》を見返して、雄一郎は笑った。

「お前も混ぜてやろうか？」

戯《ざ》れ言《ごと》に眩暈《めまい》でも起こしたように、ノアの足下がくらりと揺れる。そのまま床に尻餅《しりもち》をつくのが見えた。呆然としたノアの表情に、胸の奥から嗜虐《しぎゃく》的な感情が湧き上がってくる。

テメレアの身体を跨《また》いで、まるで獣のように四《よ》つん這《ば》いでノアへ近付いていく。尻餅《しりもち》をついたまま動かずにいるノアの顔を覗き込んで、雄一郎は唇を開いた。

「俺が嫌いなら、さっさと俺を孕《はら》ませてくれよ」

矛盾した言葉を、誘うように囁《ささや》く。ノアの顔から静かに血の気が引いていくのが解る。その白く幼い顔を見つめながら、雄一郎は優しく微笑《ほほえ》んだ。

手を伸ばして、ゆっくりとノアの背後の扉を閉める。扉が閉まると、再び部屋は薄闇に呑まれた。

細い手首を鷲掴《わしづか》んで、強引に引っ張る。ノアの小さな身体は、雄一郎の手に引《ひ》き摺《ず》られるがままに動いた。

雄一郎は、天蓋《てんがい》のついたベッドへノアの身体を放り投げた。仰向《あおむ》けに倒れたノアの上に、間髪容《かんはつい》れず伸《の》し掛《か》かる。ノアはひどく狼狽《ろうばい》した表情で雄一郎を見つめていた。現状を理解し切れていない眼差《まなざ》しに、雄一郎は小さく笑った。

「これじゃ俺がレイプするみてぇだな」

いや、実際レイプになるのか。年増の痴女が初々《ういうい》しい若者を逆レイプするのと同じ、何とも浅ましい行為だ。

強張《こわば》ったノアの頬をするりと手の甲で撫《な》でながら、雄一郎は独りごちるように呟《つぶや》いた。

「ついでに、未成年への淫行罪か？」

元の世界であれば懲役何年食らうのだろうか。頭の端でそんな妄想を巡らせていると、すぐ背後から声が聞こえた。

「ノア様は、すでに成人されてますよ」

声と共に、ひたりと吐息がうなじに触れる。テメレアが雄一郎の肩に両手を置いて、ぴったりと背に密着していた。肩に置かれた手のひらは、すぐさま雄一郎の胸元から下腹を淫靡《いんび》に撫《な》で始《はじ》める。

そのくすぐったい感触にわずかに身を捩《よじ》って、雄一郎は問い掛けた。

「お前達の世界での成人は何歳なんだ」

「十八です」

「は、ぁ？」

驚きの声が隠せなかった。組み敷いたノアを見下ろす。どう見ても、目の前の少年は十三か十四程度の年齢にしか見えない。

「私達は雄一郎様の世界の人間よりも長寿なんです。二百まで生きる者もおりますし、私も四十七の年です」

女神様の日記に書いてありませんでしたか？　と続けて問われるが、雄一郎は唇をあんぐりと開いたまま、言葉を返せなかった。見た目は二十代半ばにしか見えないテメレアが自分よりも年上などとは想像だにしていなかった。

まじまじと眼下のノアを見つめる。ノアはようやく硬直が解けてきたのか、左右を囲う雄一郎の両腕を押して、か細い声をあげた。

「ど、どけよ」

「なぁ、お前、十八なのか？」

現状にそぐわぬ雄一郎の暢気《のんき》な問い掛けに一瞬躊躇《ためら》いを見せた後、ノアは強張《こわば》った頷《うなず》きを返した。まるで狼の牙を恐れる兎みたいなその仕草を見つめながら、雄一郎は平然とした声で続けた。

「童貞か？」

童貞という言葉は、果たして『チューニング』が合っているのだろうか。自身の言葉に緩く首を傾《かし》げたが、朱色に染まったノアの顔色がすぐにその答えを教えてくれた。

「お前に、関係ないだろっ……！」

羞恥《しゅうち》と怒りに上擦《うわず》ったノアの声に、自分でも腐っていると思いつつも笑いが滲《にじ》み出た。

「記念すべき筆下ろしが男相手で、気の毒にな」

ふ、ふ、と息を吐くような笑い声が咽喉《のど》から零《こぼ》れ落ちる。嗤《わら》う雄一郎を化け物みたいに見上げて、ノアが唇を上下に数度震わせた。だが、その唇から言葉は漏《も》れない。

背後から、テメレアの唇が首筋を這《は》うのを感じた。生ぬるい粘膜がぬるりと頸動脈《けいどうみゃく》を舐《な》めあげる感触に、ぞわりと腹の底から熱が這《は》い上《のぼ》ってくる。

「でも、安心しろ。大抵の奴は、初体験なんてろくでもない思い出だ」

これは慰《なぐさ》めになるのだろうか。それとも、今のノアには皮肉に聞こえるだろうか。

口に出した瞬間、ノアがベッドから逃げ出そうと一気に暴れ出した。焦燥にかられた表情。跳《は》ねるノアの両腕をベッドに縫い付けて、雄一郎は悪い子供を窘《たしな》めるような声音で呟《つぶや》いた。

「いい加減に諦めろよ。俺は、こんな訳わかんねぇ世界で人殺しを引き受けて、ついでにガキまで作るって諦めてんのに、お前は何にもしねぇつもりか。他人に汚れ役を押し付けて、自分だけは綺麗なままでいるつもりか」

「ぼ、僕は、そっ、そんなつもり、は……」

「なぁ、王様。お前も汚れろよ」

残酷な言葉を突き付ける。ノアが目を見開いて雄一郎を凝視する。その透《す》き通《とお》るように蒼《あお》い瞳を見返して、雄一郎はそっと囁《ささや》いた。

「一緒に汚れろ」

優しく地獄へ引きずり込む雄一郎の声音に、掴んだノアの両腕がぶるりと戦慄《わなな》く。それから、不意にノアの全身から力が抜けた。ベッドに仰向《あおむ》けになったまま、ノアは目蓋《まぶた》を固く閉じている。まるでこの世のすべてに耐えるかのように。

雄一郎は片手を上げて、閉ざされたノアの目蓋《まぶた》を緩くなぞった。指先にかすかな水の感触。涙、と上の空で思う。わずかな水滴を指先で払いながら、雄一郎は背後のテメレアを見やった。

「俺はひどいか？」

今更なことを無感動に問い掛ける。テメレアはわずかに眉尻を下げて、首を曖昧《あいまい》に振った。

「今行うか、いつか行うかの違いだけです。結果は変わりません」

「意外だな。お前は『ノア様』を守ってやるのかと思っていた」

途端、はは、とテメレアの笑い声が聞こえた。その楽しげな笑い声に、一瞬神経がざわつく。

「表裏一体なんです」

雄一郎の肩口に唇を押し付けて、テメレアがひとり言のように呟《つぶや》く。だが、その意味は解らなかった。は、とテメレアの熱い息が耳に吹き込まれる。

「いい加減、貴方に触ってもいいですか。もう限界です」

テメレアの手のひらが太腿《ふともも》の内側に触れる。そのまま這《は》い上がった手のひらは、雄一郎の性器へ伸ばされた。布の上から、明らかに女よりも大きな手のひらで性器を揉《も》まれて、鳥肌が立つ。嫌悪と高揚《こうよう》が入り交じる感覚に、唸《うな》り声《ごえ》と一緒に反吐《へど》が出そうだった。

「くそ、ゲロ吐きそうだ」

「吐かないでください」

「そもそも男同士で、どうやってガキを作るんだ」

今更ながらの疑問を投げ掛けると、テメレアは手を伸ばしてサイドテーブルの引き出しから一本の瓶を取り出した。中には、果肉混じりのねっとりとした桃色の液体が入っている。それは、先ほど雄一郎が飲んだものに似ていた。

「男性の場合は、シャグリラの実を摂取し続けることによって体内に仮子宮が形成されていきます。先ほど薄めた液体を飲まれたかと思いますが、経口摂取であれば一年程度。直腸吸収であれば、毎日かかさず行うことにより数ヶ月以内に妊娠可能になります」

「そんなもんを何の説明もなしに人に飲ませたのかよ」

「説明してもしなくても、貴方は飲むと思いましたので」

しれっと最低なことを言うテメレアを肩越しに睨《にら》み付《つ》ける。だがテメレアは、平然とした顔を崩さない。

「つうか、数ヶ月もかかるのか。さっさとヤること済ませて、戦いに集中したいんだが」

「腹に子を抱えたまま戦うつもりですか」

「早く元の世界に戻りたいんでな」

「なぜです？」

「待たせてる奴がいる」

雄一郎の言葉に、テメレアは露骨に眉を顰《ひそ》めた。わずかに憎々しげに雄一郎を見据《みす》えた後、テメレアは不意に雄一郎の肩に噛み付いた。その痛みに、かすかに顔を歪《ゆが》める。

歯形が残るほどの力で噛み付いた後、テメレアは唸《うな》るような声で呟《つぶや》いた。

「ここにいる間は、その誰かのことは忘れてください」

無理だ、と答えることはできなかった。テメレアの手が再び雄一郎の性器を揉《も》み始める。

四《よ》つん這《ば》いになった身体を猫みたいに丸めて、雄一郎は短く息を零《こぼ》した。目線を落とせば、そこには置物のように固まったノアの姿が見える。ノアはまだ目を閉じていた。悪夢から目を背《そむ》けるように。

可哀想に、と頭の片隅で良心が囁《ささや》くのが聞こえた。大人げない、残酷だ、ということは重々承知している。だが、今更逃がしてやるつもりはなかった。

「ふ……、ア……」

テメレアの手の動きが直接的になってくる。下衣から潜《もぐ》り込《こ》んだ手のひらが性器を直接嬲《なぶ》っていた。竿《さお》を握り込まれて上下に扱《しご》かれ、親指の腹で濡れ始めた先端の鈴口をぐぢぐぢと弄《いじ》られる。は、はっ、と犬のような息が漏《も》れた。頭の芯が重く痺《しび》れて、物を考えるのが億劫《おっくう》になってくる。下腹部で膨らむ快感に、内腿《うちもも》がぴくぴくと痙攣《けいれん》しているのが解った。

「一度出しますか」

「そういうの、いらねぇから。さっさと済ませろ」

恋人同士の愛の営《いとな》みでもあるまいし。

事務的な雄一郎の言葉に、テメレアは、そうですか、と不機嫌そうに返した。

次の瞬間、一気に下衣が引《ひ》き摺《ず》り下ろされた。下着も一緒に下ろされたのか、剥《む》き出《だ》しの尻にひやりとした空気を感じる。ぬるりと潤《うるお》った指先がすぐさま尻の狭間を滑《すべ》らされた。

どうやら、先ほどのシャグリラの液体を塗り付けられているらしい。尻の皺《しわ》一つ一つに粘液が塗られる感触に、爆発しそうなほどの羞恥《しゅうち》が込み上げてくる。

「っ、ヴぅ……」

雄一郎は、唸《うな》り声《ごえ》を噛み締めた。頭の中で素数をひたすら数える。少しでも正気にかえれば、テメレアをぶん殴ってこの場から逃げ出してしまいそうだ。

「こちらの経験はあるのですか」

「あると、思うのか」

口の端に嘲《あざけ》りが浮かぶ。

「貴方は男性に慕われそうなので」

誉《ほ》めているのか、それとも小馬鹿にしているのか解らない。

咽喉《のど》が怒りでグルルと震えるのと同時に、腹の内側に指が潜《もぐ》り込《こ》んできた。ずるりと長い指が狭い粘膜をかき分けて、奥へ奥へと進んでいく。その薄気味悪い感触に、がくんと頭が揺れた。額《ひたい》が固いものに当たる。ノアだ。ノアの薄い胸元に額《ひたい》を押し付けて、雄一郎は身をくねらせて悶《もだ》えた。

「ツぐ、ぅうウ」

異物に身体の内側を弄《いじ》られるのが気色悪い。逃れるように腰を揺らすと、テメレアは片手で雄一郎の腰骨を鷲掴《わしづか》んで固定した。そのまま、尻の中に入った指が前後に動かされる。尻の狭間でシャグリラの粘液がぷちゅぷちゅと下品な水音を立てた。

何度かシャグリラが注がれ、指も二本に増えた。わずかにほぐれた腹の内側に何か柔らかいものが押し込まれる。その感触に、ぞわりと背筋が震えた。

「なっ、にを入れてる……ッ」

上擦《うわず》った声が唇から溢《あふ》れた。顔を上げて振り返ると、テメレアが桃色の果実の欠片《かけら》を掲《かか》げていた。

「シャグリラの実です。奥に入れば入るほど、仮子宮の早期定着に繋がります」

事《こと》もなげに告げられる言葉に、眩暈《めまい》を覚えた。

「これから毎日そんなもんを腹に入れると思うと、死にたくなってくるな……」

「すぐに慣れます」

平然とした声音にも、他人事だと思いやがってと、かすかな苛立《いらだ》ちが込み上げてくる。だがそれも、腹の奥へ果肉を押し込まれる感触によって霧散《むさん》した。

「あ、ウぐッ」

中へ果肉が詰められる度に、色っぽさなど無縁の獣のような唸《うな》り声《ごえ》が漏《も》れる。直腸の圧力で果肉が潰され、じゅわりと溢《あふ》れ出《で》た果汁が後孔から太腿《ふともも》へ伝っていく。部屋中に広がる甘ったるい匂いに脳味噌の芯がぼやけていくのを感じた。

「シャグリラの実には、軽い麻酔の効能もあるんです。鎮痛や高揚《こうよう》感、多少の幻覚作用も。ですが、中毒性はないのでご安心を。もう異物感も感じなくなってきましたか？　今、指が三本入ってるんですよ」

テメレアの声が受話器越しのように遠く聞こえる。大きく広げられた後孔だけでなく、身体中の感覚が遠い。まるで、ぬいぐるみの身体に入っているかのようだ。

いつの間にか口が閉じられなくなって、涎《よだれ》が唇の端から零《こぼ》れていた。幼児みたいに涎《よだれ》を垂らす口元に、指先が触れる感触。

「あんた、大丈夫なのか……」

大丈夫じゃない。だが、大丈夫だ。大丈夫じゃないことのほうが多いけど、耐えられないほどではない。俺はもっとずっと耐えられないことを知っている。

頭の中で返事をしながら、雄一郎は顔を上げた。視線の先に、ノアの顔がある。心配そうな、不安げな、幼い眼差《まなざ》し。その瞳をどこかで見たことがある。そう思った瞬間、唇が勝手に動いていた。

「……まな……」

誰かの名前を呼ぶ。だが、それが誰の名前なのか、一瞬自分でも思い出せなかった。頭の中にもやがかかっていて、記憶が上手に引き出せない。

記憶を探《さぐ》ろうとした瞬間、ずんと身体の奥に衝撃が走った。

「ぎッ……、ぁアァぁあウヴあぁあァッ……!!」

絶叫を抑えられなかった。みしみしと身体の奥に何か太く熱いものが埋められていく。杭《くい》のような物に押し潰されて、果肉が体内でぶちゅぶちゅと弾けるのを感じた。

「……一番奥まで、入れますから」

荒い息混じりのテメレアの声が聞こえる。テメレアの両手が痣《あざ》になりそうなほど強く、雄一郎の腰骨を掴んでいた。テメレアが腰を進めると、そのぶん腹の奥に杭《くい》が突き刺さる。

「……ぃ、いだ……ッ……！　でが……いっ……！」

叫び声が震えた。粘膜の抵抗をねじ伏せて、テメレアが雄一郎の奥へ奥へと突き刺さってくる。太い杭《くい》に頭まで串刺しにされているかのような、恐怖と痛みだった。

「痛い、ですか。貴方はシャグリラが効きにくい性質なのかもしれませんね」

冷静に分析する言葉に怒鳴《どな》り散らすだけの余裕も、今はない。かふかふと空呼吸を繰り返して、必死で痛みを分散する。閉じた目蓋《まぶた》の裏が真っ赤に点滅していた。赤信号は、止まれの色だ。

両手が助けを求め、シーツの上を藻掻《もが》く。

手の甲にそっと触れるものを感じた。ぼやけた目を開くと、ノアが雄一郎の手を掴んでいるのが見えた。ノアは唇を淡く開いたまま、雄一郎をじっと見つめている。その目はかすかに潤《うる》んでいた。

「……泣いてるじゃないか」

そう口に出したのはノアのほうだった。ノアの手のひらが雄一郎の頬を撫《な》でる。下顎《したあご》を伝う感触で、ようやく自分が泣いていることに気付いた。だが、どうして涙が出ているのか解らない。

「ツぃ、ぁぐッ……！」

ぐぶんと音を立てて、体内の奥底までテメレアの杭《くい》が埋まる。異物感が凄《すさ》まじく、まるで腹いっぱいにコールタールを飲まされたみたいな不快感が込み上げてきた。

嘔吐《おうと》を堪《こら》えるように背筋を丸めていると、肩胛骨《けんこうこつ》にテメレアの唇が落とされた。

「奥まで、ちゃんと呑んでますよ」

子供を誉《ほ》めるみたいな声音に、鼓膜がじんと痺《しび》れる。震える息を吐き出すと、またテメレアの声が聞こえた。

「これから中に、実を擦《す》り込《こ》んでいきますから」

背骨を上から下へなぞるように撫《な》でられる。その直後、ずるりと根本まで埋まった杭《くい》が先端近くまで引き抜かれた。急激な排泄感に、咽喉《のど》からか細い悲鳴が漏《も》れ出る。カリが縁《ふち》に引っかかるまで抜かれて、果実が破裂音を立てて一気に奥まで突き込まれた。

「ひッ、ぐウっ！」

律動が始まる。中に入っていた果実が押し潰されて、粘膜にぐじゅぐじゅと擦《こす》り付《つ》けられた。尻にテメレアの腰が打ち付けられる度に、肉同士が鈍い音を立てる。

「つア、あ、ぁあヴ、ゃあッ！」

腹の中が焼けるように熱い。目の前が涙で霞《かす》んで、何も見えない。

前後に好き勝手に揺さぶられていると、頭の奥底でぽつりと疑問が浮かび上がった。

自分は今、一体どこにいるのだろうと。何をしているのだろうと。なぜ、どうして――

思考は、激しい抽挿にかき消されていく。ベッドが軋《きし》む音と結合部が立てる水音が、鼓膜を犯していく。もう両腕に力は入らず、ノアの上に突っ伏す姿勢になっている。

不意にテメレアが手を伸ばして、背後から雄一郎の性器を掴んだ。突き上げられながら、荒っぽい動作で前後に扱《しご》かれると、目の前がチカチカとハレーションを起こした。

「つひ、ぃ、イく……ッ！　イぐ……からァ……ッ……！」

雄一郎の金切り声にテメレアが含み笑いを漏《も》らす。だが、その笑い声も荒い息づかいで掠《かす》れていた。テメレアも余裕がないらしい。背後から耳朶《じだ》を噛まれて、咽喉《のど》から震えた悲鳴が零《こぼ》れる。

だが、その時、真下から小さな声が聞こえてきた。

「僕を」

涙でぐちゃぐちゃになった目を淡く開く。ぼやけた視界に誰かの顔が滲《にじ》む。

「僕を見ろ」

小さいが有無《うむ》を言わせぬ威圧的な声音だ。ノアがまっすぐ雄一郎を見ていた。高い空のような、深い海のような、蒼《あお》い瞳。

吸い込まれる、と思った瞬間、下腹部の熱が弾けた。

「あ、ぁあ、ァあっ！」

自分の口から粗相《そそう》をした子供のような声があがるのが信じられなかった。性器が震えながら、白濁した液体を吐き出す。勢いが抑えられず、精液はノアの頬にまで飛び散った。

雄一郎が達した直後に、身体の奥深くまで杭《くい》が突き刺さった。一番奥に熱い液体がまき散らされる。射精はなかなか終わらず、粘膜にずりずりと精液が擦《す》り込《こ》まれる感触まではっきりと感じた。

「あ、あー……」

絶頂に放心している顔をノアに見られている。ノアの潤《うる》んだ目から一筋涙が零《こぼ》れた。

なぜ泣くんだ、と問いかけたかった。汚されたのがそんなにも悲しいんだろうか。

だが、それを問い掛けることはできなかった。熟《う》れきった内部からずるりとテメレアが引き抜かれる。そのまま身体を後方へ引っ張られて、雄一郎はテメレアの身体に背を預ける形で座り込んだ。

「中から溢《あふ》れてきてますよ」

まだ口を開いたままの雄一郎の後孔へ指をさし込みながら、テメレアが耳元で囁《ささや》く。

「こ、こども……」

譫言《うわごと》のように雄一郎が呟《つぶや》くと、テメレアが耳元へ唇を寄せてきた。

「私との子供ができることはありません。貴方はまだそういう身体ではありませんし、私には子種がないんです。仕《つか》え捧《ささ》げる者は、子を生《な》せない者しか選ばれないんです」

悔恨をかすかに感じさせるテメレアの声に、今は反応することができなかった。ただ、ぼんやりと自身の爪先《つまさき》を眺めたまま、死にかけの犬みたいな呼吸を繰り返す。

突然、後孔をゆるゆるとかき回していた指が引き抜かれた。テメレアが雄一郎の肩越しに前方を見つめている。

「ノア様、貴方はどうしますか？」

選択を投げかけるその声に、雄一郎は視線を持ち上げた。ノアは食い入るように雄一郎を凝視している。その瞳は、やはり涙で濡れていた。

「こんなの、くるってるよ」

ノアがゆっくりと雄一郎へ近付いてくる。生き倒れた獲物に近付く獣みたいに、四《よ》つん這《ば》いで。

「お前は、おかしい」

ノアがテメレアに言う。

「あんたも、おかしい」

雄一郎へ言う。そして、ノアは啜《すす》り泣くような声で呟《つぶや》いた。

「だけど……一番おかしいのは僕だ」

下衣の前をくつろげると、ノアの性器は硬く反り返っていた。それは確かに成人しているだろう大きさがある。血管が太く浮かびあがった性器は、幼い見た目にそぐわぬ凶暴性を感じさせた。

小便をする赤ん坊みたいに、背後のテメレアが雄一郎の膝《ひざ》を左右に開く。ノアの手のひらが太腿《ふともも》の内側に触れた。性器の先端が白濁にまみれた後孔へ当てられる。

「僕は、こんなのじゃなかった……」

言い訳のように、嘆きのように囁《ささや》いて、ノアは一息に腰を突き出した。途端、雄一郎の後孔に再び質量が潜《もぐ》り込《こ》んでくる。

「ん、ん、グッ！」

先ほどまで散々荒らされていた粘膜は、新たな性器をやすやすと咥《くわ》え込《こ》んだ。奥深くまでずぶずぶと埋まっていく。太いカリが粘膜を限界まで広げていくのが解る。

「あ、ぅぁ、深……ぃ……」

溜息《ためいき》のように言葉を漏《も》らすと、腹の中のノアが一回り大きく膨らんだ気がした。耐えきれないのか、ノアがすぐに腰を前後に振り始める。若さを感じさせる、技巧も何もない直線的な突き上げだ。

突き上げられる度に、先ほど吐き出された精液が結合部からじゅぶじゅぶと音を立てて溢《あふ》れ出《だ》す。テメレアほどの長さはないが、ノアの性器はカリが大きく張り出しており、動かれると腹の中がゴリゴリと掘削《さっくつ》されるような感覚があった。

「あ、あ、何だよこれ……こんな……きつくて柔らかい……」

快楽に溺れていくノアの声が聞こえる。乱暴に体内を侵されながら、雄一郎は焦点の合わない目を真上へ向けた。天蓋《てんがい》ベッドの天井には、光る石が飾られている。それがキラキラと輝きを放っていた。目を閉じても、目蓋《まぶた》の裏側にかすかにその光の残像が残る。

胸を這《は》う手の感触に目を開くと、真上から雄一郎の顔を覗き込んでいたテメレアと視線が合った。

「ノア様のは気持ちいいですか」

冷めた声で問いかけられる。だが、雄一郎の返事を待たずに唇が重ねられた。舌が潜《もぐ》り込《こ》んできて、根本から絡められる。分泌過多な唾液が口内でくちゅくちゅと音を立てるのが聞こえた。

「んッ、んんウヴ！」

唇を塞《ふさ》がれたまま、米粒のように小さな胸の尖《とが》りを摘ままれる。くりくりと弄《いじ》られる度に、自分の意思とは無関係に下腹が震えた。後孔が締められたのか、ノアが弱々しい声をあげる。

「……ッ、そんなきつくしたら、……あ、ぁッ……！」

突然甲高《かんだか》い声をあげて、ノアがぐちゅんと根本まで性器を叩《たた》き込《こ》んでくる。そのまま中で痙攣《けいれん》するのが解った。再び奥深くに熱いものが注がれる。若さ故《ゆえ》の勢いなのか、びゅーびゅーと音が聞こえてきそうなほどの激しい射精だ。

「んンー！」

二度目でも慣れない、身体の内側を汚される感覚に、咽喉《のど》の奥から振り絞るような声が溢《あふ》れる。

だが、その叫びはすべてテメレアの唇に呑み込まれた。

ノアが最後の一滴まで出し切るように、ゆるゆると抽挿を繰り返す。律動の間も、雄一郎は口内をテメレアに嬲《なぶ》られ続けた。ぺちゃぺちゃと音を立てながら舌を舐《な》めしゃぶられる。上も下も奪われ、汚されているかのような感覚だった。

ノアの律動が止まって、ようやく唇が解放される。銀糸を引きながらテメレアの唇が離れても、雄一郎の呼吸はまだ荒いままだった。

「ノア様、弄《いじ》ってあげてください」

テメレアの冷静な声が聞こえる。視線の先には、勃起したまま戦慄《わなな》く雄一郎の陰茎があった。ノアは一瞬戸惑《とまど》ったように視線を揺らしたが、予想外にすんなりと雄一郎の陰茎へ手のひらを伸ばした。

「まだ、挿《い》れたままでいいか……？　ここ、柔らかくて、あったかくて……」

母親のご機嫌を伺うみたいな声音で、ノアが雄一郎へ問い掛ける。だが、雄一郎に答えるだけの余力はなかった。肯定も否定もせずにいると、ノアが雄一郎の陰茎を両手で掴んでゆっくりと扱《しご》き始《はじ》めた。先走りでどろどろになった陰茎を扱《しご》かれる直接的な快感に、身体がビクリと大きく跳《は》ねる。

「は、ぁあ……」

拙《つたな》い技巧でも、焦《じ》らされ続けた快感がどんどん膨らんでいく。雄一郎の声に調子づいたのか、ノ

ア の手の動きが更に激しくなった。両手でぐしぐしと擦《こす》られて、左右に広げられた両足の踵《かかと》がシーツに歪《いびつ》な波を作る。

いつの間にか、入ったままのノアの杭《くい》が再び律動を始めていた。性器を扱《しご》きながら、ノアが腰を前後にぐちゅぐちゅと動かしている。

「あぁ、おかしい、こんなの……こわれてる……」

そう泣き言を漏《も》らしつつも腰の動きを止めないのだから、凄《すさ》まじいものがある。初めて味わう性を髄まで味わおうとしているようだった。後ろと前が同時に犯される感覚に、雄一郎は首を左右に振って悶《もだ》えた。頭の中がぐちゃぐちゃに攪拌《かくはん》されて、何も考えられなくなる。

テメレアが手を伸ばして陰茎の先端、鈴口を人差し指でぐりと抉《えぐ》る。その瞬間、再び熱が弾けた。

「ヒッ、ぅアぁ！」

陰茎がぶるぶると震えて、精液を零《こぼ》す。今度の射精には勢いがなく、だらだらと竿《さお》を伝って延々と漏《も》れ続けた。

続けて、ノアも達したようだった。再び体内に熱がどくどくと注がれていく。ノアは身体を小さく痙攣《けいれん》させた後、雄一郎の胸へどっと伸し掛《のか》かってきた。ノアの荒い呼吸音が聞こえる。それとも、それは、雄一郎の呼吸音なのかもしれない。

「これなら……すぐに子を孕《はら》めそうですね」

テメレアが頭上で囁《ささや》く。それは祝福の言葉にも呪いの言葉にも聞こえた。唇が曖昧《あいまい》に震える。

二人の男が、雄一郎の顔をじっと見下ろしていた。

第二章　女神は発火する皿の上で笑う

目が覚める。薄く目蓋《まぶた》を開くと、窓から朝陽が射し込んでいるのが見えた。ベッドに手を付いて起きあがろうとするが、身体がガタガタと軋《きし》んで倒れそうになる。数度ぼんやりと瞬《またた》いた後、雄一郎は昨夜のことを思い出した。だが、体内からじわじわと湧き出てくるような鈍痛以外は、そういった痕跡は表面上は残っていなかった。

痛覚を押し殺して、立ち上がる。ベッドのサイドテーブルに準備されていた服に腕を通した。昨日と同じ白い服だ。

寝癖の付いた短い髪を雑に掻《か》き上げつつ、テーブルに置かれていた煙草《たばこ》を手に取る。こちらの世界に持ってきた一箱だけの煙草《たばこ》だ。火を点《つ》けようとして、ふと思った。

「この世界に煙草《たばこ》はあるのか？」

ひとり言を漏《も》らす。だが、雄一郎がいくら考えたところで解るわけがない。結局考えるのが馬鹿馬鹿しくなって、煙草《たばこ》に火を点《つ》けた。吸い込むと、肺に苦い空気が溜まる。

紫煙を吐き出して、また思った。赤ん坊ができたら、煙草《たばこ》もやめなくては。だが、その想像はどこか絵空事じみていた。自分がいつか子供を孕《はら》むなど、そんなのは妄想としか思えない。だが、この世界にいる限り、それは単なる妄想ではなく紛れもない現実になるはずだ。

想像ばかりが先走るのを振り払うように、首を左右に揺らす。まだ半分も吸っていない煙草《たばこ》を携帯灰皿へ放り込み、雄一郎は部屋から出た。

城の広い廊下を進んでいく。雄一郎の姿を見た使用人らしき者達は、皆一様に驚いた顔で硬直していた。その中の一人、若い男を呼び止めて訊《たず》ねる。

「悪いが、テメレアのところまで案内してくれないか」

なるべく威圧的にならないように声を掛けたというのに、男は固まったまま動かない。雄一郎が首を傾《かし》げると、ぽかんと開いたままだった男の口から空気が抜けたみたいな声が漏《も》れ出た。

「あなたは女神様ですか？」

その問い掛けに、雄一郎は唇が曖昧《あいまい》にねじれるのを感じた。

昨日、王が女神を迎えに行ったのは周知の事実だったのだろう。その直後に、突然自分達とは異なる髪色をした人間が現れたのだから女神と考えるのは、当然なのかもしれない。

男が女神だなんて信じられない、とでも言われるのか。雄一郎が苦虫を噛み潰したような表情で押し黙っていると、突然男は目の前に跪《ひざまず》いた。

「女神様……！　まさか、お会いできるとは……！　光栄です。信じられないくらい光栄です……！」

感極まった台詞《せりふ》に、雄一郎は思わずその場から後ずさった。両手を組み合わせて俯《うつむ》く男の姿は、まるで神にでも祈るかのごときだ。

「おい、顔を上げてくれ」

「いいえ、いいえ……！　私ごときが女神様のご尊顔を拝見するだなんて身《み》の程《ほど》知らずなことはできません……！　我が国の救世主、国母《こくも》なのですから……！」

盲信的な言葉の数々に、ぞわぞわと奇妙な悪寒《おかん》が這《は》い上《のぼ》ってくる。

「俺は」

そんなものじゃない、と口に出そうとした時、背後から腕を掴まれた。

「こちらへ来てください」

いつの間にか、テメレアが立っていた。その顔はあからさまに不機嫌そうに歪《ゆが》んでいる。テメレアは床に跪《ひざまず》く男を一瞥《いちべつ》すると、短く言い放った。

「仕事に戻りなさい」

口調は丁寧だが、声音は冷え冷えとしている。そして二度と男を見ることなく、雄一郎の腕を引いて歩き出した。

「一人で歩き回らないでください」

「起きたら誰もいなかったんだから、仕方がないだろう」

「少しは待つことを覚えていただきたい」

「待つのは嫌いなんだ」

テメレアの慇懃《いんぎん》無礼《ぶれい》な台詞《せりふ》に、ぽつりと呟《つぶや》き返《かえ》す。来るか来ないか解らないものを、ずっと待ち続けるのは苦手だ。大抵、待ち人は来ない。

歩きながら、肩越しに背後を見やる。男は未だ床に膝《ひざ》をついたまま、雄一郎の姿をじっと見つめていた。その眼差《まなざ》しには憧憬《どうけい》以上の淡い何かが浮かんでいるように感じる。

「何なんだ、あれは」

「白の者は、黒に焦《こ》がれる。そう言ったはずです」

「具体的にはどういう意味だ」

「人によっては、貴方に恋慕《れんぼ》、もしくは情欲を抱くという意味です」

あんぐりと口が開く。言葉を失った雄一郎をちらりと流し見て、テメレアが続ける。

「あくまで、人によっては、です。たとえばゴートは貴方に惹《ひ》かれてはいません。普通の者にするのと変わらず接しています。ですが、先ほどの者のように貴方を見て、敬慕の念を抱かずにはいられない者もいるのです」

「その区分けは何だ」

「解りません。惹《ひ》かれる者と惹《ひ》かれない者の間にどういった違いがあるのか、はっきりとした区別はないのです。初代の女神様の時もそうでした」

初代の女神というのは、雄一郎と同じ黒髪を持った者ということか。

「女神様というだけで、民からは無条件で愛されるものです。ですが、その中でも黒の女神様というのは私達白の者にとって、抗《あらが》いがたい魅力を持っています。だからこそ、気を付けていただきたいのです」

「気を付ける？」

訝《いぶか》しさを隠さずに問うと、テメレアは不意に足を止めた。雄一郎を見つめて、重い口調で言う。

「歴代の女神様の中には、王ではない男の子供を身篭《みごも》らされた方がいらっしゃいます。一方的な恋《れん》募《ぼ》を募《つの》らせた男にレイプされたのです。子供は生まれる前に処理されました」

どこか不安げなテメレアの声音に、雄一郎はパチパチと数度大きく瞬《また》いた。それから、テメレアの顔を無表情に覗き込む。

「俺が無理やりレイプされるとでも？」

「私は、ただ……そういった危険があることを知っていただきたいのです」

生真面目《きまじめ》な言葉に、思わず笑いが零《こぼ》れる。ふ、ふ、と息を吐くような笑い声を漏《も》らして、雄一郎は掴まれていたテメレアの腕をゆっくりとほどいた。

「テメレア」

「はい」

「俺を女扱いするな」

「……はい」

「女のように抱かれても、いつか子を孕《はら》んだとしても、俺は女ではない」

「……はい、解っております」

言葉に詰《つ》まりながらも、テメレアが首肯《しゅこう》を返す。俯《うつむ》くテメレアの横をすり抜けて、雄一郎は歩き出した。

「軍営へ案内しろ」

振り返りもせず、短く命じる。テメレアが付き従う足音が背後から聞こえた。

城は、いくつもの塔に分かれているようだった。塔同士は、長い渡り廊下で繋がれている。吹き抜けの渡り廊下を歩く。空を見上げると、白銀の空がどこまでも高く広がっていた。遠くの空にはわずかに鼠色《ねずみいろ》の雲も見える。雨でも降るのかもしれない。

渡り廊下からは、城内の中庭が一望できた。中庭は開けた平地で、兵士の訓練場にもなっているらしい。兵士達が模擬刀らしきものを両手に戦闘訓練を行っている様子が窺《うかが》える。

所々に幕営《ばくえい》も設《もう》けられ、一般兵とは違う、おそらく将校であろう者達の姿もかいま見えた。

しばらく様子を見下ろしていると、見知った顔が視界に入った。ゴートだ。ゴートは数人の兵士達と会話しているようだった。雄一郎の姿に気付くと、ひらりと手を振ってくる。

案内はここまでで良いと告げて、テメレアと別れる。長い階段を下りて、雄一郎はゴートに近付いた。

「ややゃぁ、どうもオガミ隊長。おはようございます」

気安い口調に思わず脱力しそうになった。短い言葉で訊《たず》ねる。

「現状の報告を」

「はい。短距離の斥候《せっこう》が戻って来ましたので、各小隊長より報告を受けております」

「俺も聞こう」

「では、こちらへ」

案内されて、幕営《ばくえい》の一つに入る。幕営《ばくえい》の中に入ったのは、雄一郎にゴート、そして四人の小隊長達だ。中には、簡素な長机が一つあるだけだった。机の上に、小隊長の一人が地図を広げる。小柄で頬にそばかすのある、若いというよりも幼い顔をした青年だ。雄一郎と目が合うと、ぺこりと頭を下げてきた。

「あぁ、まずは紹介を。これは、俺の部隊で小隊長を任せているチェト・カルツァーです」

「チェトとお呼びください」

チェトと名乗ったその青年は、にっと目を細めて笑った。随分と人懐っこい性格のようだ。

隣に立っていた生真面目《きまじめ》そうな男が雄一郎をまっすぐ見つめたまま、口を開く。真っ白の髪をほとんど坊主《ぼうず》近くまで刈り上げている。広めな額《ひたい》の下に、大きな一重《ひとえ》の瞳が見えた。

「小隊長のヤマ・オリエダと申します」

新しい上司を品定めする眼差《まなざ》しだと思った。なかなか好戦的な性格なのかもしれない。

「ヤマと呼んでも？」

「お好きにどうぞ」

返す言葉にもやや棘《とげ》がある。無能な上司を嫌うタイプか。悪くない。

無礼なヤマの態度を窘《たしな》めるように、隣の男がヤマの肩を肘で突く。その男は、やや細長い面立《おもだ》ちをしていた。背も見上げるほど高い。

「ベルゼビュート・ロクコス。呼び名はベルズとでも。ヤマとは幼なじみです。ヤマは率直すぎるところもありますが、真面目で良い奴なので許してやってください」

幼なじみのフォローを口にして、苦笑いを浮かべる。やや優男《やさおとこ》という印象が強い。

最後に残った小隊長が九十度の角度で頭を下げる。ひどく細身で、前髪が目元を覆《おお》うくらい長い。

肩まで伸びた白髪は、首の後ろで雑に纏《まと》められていた。

「イヴリース・ファーストです」

その声を聞いた瞬間、雄一郎はわずかに目を見開いた。

「女性士官もいるのか」

イヴリースは女性だった。よく見ると、確かに骨格が女性のものだ。イヴリースは口元だけわずかに綻《ほころ》ばせたが、小さく首を左右に振った。

「女性の士官は、私くらいなものです。本来なら兄達が兵役を務めるはずだったのですが、アム・ウォレスが襲撃された際に命を落としまして……代わりに私がこのような身に余る立場に置いていただいております」

「こう見えて、イヴリースは銃の名手なんっすよ」

ゴートが相変わらず気の抜けた口調で口を挟む。それぞれ小隊長を指さしながら、ゴートが言葉を続けた。

「チェトは弓に、ヤマは剣に、ベルズは槍《やり》に、それぞれ長《た》けています。みな素晴らしい兵です。存分に活《い》かしてやってください」

「まるで今まで活《い》かされていなかったような言い方だな」

「この国の軍も、まだまだ古い体制から抜け出せていないですからねぇ」

「頭でっかちが軍の頂点にいる？」

「まさしく。女神様が現れたっていう話を聞いて、すでに反女神軍部までできている始末です」

反女神軍部という単語に、思わず口元がにやける。雄一郎は笑い出しそうになる唇を手のひらで覆《おお》いながら、ゴートに問い掛けた。

「その筆頭は」

「勿論《もちろん》、軍の総大将ですよ。突然、異世界から飛んできた女神なんぞに主導権を握らせてたまるかって激怒《げきおこ》中です。まぁ、軍の四分の三ほどは自由に動かせないと考えていただければ、と思います」

「昨日と言ってたことが違うじゃねぇか。軍の指揮権はすべて俺のもんだって言っただろうが」

「時の流れによって、物事は移ろうものなんですよ」

いけしゃあしゃあと言いやがる。肩を竦《すく》めるゴートの脛《すね》を蹴り飛ばしてから、雄一郎は左右を見渡した。

「短距離の斥候《せっこう》は五グループ出したはずだが。もう一人の小隊長はどこにいる」

「マルコス小隊長は、まだ帰還していません」

脛《すね》を抱えて痛がるゴートの代わりに、チェトが答える。その表情はわずかに硬い。

「帰還していないグループが向かった方角を教えろ」

地図を示すと、チェトが白い木片のようなものを滑らせた。地図に一本の白い線が引かれる。

「マルコス小隊は、アム・ウォレスから北西へ向かいました。夜半進み続けたとして、斥候《せっこう》範囲は約二万ロートです。その間にあるのは」

白い線が地図に描かれた記号の上を横切っている。長方形が三本連《つら》なった記号は、城か街を示すように見えた。

ヤマが口を開く。

「ウェルダム卿の拠点か」

重々しい口調に、ベルズが補足するように続ける。

「ウェルダム卿は、ジュエルドの中級貴族です。元々は鉄工業を営《いとな》んでいた商人だったのですが、数十年前に爵位を買って貴族になりました。今は、アム・アビィという街を治めています」

「そのウェルダム卿の拠点に、何か問題があるのか」

指先で地図を叩《たた》きながら訊《たず》ねる。一瞬幕営《ばくえい》に沈黙が流れた後、イヴリースが口を開いた。

「ウェルダム卿には裏切りの疑いが掛かっています」

「裏切り？」

「アム・アビィは鉄鉱の産地としても有名です。溶鉄技術者もたくさんおりますし、銃も大量に生産しております。その銃を、隣国ゴルダールに流しているのではないかと」

「敵に武器を売り飛ばしているってことか」

「はい。マルコス小隊はウェルダム卿に囚われているか、もしくは……」

「すでに殺されているか」

単刀直入な雄一郎の言葉に、ヤマの目が一気に尖《とが》る。その無言の怒りを感じながら、雄一郎はゆっくりと天井を見上げた。まとまりのない思考が頭上で少しずつ形作られていく。

失踪後の生存確率は、二十四時間以内で七十パーセント、四十時間で五十パーセントまで下がる――

「五十パーセントなら、賭けに出る価値はあるか」

思考を纏《まと》めるように呟《つぶや》く。視線を下ろして、全員の顔を見やった。

「斥候《せっこう》時、敵軍の侵攻は見られなかったか」

雄一郎の問いに、ゴートと四人の小隊長の背筋が一気に伸ばされる。

「はい、オガミ隊長。四グループが進行した方角で、敵兵の姿はみとめられませんでした」

ゴートが答える。頷《うなず》き、続けざまに訊《たず》ねる。

「万が一敵軍が侵攻してきた際、この城は二日以上もつか」

あんまりな雄一郎の質問に、ゴートが笑いを噛み殺す。

「流石《さすが》にそれぐらいのことは頭でっかちな軍部共でもできると信じたいですね」

口調は砕けているが、いい加減な言葉ではなさそうだ。雄一郎は小さく頷《うなず》くと、告げた。

「出発の準備をしろ。アム・アビィへ向かう。人員は最少人数、帰還時間は二日後を目標とする。達成目標は、マルコス小隊の捜索およびウェルダム卿が敵軍についていた場合速やかな排除。以上、急げ」


足早に幕営《ばくえい》を出たところで、雄一郎はでっぷりと太った男に突然指をさされて叫ばれた。

「こんな男が女神だと言うのか！　ただの中年男じゃないか！」

そういうあんたはただのデブハゲ爺《じじい》だな、と言いそうになるのを堪《こら》える。少なくとも出会い頭に初対面の相手に向ける言葉ではない。

振り返ってゴートを見やる。ゴートは口元に薄笑いを浮かべて、雄一郎の耳元に囁《ささや》いた。

「総大将の次の次の次ぐらいにお偉い、ガーデルマン中将です。別名ヒステリックファンキージジイ」

あまりにもストレートな別名に、笑いが堪《こら》え切《き》れなかった。ぶふっと大きく噴き出すと、ガーデルマンは顔を真っ赤にした。

「何を笑っておる！　我々に挨拶《あいさつ》もせず、落ちぶれ貴族となんぞ密会しおって！」

「あ、ちなみに落ちぶれ貴族ってのは俺のことです」

言わなくてもいいのに、ゴートが茶々を入れるように手を上げる。その仕草にも、思わず笑いが零《こぼ》れた。何とも清々《すがすが》しく、そして人を小馬鹿にした態度だ。

ガーデルマンの顔がますます赤くなっていく。まるで爆発寸前の風船爆弾のようだと思った。

「できそこないの女神が何をたくらんでおる！　女神は大人しく城に篭もって、王をお慰《なぐさ》めしておればいいのだ！」

今度こそ笑い声が弾けた。腹を抱えて、高らかに笑い声をあげる。大声で笑い出した雄一郎を見て、ガーデルマンが怯《ひる》んだように唇を歪《ゆが》めた。

「ふ、ふふ、は、随分と笑えることをおっしゃる」

慇懃無礼《いんぎんぶれい》に誉《ほ》めたたえて、雄一郎は自分よりも低い位置にあるガーデルマンの目線に合わせるように腰を屈《かが》めた。そのまま言い聞かせるように、ゆっくりと囁《ささや》く。

「とても楽しい冗談を大変ありがとうございます。ですが、我々は今、非常に急いでおりますので、貴方の独り芝居は次回の楽しみに取っておきます」

それでは、と言い残して歩き出す。雄一郎の後ろをゴートと四人の小隊長が付き従う。数歩歩いたところで背後から金切り声が聞こえた。

「偽物女神が、この国を滅ぼすつもりか！　悪の化身めッ！」

できそこないの次は偽物で、最後は悪の化身になるのか。女神も大変だ。そりゃ頭もおかしくなって、仕《つか》え捧《ささ》げる者で鬱憤《うっぷん》をはらしたくもなるだろう。

首を左右に揺らして鳴らしつつ、ちらりと視線だけ背後に投げる。

「俺と一緒にいると悪の味方扱いされるらしいぞ」

悪の味方、という単語はどこか可笑《おか》しい気がする。だが、背後の五人は平然とした声音で答えた。

「最高」とゴート。

「それって、超いい感じです」とチェト。

「喚《わめ》くだけの上官は尊敬するに値しない」とヤマ。

「隣に同じく」とベルズ。

「精一杯、役目を務めさせていただきます」とイヴリース。

変わり者五人を眺めて、雄一郎は軽く肩を竦《すく》めた。

＊＊＊

部屋に戻って準備をするのに五分も掛からなかった。軍服に着替えて、編み上げのブーツを履く。バックパックを背負い、ＡＫ47を腕に掛ける。それだけで終わる。

部屋を出ようとした時、テメレアが息を切らして走ってくるのが見えた。長い髪がわずかに乱れている。

「ゴートから報告を受けました。出撃するのですか」

「出撃なんて大したもんじゃない。少人数で偵察に行く程度のことだ」

「私も行きます」

「駄目だ」

「なぜですか」

「足手まといだからだ」

言い切ると、テメレアは目尻をかすかに赤く染めた。雄一郎を睨《にら》み、噛み付くような口調で言う。

「貴方はまだこの世界のことをほとんど知らない。私が必要です」

「必要かどうかは俺が決める。戦闘訓練をしたこともない人間がついてきても邪魔なだけだ」

「邪魔になった時は切り捨てていただいて結構です。私の代わりはいくらでもいる」

代わりがいるという言葉に、不意に腹の奥から言いようのない不快感が湧き上がってくるのを感じた。嫌悪とも憤怒《ふんぬ》とも言い難い、奇妙な苛立《いらだ》ちだ。腕を伸ばして、テメレアの胸倉を掴む。勢いのままその背を扉の内側へ叩《たた》き付けた。

「クソ犬が、言うことが聞けねぇのか」

唸《うな》るように言うと、テメレアは存外に冷静な目で雄一郎を見返してきた。

「ウェルダム卿とは面識があります。卿は有名な男色家です。以前夜会でお会いした時に、私の顔を非常に気に入って、第五夫人にならないかと誘いを受けたほどです」

第五夫人という単語に、また眩暈《めまい》を覚えた。男相手に夫人、それも五人目の。

「それが何だ」

「私は女神から暴行を受けていると訴えて、ウェルダム卿に救いを求めます。数人の護衛と共に命からがら王都から逃げてきたので匿《かくま》ってほしいと。そうすれば城内へ容易に潜《もぐ》り込《こ》むことができるかと思います」

「自分を餌《えさ》にするつもりか」

問い掛けると、テメレアは口元に薄笑いを浮かべた。かすかに諦念《ていねん》が滲《にじ》んだ、冷めた笑いだ。

「私の代わりはいくらでもいるんです」

同じことを言う。その憎々しい言葉に、雄一郎は思わずテメレアの胸を突き飛ばした。テメレアが小さく噎《む》せる。その姿を見ず、雄一郎は言い放った。

「その長ったらしい服を着替えろ」

離れようとしたが、その前にテメレアの手が伸びた。取り出したバンダナを雄一郎の頭にそっと巻き付ける。

「黒髪は目立ちます。目の色は仕方ありませんが、極力隠してください」

その手を振り払って、雄一郎は自身の手で眉下までバンダナを巻いた。その後は振り返りもせず、部屋を出た。

城門へ向かって、廊下を足早に進む。城門まで後少しのところで、不意に植え込みの間から小さな手が出てきた。その手に上着の裾《すそ》を掴まれる。視線を下とすと、植え込みの陰に座り込んでいるノアと視線が合った。

「こんなところで何をしてるんだ」

咄嗟《とっさ》に呆《あき》れた声が零《こぼ》れる。名ばかりとはいえ、王様がこんなところに隠れるようにいるとは。王様どころか、まるで居場所をなくした孤児だ。

「あんたこそ、どこに行くんだよ」

拗《す》ねた口調で訊《たず》ねられる。相変わらずの反抗期の子供みたいな態度に嘆息しつつも、雄一郎は偽《いつわ》らずに答えた。

「アム・アビィだ」

「僕も行く」

「はぁ？」

「僕も一緒に行く」

テメレアといい、目の前の子供といい、ピクニックに出かけるとでも思っているのか。当たり前みたいに、ほいほいついてこようとする迂闊《うかつ》さと図々しさに嫌気がさしてくる。

「遊びに行くんじゃねぇんだ。連れて行くわけねぇだろ」

「テメレアも行くんだろ。なら、僕だってその権利がある」

今度は権利だとか言い出しやがった。その小賢《こざか》しさに苛立《いらだ》ちが募《つの》る。雄一郎が押し黙っていると、ノアは不意にくにゃりと眉尻を下げた。ひどく心配げな、不安そうな眼差《まなざ》しで雄一郎を見上げてくる。

「あぁ？」

「あの……昨日のは、大丈夫なのか……？」

「……よ、夜の……」

「あぁ、俺の上で散々腰振りまくってくれたことを言ってんのか。そのことなら、ちっとも大丈夫じゃねぇよ。尻は痛ぇし、腰は重いし、はっきり言って気分も最悪だ」

つっけんどんな雄一郎の返答に、ノアはあからさまに狼狽《ろうばい》した。雄一郎の上着の裾《すそ》を掴む指先がかすかに震えている。

「お、怒ってるのか……？」

的外れな問い掛けに、唇が半開きになった。

「……僕のこと、きらいになった……？」

また、これも的外れだ。嫌いになった、とかではない。臆病で短気な子供など、最初から好いていない。胡乱《うろん》げな眼差《まなざ》しで見下ろしていると、ノアはそれを雄一郎の拒絶と受け取ったのか、悲しげに目を潤《うる》ませた。

「……あんたがいやだったのなら、もう二度としない……」

「いや、してもらわないと困るんだが」

目の前の子供に孕《はら》ませてもらわなくては元の世界に帰れないのだから。

思いがけない困惑に、雄一郎は言葉を詰《つ》まらせた。無意識に手を伸ばして、しゃがみ込むノアの頭に触れる。ノアの身体がびくんと大きく跳《は》ねたが、逃げる様子はない。そのまま柔らかな髪の毛をくしゃりと撫《な》でると、ノアはまたぽろりと涙を零した。

「お前は、すぐに泣くな」

ひとり言のように雄一郎が漏《も》らすと、ノアは慌てた様子で目元を拭《ぬぐ》った。時折覗く健気《けなげ》さに、かすかに胸の奥からふわりとくすぐったい感情が込みあげてくるのを感じる。それは愛だとか恋だとかでは勿論《もちろん》ないが、父性や母性に似ていた。

「悪かったよ、俺が言いすぎた」

人に謝るのは久しぶりな気がした。涙に濡れた目で、ノアが雄一郎を見つめてくる。

その視線に、ふと思い出が脳裏を過《よぎ》る。娘が生きていた頃は、雄一郎は他愛もないことでよく謝っていた。何で一緒にお風呂に入ってくれないのと泣く娘に、ごめんごめんと平謝りしたことを思い出す。妻はカラカラと笑い声をあげながら、お父さんはマーちゃんと一緒に入るのが恥ずかしいのよ、と娘に言い聞かせていた。雄一郎はその言葉に、顔を真っ赤にさせた。そんな優しい思い出だ。

「お前は、真名《まな》に似てる」

自分でも知らない内に声が零《こぼ》れていた。はっとした時には遅く、ノアの不思議そうな視線が向けられている。

「マナ？」

続く言葉を待つように、ノアが首を傾《かし》げる。その無言の眼差《まなざ》しに負けて、雄一郎は口を開いた。

「娘だ」

「娘……!?　あんた子供がいるの……!?」

「正確には『いた』だ。もういない」

「いない、って？」

「死んだ。妻も娘も」

言葉にすると呆気《あっけ》ない。きっと現実だって呆気《あっけ》ないはずだ。そう雄一郎は信じている。

ノアは唇を淡く開いたまま、何か言葉を探している様子だった。だが、その口から言葉は出てこない。もしかしたら、雄一郎が思うよりもずっと優しい子供なのかもしれない。

ノアの頭から手のひらを離す。

「今の話は忘れろ。もうずっと昔のことだ。大したことじゃない」

「……そんなこと言うなよ……」

当事者でもないのに、ノアのほうが悲し気な表情をしているのが意味が解らない。雄一郎が怪訝《けげん》に眺めると、ノアは両手で捧《ささ》げ持つように雄一郎の手のひらを掴んだ。

「あんたのこと、あんまり困らせないようにする……」

「そりゃありがたい」

「でも、僕はあんたの子供じゃないから」

ギクリと身体が強張《こわば》るのを、感じた。不意に、核心を突かれた気がした。

ノアは、真っ直ぐ雄一郎を見つめている。

「戻ってきたら、あんたと話をしたい。色々、何でもいいから。だから無事に戻ってきてほしい」

愚直な言葉に、指先が戦慄《わなな》きそうになった。誤魔化《ごまか》すようにノアの手のひらから手を遠ざける。

意味もなくＡＫ47の肩紐《ひも》をなぞりながら、雄一郎は大股で歩き出した。

その背に、ノアの視線が向けられているのが解る。解ってしまう。その事実に、どうしてだかひどく頬が熱くなるのを感じた。


少数人数での行軍は慣れている。ゲリラ戦は、雄一郎の最も得意な分野だ。

出撃の人数は九名になった。雄一郎にテメレア、ゴート、四人の小隊長、それと砲兵と衛生兵が一名ずつだ。

砲兵と衛生兵は兄弟のようだった。砲兵は朴訥《ぼくとつ》とした男で、表情もなく「クラウス・ジェミニです」と挨拶《あいさつ》したきり一度も口を開かなかった。反対に衛生兵は、ほんわかとした笑顔の柔らかい男でリュカ・ジェミニと名乗った。

「クラウスは、私の二歳下の弟です」

とも説明される。だが、挨拶《あいさつ》にそれほど時間は割《さ》けなかった。話を切り上げて、すぐさま城門から出発する。

行軍は迅速だった。それぞれが五メートルの距離を空けて、左右に目を配りつつ素早く進行する。そのうちの何名かはひどく重たそうな荷物を背負っており、時折身体を揺らして担《かつ》ぎ直《なお》していた。

唯一軍人ではないテメレアは、雄一郎と並んで進行する。戦闘員ではないにもかかわらず、テメレアはよく雄一郎の足についてきた。

数時間ごとに設《もう》けた休憩の間も、テメレアは頑《かたく》なに腰を下ろそうとはしなかった。一度でも座ってしまえば、二度と自分が立ち上がれなくなると解っていたのかもしれない。雄一郎が水筒を差し出すと、テメレアは一口飲んだだけで直ぐに返してきた。

補給も最小限にとどめ、九人は半日間をひたすら走り続けた。日が傾き出した頃、ようやくアム・アビィの街並みが見えてきた。木々の陰に隠れたまま、雄一郎は皆を呼び集めた。

「街の入り口に検問はあるか」

そう短く問い掛けると、素早くチェトが答えた。

「ありますが、アム・アビィは人の出入りが激しいので検問は非常に緩いです」

その返答に、頷《うなず》きを返す。視線をゴートに向けると、聡《さと》い副官はすぐに口を開いた。

「まずは、テメレアとその女官としてイヴリースを城内へ送り込みます」

「私は城内にいる間に、マルコス小隊長の捜索およびウェルダム卿についての情報収集を行います。日が沈んだ後、内側から城門を開き、みなさんを城内へと誘導します」

イヴリースが言葉を引き継ぐ。ゴートが頷《うなず》き、言葉を続ける。

「リュカが街を巡っていている医者ということにして、その助手としてオガミ隊長と俺が街に潜《もぐ》り込《こ》みます。夜更《よふ》けにイヴリースの誘導によって我々三人が城内へ入ります」

ゴートが口を閉じるのと同時に、今度はヤマが話し出す。

「自分とベルズは、製鉄職人として街に入り、市街地での退路の確保に努めます」

「俺とクラウスは、街外にて周辺の監視、万が一の際の伝令を行います」

チェトが言う。そこまで聞いてから、雄一郎はゆっくりと口を開いた。

「宜《よろ》しい。タイムリミットは明朝だ。明朝になっても、我々が戻ってこなかった場合、チェトとクラウスは王都へ戻れ。可能であれば援軍を呼び、不可能であれば我々は見捨てろ」

驚いたようにチェトが目を見開く。

「女神様を見捨てろというのは、無理なお話です」

女神様という言葉に、また飽きもせず失笑が零《こぼ》れる。捻《ねじ》れた笑みを浮かべたまま、雄一郎は静かに吐き捨てた。

「俺が死ねば、新しい女神が来るかもしれないだろ」

皮肉じみたその台詞《せりふ》に、ぴくりとテメレアの肩が跳《は》ねる。明らかな不快感を滲《にじ》ませるテメレアの顔から視線を逸《そ》らして、雄一郎は続けた。

「迅速に、正確に、各自決められた任務を果たせ」

それで話は終わった。だが、作戦に移る前にうんざりする仕事をこなさなくてはならないことも、雄一郎は解っていた。テメレアと向き合って訊《たず》ねる。

「殴られる場所はどこがいい？」

「目立つところがいいですね。ただ、顔は一発までにしておいてください。ウェルダム卿お気に入りの顔がぐちゃぐちゃになっていたら城内に入れてもらえないかもしれません」

淡々としたテメレアの言葉に、雄一郎は溜息《ためいき》を漏《も》らした。その溜息《ためいき》を聞いて、ゴートが声を掛けてくる。

「気乗りしないようでしたら、俺がやりましょうか？」

手のひらをいい加減に振って、ゴートの申し出を断る。布を取り出して、指の第二関節に雑に巻き付けた。

「歯を食い縛って、何か楽しいことでも考えてろ」

「無茶をおっしゃる」

テメレアが小さく笑う。だが、笑いを消すと、ぽつりと小さな声で呟《つぶや》いた。

「あなたのことを考えます」

睦言《むつごと》というよりも、それは悲しい囁《ささや》きのように思えた。報《むく》われることのない告白だ。テメレアが口を噤《つぐ》んだのを合図に、雄一郎は拳《こぶし》を振り上げた。


他の小隊長達と別れた後、雄一郎はリュカ、ゴートと共に街に入った。

アム・アビィは、道々に水路が流れる美しい街だ。あちこちにある水路には、真っ白な橋が掛けられている。

「溶鉄に水は欠かせませんから」

ゴートがそう説明を漏《も》らす。

幅が広い水路には、小舟が浮かべられていた。どうやら水路で物を運ぶらしい。物珍しそうに眺めていると、にやにやと笑みを浮かべたゴートが訊《たず》ねてきた。

「ご興味があるなら乗りますか？」

まるでオモチャの車に乗りたがる子供に対する口調だ。憮然とした表情で見返すと、ゴートは声をあげて笑った。

「相変わらず意地の悪い方ですね」

雄一郎とゴートのやりとりを見て、リュカが困ったように呟《つぶや》く。

「昔からの知り合いなのか？」

「はい、私もゴート副官もここにいる小隊長は全員、元々は国境地域の警護をしている辺境軍に属しておりましたので」

「国境というのは、隣国ゴルダールとの国境警備か？」

「その通りです。ジュエルドで最も戦死者が多い場所ですね」

にこにこと笑いながら笑えないことを言う。微笑《ほほえ》むリュカを横目で眺めて、雄一郎は短く問い掛けた。

「小隊長級が一気に抜けて、国境警備は大丈夫なのか」

「それなりに大丈夫かと。国境警備は、最前線だけあって精鋭揃いですから。それより、王都の戦力の低さのほうが問題です。平和な時代が続いて、中央軍は弱体化し、上層部は汚泥《おでい》にまみれてしまいました」

「汚泥《おでい》」

オウム返しに呟《つぶや》くと、ゴートが注釈するように言った。

「最も愛国をうたっていた者達が、金のために国を売っているという意味ですよ」

それを聞いて、どうしてだか雄一郎はひどく諧謔《かいぎゃく》的《てき》な気持ちになった。口角が笑みに歪《ゆが》む。

「どこでも戦争は同じか」

以前も口にした言葉だ。だが、改めて思う。元の世界だろうが、異世界だろうが、戦争は一部の特権階級の欲望によって膨れ上がっていく。そして、豚共の腹が満たされるまでは決して終わらない。

リュカが頭痛を覚えたように額《ひたい》を押さえ、言葉を続ける。

「一番厄介なのは、『私腹を肥《こ》やす豚』と『真に国を憂いる者』とが混ざり合っていることです。諸手をあげて兄上様がたを支持する貴族もいますが、半数以上の貴族はノア様につくべきか兄上様がたにつくべきか決めかねている。同じ城にいるというのに、味方と敵の区別がつかない」

「その兄達を支持している貴族というのは、今どこにいるんだ」

「王都にはいられませんから、自分達の領地に戻っていますね。兄上様がたも、その貴族達の領地のどこかにいるかと」

「現状では身内から敵が出てくる可能性が高いということか。自陣だと思って安心していると、寝首をかかれる」

そう感想を漏《も》らすと、リュカは『その通り』と言わんばかりに大きく頷《うなず》いた。代わって、今度はゴートが口を開く。

「ですが、王都にいる貴族達の多くは女神様や宝珠に対する信仰心というのが深い連中ですから、宝珠に選ばれた『正しき王』をないがしろにすることはありません。むしろ、神が決めたことに反乱を起こした兄上様がたを処罰するべきだと考えている連中も多いです」

「その中に、確実にこちら側だと信用できる奴はいるのか？」

「います」

一瞬、ゴートがにやりと口角を緩めた。そのやや皮肉気な笑みを眺めながら、雄一郎は続きを促《うなが》すように顎《あご》をしゃくった。

「軍のキーランド総大将は、確実にノア様派ですね」

「総大将？　それ、女神に対して滅茶苦茶キレてるって奴じゃなかったか？」

「そうです。突然来た女神に好き勝手にさせるかって怒ってるお爺《じい》ちゃんですね。まぁ、でも総大将の場合は、ノア様に対する反乱心から女神様を邪険にしているわけではないです。突然現れた女神様に指揮させるよりは、自分が軍を指揮するほうが王にとって利があると考えての行動でしょう。まぁ、心の片隅では、自分の人生をかけて築き上げてきた軍を、見知らぬ女神様とやらに踏み荒らされたくないという思いもあるかもしれませんけれども」

「余計に厄介なジジイじゃねえか」

呻《うめ》くように呟《つぶや》くと、ゴートは声をあげて笑った。

「ですが、総大将がノア様派というのは唯一の救いですよ。過去の輝かしい戦歴もあって、総大将に忠誠を誓う兵士も多い。王座についてから今までノア様が暗殺されなかったのは、キーランド総大将のおかげと言っても過言ではないです」

ゴートの言葉に小さく頷《うなず》きを返しながらも、雄一郎は頭を抱えたくなった。

現状を整理するとこうだ。

王都には、味方か敵か解らない貴族が大量にいて、いつ裏切られるか解らない。

兄達についている貴族達は各領地に散らばっており、隣国ゴルダールと組んでいつ襲ってくるか解らない。

中央軍は老いた総大将が取り仕切っており、軍について雄一郎に口出しさせる気は一切ない。

どう考えても最悪な状況じゃねぇか。と、思わず喚《わめ》き散《ち》らしそうになる。女神として呼ばれたというのに、これでは道端で乞食でもやっているほうがよっぽど楽だ。

溜息《ためいき》を漏《も》らしそうになるのを堪《こら》えながら、雄一郎は投げやりな口調で呟《つぶや》いた。

「王都に戻れたら、まずは裏切り者共のあぶり出しから始めるぞ」

「はい、是非とも根絶やしにしましょう」

吃驚《びっくり》するぐらい陽気な口調でゴートが同意を返す。まるで、それが楽しみで仕方ないと言わんばかりの明るい声音に、雄一郎は胡乱《うろん》な眼差《まなざ》しでゴートを見やった。

「意外だな」

「何がですかい？」

「お前のその口調だと、同じ国の人間を殺すのを楽しみにしているように聞こえる」

無神経だとは思ったが、感じたことをそのまま口に出した。するとゴートは、その顔に嘲《あざけ》りを滲《にじ》ませた。陽気な男に似合わぬ、仄暗《ほのぐら》く澱《よど》んだ笑みだ。

「ちょっとばかし個人的な話をしてもいいですか？」

「ああ」

「ノア様派の貴族達が教会に集められて焼き殺された話は覚えていますよね」

小声で話されるゴートの話に、雄一郎は小さく頷《うなず》きを返した。

「俺の父親はそこで焼き殺されました」

「それは聞いたな」

「俺の妻と子も、一緒に焼かれたんですよ」

柔らかな声で告げられた事実に、雄一郎はゆっくりとゴートを見やった。凄惨《せいさん》な話をしているというのに、ゴートは朗《ほが》らかな笑みを浮かべたままだ。

「妻は臨月間近で、安全のために俺の実家に預けていたんです。俺の子供が生まれるまで後一月《ひとつき》もなかったのに、腹から出ることもなく妻と一緒に燃えて、骨すら残らなかった。その翌日に、妻から手紙が届きました。子供は男の子だったようです」

ゴートが満面の笑みを浮かべる。ぞっとするほど完璧な笑顔だ。

「親父と妻と子は死にましたが、同じ家にいたはずの俺の兄だけは生き残ってるんですよ。その意味がわかりますか」

一瞬だけ雄一郎は言葉に詰《つ》まった。同じ家にいたはずなのに一人だけ生き残った。その理由は明らかだ。

「お前の兄貴は、家を裏切ったか」

「そういうことです。その兄は、今もまだいけしゃあしゃあと王都に残っている。家族と祖国を売り飛ばした畜生のくせに」

ゴートがほぅと小さく息を吐き出す。クセのついた長い髪を片手でぐしゃりと乱しながら、ゴートは静かに続けた。

「だからですね、俺はこの国を救うだとか、同胞を守りたいなんて高尚な精神で戦ってるわけではないんですよ。私怨です。ただ純粋に、裏切り者を殺したいだけです」

そう言い切ると、ゴートは口を噤《つぐ》んだ。雄一郎はしばらく無言のまま歩き、人影が少なくなったところでぽつりと問い掛けた。

「兄貴を殺したいか」

「勿論《もちろん》です」

「その時が来たら、必ずお前の手で始末させてやる」

物騒な言葉を漏《も》らして、片手でゴートの背をぽんと軽く叩《たた》く。途端、ゴートの目が生気に輝いた。

その会話を聞いて、リュカが、お二人とも怖いですよ、とちっとも怖がっていない声で呟《つぶや》いた。

夜が更《ふ》けるまでは、街の宿屋で休息を取ることにした。交代で見張りをしながら、ほんのわずかな睡眠に身を委《ゆだ》ねる。硬いベッドに横たわって目を閉じていると、ふとゴートの話が頭を過《よぎ》った。

雄一郎と同じ、妻と子を失った惨《みじ》めな男。復讐に身を投じるしか生きる意味を見出せない。それでも、ゴートのほうが復讐の対象が明らかなだけまともだ。

雄一郎は、もう誰を恨めばいいのか解らなくなっていた。最初は、敵を、上司を、国を恨んだ。だが、それは次第に形をなくして、人間を、世界そのものを憎み始めた。だから、金のためと名分を立てて、誰彼構わず殺しまくった。

それを今、この異世界でも行おうとしているのか。縁もゆかりもない異世界の住人達に憎悪と殺意をぶつけて殺戮《さつりく》するのか。

「ふ、ふ、女神ねぇ」

唇から無意識に嘲笑《ちょうしょう》が漏《も》れ出ていた。自分でも不愉快になるくらい嫌味ったらしい声音だ。

何度考えても、人殺しが女神なんて巫山戯《ふざけ》ている。女神様と崇《あが》められながら、人民を蹂躙《じゅうりん》し、何千何万もの死体の山を積み上げていくのか。嗚呼《ああ》、馬鹿馬鹿しい。くるっている。

だが、同時に思う。

ここは自分に相応《ふさわ》しい地獄だ。

目を閉じて、大きく息を吐き出す。気が昂《たかぶ》っていても、今は眠らなくては。

閉じた目蓋《まぶた》の裏に、妻と娘の姿が映った気がした。不意に寂寥《せきりょう》とも慚愧《ざんき》ともつかない感傷が込み上げたが、だがその感情もすぐに眠気に呑み込まれて消えた。

＊＊＊

真っ白な部屋の内装を見た瞬間、これが夢だと気付いた。

見覚えのある部屋だ。壁紙も床も漂白されたように白く、部屋の真ん中にはアルミ製の机と二脚の椅子が向かい合うようにして置かれている。その一方の椅子に、雄一郎は腰掛けていた。両手首には手錠がかけられ、手錠の鎖《くさり》は机の真ん中の鉄輪に固定されている。

雄一郎から見て右手側の壁には、巨大な鏡が据《す》えられていた。鏡には、どこかぼんやりとした表情の自分が映っている。全身は生傷だらけで、かすかに血を滲《にじ》ませた包帯が痛々しく巻かれていた。今よりも若い、二十代の頃の自分の姿だ。

鏡の奥から、じっとこちらを見つめている視線を感じた。マジックミラーの向こうから、警戒と監視の眼《まな》差《ざ》しで雄一郎を見ている奴らがいる。それが誰なのか、雄一郎は知っていた。

虚《うつ》ろな眼《まな》差《ざ》しで鏡を眺めていると、不意に部屋の扉が開いた。入ってきた人物を見て、一瞬、雄一郎は目を見開いた。だが、夢の中の自分の身体は身じろぎ一つしない。

「こんにちは、尾上さん」

部屋に入ってきたのは、オズだった。全身に手榴弾《しゅりゅうだん》の鉄片がいくつも突き刺さったままで、引き裂かれた軍服の隙間からはポツポツと真紅の血が滴《したた》り落ちている。右口角から右頬へかけて大きく肉が裂けており、笑うと白い歯や赤い舌がちらちらと覗き見えた。

「どうですか、気分は落ち着きましたか？」

オズが続けて訊《たず》ねてくる。だが、雄一郎は押し黙ったまま言葉を返さなかった。オズが席を引いて、真向かいの椅子に座る。そのままオズは、泥と血に汚れた両手を組み合わせた。

「私はカウンセラーの××です。少し私とお話ししませんか」

まるで幼稚園児に語りかけるみたいなその口調には覚えがある。話している言葉や口調は十年以上前に雄一郎が会話したカウンセラーのものだ。オズの姿をしているが、実際のカウンセラーは確か五十代の壮年男性だったはずだが。

自分の意思とは関係なく、勝手に両腕が動く。両手を持ち上げようとすると、手錠の鎖《くさり》が鉄輪とぶつかってガチャンと鋭い音を立てた。その音に、カウンセラーが眉をピクリと動かす。

「外していただけませんか」

自分の口まで勝手に動く。これは十年前、雄一郎が口にした言葉と同じだ。夢の中で、過去のリプレイでもしているのか。

両腕を差し出したまま動かない雄一郎を見て、オズの姿をしたカウンセラーは困ったように微笑《ほほえ》んだ。

「それはできないんです。貴方の拘束を解くことは禁止されています」

「誰の命令ですか」

「白井《しらい》二等陸佐です」

その名前を聞いた瞬間、胃が裏返るような猛烈な憎悪が体内から湧き上がってくるのを感じた。

指先がビリビリと痺《しび》れて、宙でかすかに震える。だが、雄一郎の表情は変わらない。無表情のまま、どこか上の空な眼差《まなざ》しでカウンセラーを見つめる。

カウンセラーが微笑《ほほえ》みを深めて、両手を伸ばす。そのまま、宙に差し出されたままの雄一郎の両手に手のひらを重ねて、そっと机の上へ下ろした。

「カウンセリングが終われば、拘束を解く許可が出るはずです。私とお話ししてくれますか？」

「はい、先生」

従順な生徒のように雄一郎は答えた。その返答に満足したように、カウンセラーが大きく頷《うなず》く。

「では、まず貴方の所属と名前を教えてください」

「陸上自衛隊、特殊装甲部隊、第四分隊隊長、尾上雄一郎一等陸尉であります」

「ありがとうございます。体調はいかがですか？」

「少し身体が痛みます」

軽く自身の身体へ視線を巡らせる。まだ生傷から血が滲《にじ》み出ている箇所もあった。

「そうですか。後で鎮痛剤を渡しましょう」

「助かります」

「なぜその怪我をしたのか覚えていますか？」

「はい。白井陸佐を殴打《おうだ》し、取り押さえられそうになった際に多数の隊員と揉《も》み合《あ》ったためです」

はきはきと答える雄一郎を上目遣いに眺めて、カウンセラーが少し含みのある声で言う。

「白井陸佐は鼻と歯が三本折れたとのことです」

「それは大変申し訳ない限りです。お会いして、正式に謝罪をしたいのですが」

「それは難しいでしょう。貴方は白井陸佐を殴っただけでなく、銃まで向けました」

「言い訳になりますが、あの時は非常に混乱していたのです」

「それは貴方の奥様とお子さまが亡くなったことが原因ですか？」

淡々としたカウンセラーの問い掛けに、雄一郎は一瞬だけ口を噤《つぐ》んだ。真っ直ぐカウンセラーを見つめて、それから浅く頷《うなず》く。

「はい、そうです」

「家族の死の原因は、白井陸佐にあると思っていますか？」

「いいえ、今はそう思いません。重ねて言いますが、あの事件の直後は本当に混乱していて、敵と味方の区別もつかなくなっていたのです」

「今はもう落ち着いていますか？」

「先ほどよりかは、ずっと」

雄一郎はこの部屋に入って、初めて微笑《ほほえ》んだ。口角がピクピクと痙攣《けいれん》しそうになるのを堪《こら》えながら、必死に平静を装《よそお》う。嘘だ嘘だ、と頭の中で誰かが喚《わめ》く声が聞こえるようだ。未だ心は嵐の中で、闇雲な憎悪と殺意に溢《あふ》れている。

「白井陸佐に何と話したか覚えていますか？」

「それは、白井陸佐に暴力を振るっている時にですか」

「そうです」

「なぜ見捨てたんだ、と私は訊《たず》ねました。なぜ、私にやらせたのかと。白井陸佐は、お前に命じるしかなかった、お前のためだったんだ、と答えられました」

「それだけですか？」

カウンセラーの問い掛けに、雄一郎は静かに目を伏せた。所々の皮がはがれ、赤い肉が剥《む》き出《だ》しになっている拳《こぶし》を見つめて、唇だけ動かす。

「金は命よりも尊いのか、とも訊《たず》ねました。それに関しては、白井陸佐は何も答えられませんでした」

「では、貴方はどう思いますか？　金は命より尊い？」

雄一郎は視線を上げて、カウンセラーを見つめた。鬱血《うっけつ》してやや飛び出して見えるオズの赤黒い眼球を見つめたまま、雄一郎はちらりと泣き出しそうな笑みを浮かべた。

「尊いかは解りません。ですが、きっと金は命よりも重たい」

人間の魂《たましい》はたった二十一グラム。妻と娘、二人分合わせても四十二グラムだ。天秤は金へ容易に傾き、妻と娘は見捨てられた。雄一郎にとってあまりにも残酷な方法で殺された。それだけが雄一郎に残されたこの世界の真実だ。

「貴方はその考えを受け容れたんですか？」

カウンセラーが静かに訊《たず》ねてくる。雄一郎は、更に笑みを深めた。だが、口角は吊り上がっているのに、自分が笑っているのか自分でも解らなくなっていた。今、自分はどんな表情をしている。笑っているのか、泣いているのか、怒っているのか。

深く俯《うつむ》いて、唇だけをかすかに動かす。

――それが真実なら、こんな世界は大嫌いだ。

声に出さず、子供のような駄々《だだ》を囁《ささや》く。それを最後に、夢はぷつりと途絶えた。

＊＊＊

あの日、テメレアは神を見た。狭く、閉ざされた地下洞窟で、血と泥にまみれた美しい女神を。

「絨毯《じゅうたん》に血を落とすな」

ぼんやりと霞《かす》んだ思考に、無遠慮な声が潜《もぐ》り込《こ》んでくる。目を伏せると、自身の下唇からぽつりと血が滴《したた》っているのが見えた。先ほど殴られた際に、口内の粘膜を切ってしまったらしい。

テメレアが手を伸ばすよりも早く、口元に布があてがわれた。ちらりと視線を横へ向けると、侍女の服を着たイヴリースが白い布をそっとテメレアの唇に当てているのが見えた。

テメレアと目が合うと、イヴリースは曖昧《あいまい》な笑みを浮かべた。どこか奇妙な女だと思う。笑っているのに泣いているみたいに見える。

「あとで手当いたしますので……」

まるでイヴリース自身が傷を負わせたかのように、罪悪感にまみれた声で耳元に囁《ささや》かれる。そのか細い声に、テメレアは小さく首を左右に振った。

「気にせずともいい」

小声で返す。だが、口内が切れて腫《は》れているせいか、自分の声はひどくくぐもって聞こえた。その鈍い声音に、思わず笑いそうになる。

顔は一発にしてくれとお願いしていたが、その一発がなかなかに強力だった。前日にも同じ箇所を殴られていたせいか、拳《こぶし》が右頬にぶち当たった瞬間、目の奥で火花が散ったような痛みが走って、地面を転げ回りそうになったほどだ。

それに対して、テメレアを殴打《おうだ》した当人は、自分が付けた痣《あざ》具合を確かめるように平然とした顔でテメレアを見下ろしていた。その冷めた眼差《まなざ》しには、欠片《かけら》の罪悪感も滲《にじ》んでいなかった。ただ、戦場で必要なことをしただけと言わんばかりの事務的な表情だった。

心底ひどい人だと思う。ひどいというよりも、冷酷という表現のほうが正しいのかもしれない。他人を痛めつけること、他人を殺すことを躊躇《ためら》わない。そもそも、彼は他人の生死や人生に興味がないのだ。もしかしたら自分自身の生死すらどうでもいいのかもしれない。

彼は、きっとこの国を救うなんていう思考は持っていない。金のためだとは銘打っているが、きっと金に対しても大した執着はないのだろう。

テメレアの目には、彼はただ自分の周りのすべてを破壊し尽くそうとしているように見える。無謀に、無秩序に、ゲームのようにこの世界を玩弄《がんろう》しようとしているのだ。

人間よりも限りなく畜生に近い精神をもった相手だというのに、テメレアは初めて会った瞬間から、その男に焦《こ》がれてやまない。つい昨夜、その黄みがかった肌をまさぐったことを思い出す。テメレアの下で、悶《もだ》え捻《ねじ》れた身体を。その体内の焼けるような熱さを。一度も組み敷かれたことなどないだろう屈強で傲慢《ごうまん》な男を真上から刺し貫《つらぬ》く高揚《こうよう》と愉悦は、なかなか忘れられそうにない。

扉を叩《たた》く音で、遠ざかっていた思考が戻った。先導していた兵士が目の前の扉を叩《たた》いている。

開かれた扉の中は、執務室のようだった。花も挿していない壷やら毛足の長い絨毯《じゅうたん》やら、一目見ただけで金がかかった調度品が至るところに配置されている。巨大な窓の前に置かれていた白い執務机の前に、男が座っていた。一度見たことのある顔だ。

油で後ろに撫《な》で付けられたテカテカとした白髪、鼻が大きくて彫りの深い気取った顔立ち。下手な若作りのせいで、内面の浅はかさが逆に前面に出てしまっているように思えた。

「やぁ、テメレア。随分と久しぶりだね」

軽快なのに、どこかねっとりと纏《まと》わり付く声音。一度しか会ったことがないのに、馴れ馴れしく呼び捨てにしてくる無遠慮さが癪《しゃく》に障《さわ》る。だが、それらの感情を一切出さず、テメレアは縋《すが》るような眼差《まなざ》しを男へ向けた。

「ウェルダム卿……」

媚《こ》びを含みつつも、心細げな声を意図的に上げる。顔に痣《あざ》を作ったテメレアの姿を見て、ウェルダム卿は喜びを隠そうともせず、にんまりと笑った。

「あぁ、可哀想に。王都での噂《うわさ》は耳に届いているよ。女神が現れたんだって？　それも男の女神が。その顔の傷は、女神にされたのかい？」

男の猫撫《ねこな》で声を聞きながら、この男の頭の中ではどんなストーリーが展開されているんだろうと想像した。男の女神によって暴行され陵辱されるテメレアの姿でも、妄想しているのだろうか。暴行はともかく、陵辱したのはテメレアのほうだというのに。

内心の思いを押し込め、テメレアは不安げに視線を斜め下へ落とした。

「……はい。その……女神様は、あまりお優しい方ではなくて……」

心苦しさをアピールしつつも、女神の横暴さを非難する言葉を口にする。実際、言っていることは嘘ではなかった。あの人は、ちっとも優しい人ではない。

じわりと瞳を湿《しめ》らせ、テメレアはウェルダム卿を見つめた。

「ウェルダム卿……突然こんなことをお願いするのは、ご迷惑かと思うのですが……どうか私をこの城に匿《かくま》ってはいただけないでしょうか……私、あのまま女神様のもとにいたら殺されてしまう気がして……」

声を詰《つ》まらせながら、畳み掛ける。ついでに、打ちひしがれたように両手で顔を覆《おお》った。自分自身でも、演技がかった噴飯ものの仕草だと思った。だが、目の前の男には効果覿面《てきめん》だったようだ。

しばらく肩を震わせていると、ウェルダム卿が近付いてくる気配があった。そっと両肩を抱き締められて、耳元に生温かい息が吹き込まれる。

「可哀想なテメレア。勿論《もちろん》、いくらでもこの城にいてくれてかまわない。美しい君を、横暴な女神の人柱などにさせてたまるものか」

自分自身の発言に酔っているような、仰々《ぎょうぎょう》しい口調で告げられた。

分厚い手のひらに二の腕を撫《な》でさすられて、鳥肌が浮かびそうになる。甘ったるい香水の匂いがぷんと鼻について、テメレアは思わずせき込みそうになった。鼻下を手の甲で押さえながら、鼻がかった声をあげる。

「……あ、ありがとうございます……このご恩は必ず……必ずお返ししますので……」

恩だなんてそんなもの、とウェルダム卿がほくそ笑むように呟《つぶや》くのが聞こえた。その声音に、恩返しという名目で目の前の男に身体を求められるだろうことを予感した。それを想像するだけで吐き気がする。テメレアの髪の毛一本から血の一滴まで、すでにあの人のものであるというのに。他の男にくれてやるものなど、もう何一つとして残ってはいない。

「さぁ、まずは傷の手当をしよう。私の部屋の隣に君の部屋を用意するから、安心して休むといい」

男の分厚い唇が額《ひたい》へ落とされる。その感触に身の毛をよだたせつつ、テメレアは殊更美しく微笑《ほほえ》んだ。

「ありがとうございます。お優しいウェルダム卿……」

＊＊＊

時間ピッタリに目が覚めた。宿屋の小窓から見える空は暗い。

寝起きだというのに、冷水でも浴びたように目も頭も冴えていた。戦闘直前はいつもこうだ。肉体は休んでいても、脳味噌は常に動き、要求してもないのにアドレナリンを馬鹿みたいに放出している。

雄一郎はなめらかな動作で、まず傍《かたわ》らに置いていたＡＫ47を手に取った。膝《ひざ》の上に銃を置いたまま、バンダナを頭に巻き付ける。ブーツは寝るときも履いたままだ。

ＡＫ47を肩に担《かつ》いでいると、小さなノックの後、扉が開かれた。ゴートが顔を覗かせる。

「行きましょう」

その短い言葉に頷《うなず》きを返した。灯りのない宿屋から三人揃って抜け出す。

街は静かだった。空は淡く発光しているかのように、地面をかすかに照らしている。月明かりのようだと思ったが、空を見上げても月はなく、信じられないほど巨大で色鮮やかな星々が浮かんでいるだけだった。

人通りのない道を足早に進む。人の気配が全くないのは、夜に開いている店がないせいか。どこの家も無人であるかのように、暗く静寂に包まれている。

「こんなに静かなものか」

小さく呟《つぶや》くと、前方を進んでいたゴートが振り返った。

「王都が焼き討ちにあってから、近隣の街では夜間外出禁止令がでています」

「政情が不安定な国がよくやることだな」

雄一郎の皮肉に、ゴートは少しだけ肩を竦《すく》めた。背後からリュカが潜《ひそ》めた声をあげる。

「民を守るためですよ」

「民を逃がさないためでもあるだろう」

夜間外出禁止令とは、民の流出を防ぐための政策でもある。端的に返すと、リュカは言葉を詰《つ》まらせた。

駆け足で街並みを通り抜け、ウェルダム卿の城外壁へ辿《たど》り着《つ》く。城門の外には見張りは立っていなかった。

城門の端に設置された通用門へゴートが小石を三つ投げる。連続して三つ石が当たって数秒も経たず、通用門が開かれた。中から顔を覗かせたのは、イヴリースだ。

「どうぞこちらへ」

開かれた通用門から素早く城内へ入る。通用門の内側に、昏倒《こんとう》した二人の見張り兵が縛られて転がっていた。どうやら、イヴリースが事前に処理しておいたらしい。準備が良いことに、見張り兵の制服は脱がされている。

「マルコス小隊長の位置は解ったか」

「はい。マルコス小隊長はウェルダム卿に捕らえられた後、地下独房に幽閉されていたようです。しかし、本日夕刻にウェルダム卿の第一夫人であるジゼル様の別宅へ連れていかれました」

新たな名前と情報に、片眉が跳《は》ねる。視線をゴートへと向けると、注釈を入れるようにゴートが口を開いた。

「ジゼル様はジュエルドの上流貴族ハイデン家の三男です。確か、ハイデン家はアム・アビィの製鉄業に介入するためにジゼル様をウェルダム卿に嫁《とつ》がせたはずですが」

三男という単語に、またくらりと眩暈《めまい》を覚えそうになる。第一夫人で三男。この世界の常識は、雄一郎が知る常識にまったく当てはまらない。

「なぜ、ジゼル様がマルコス小隊長を？」

リュカが怪訝《けげん》そうに呟《つぶや》く。それはここにいる誰もが抱いている疑問だった。

夫が捕らえた軍人を、なぜ第一夫人がわざわざ別宅へ連れていくのか。その理由は——

だが、考えたところで答えが出るわけでもない。

雄一郎は脱がされた見張り兵の制服を拾い上げると、二着あるうちの一着をイヴリースに向かって投げた。今まで着ていた服を脱ぎ、もう一着あった見張り兵の制服を羽織《はお》りながら言い放つ。

「二組に分かれる。ゴートとリュカはジゼルの別宅に行き、マルコス小隊長が生きていれば保護しろ。俺とイヴリースは、城内でウェルダム卿を確保する。イヴリース、城内の案内はできるな」

「はい、勿論《もちろん》です」

歯切れの良い返答が返ってくる。

雄一郎は制服を着ると、最後にマント状の上着のフードを目深《まぶか》に被《かぶ》った。イヴリースも恥じらうことなく、制服を手早く着替えている。

「なるべく兵士は殺すな。恨まれると後が面倒だ」

最後にそう言うと、ゴートは解っていると言わんばかりにニヤリと笑った。リュカとイヴリースも何も言わずに頷《うなず》く。

「行くぞ」

短く呟《つぶや》いて、ゴートとリュカと別れた。イヴリースの案内のもと、城内へ入っていく。

城内も街と同じように静かだった。時折、廊下で数人の兵士とすれ違ったが、同じ制服を着ているというだけで誰一人として雄一郎とイヴリースに目を留めることはない。眠たそうな顔をして、兵士が横を通り過ぎていく。

「たるんでるな」

ぽつりと呟《つぶや》くと、イヴリースが小声で答えた。

「アム・アビィは、未だかつて敵からの襲撃に遭《あ》ったことがないのです」

「鉄鉱の産地なんて、戦争じゃ一番に狙われてもおかしくない場所だがな」

「だからこそ、狙われないように敵国に銃器を流していたのかと」

言われてみればそうかと合点《がてん》がいく。ある種、敵国への賄賂《わいろ》は、この街の生存術だったのかもしれない。

だが、戦時中にそれを許すわけにはいかない。裏切り者は罰しなくては。一度でも舐《な》められれば、次々と同じような輩《やから》が出てきてしまう。

城の最上階まで上る。真っ白な扉の前で、イヴリースが立ち止まった。

「こちらがウェルダム卿の部屋です」

イヴリースが言い終わると同時に、ゴトンと何かが落ちる音が聞こえた。続いて、人同士がもみ合うような物音と押し殺した声が聞こえてくる。それは目の前の部屋ではなく、隣の部屋から聞こえてくるようだった。

「隣は」

「テメレア様がいらっしゃる部屋です」

イヴリースが戸惑《とまど》った表情で言う。その言葉を最後まで聞き終わる前に、雄一郎は隣室の扉へ大股に近付いていった。躊躇《ためら》いもなく、扉を大きく開け放つ。途端、ベッドの上でもみ合うテメレアと見知らぬ男の姿が視界に入った。髪の毛を後ろに撫《な》で付けた、キザったらしい顔立ちをした男だ。

「どうなさいましたかッ」

わざとらしく切迫した声をあげながら、ベッドに駆け寄る。雄一郎の姿を見ると、見知らぬ男は一瞬唖然《あぜん》とした後、やや裏返った声をあげた。

「なんだお前は！　私の許可もなく入ってくるな！」

居丈高《いたけだか》な物言いに、目の前の男がウェルダム卿だということを確信する。ちらりと視線を向けると、ウェルダム卿に押し倒されたままテメレアは目線だけで頷《うなず》いた。

「争うような声が聞こえまして……何をしてらっしゃるのですか」

「見て解らないか、この馬鹿者が！　私の楽しみを邪魔するんじゃない、早く出ていけ！」

癇癪《かんしゃく》を起こした子供のごとく言い放つウェルダム卿の姿に、思わず笑いが込み上げそうになる。

ウェルダム卿は鼻息も荒く、眼下のテメレアを見下ろした。

テメレアの髪へ指先を滑らせつつ、ウェルダム卿が打って変わった猫撫《ねこな》で声で囁《ささや》く。

「邪魔が入ってしまったね。きみが抵抗するから悪いんだよ。きみだって解っているだろう？　私にその清らかな身を捧《ささ》げなくては、きみは女神の餌食《えじき》になってしまうと……」

「もう清らかじゃねぇよ」

「え？」

ウェルダム卿が振り返る前に、その首へ雄一郎は右腕を回していた。ウェルダム卿の首を右腕で絞め上げていく。ウェルダム卿はしばらく声もなくバタバタと藻掻《もが》いていたが、結局一分も経たずに気を失った。ウェルダム卿をベッドの上へ放り投げながら、雄一郎は投げやりな口調で呟《つぶや》いた。

「それとも、汚れているのは俺だけか？」

「あなたは美しいです」

間髪《かんはつ》容《い》れずに答えてくるテメレアに、思わず苦笑が滲《にじ》んだ。汚れていないではなく、美しいと言うのか。首を緩く傾けながら、テメレアへ視線を向ける。

「問題はないか」

「ありません」

「襲われていたように見えたが？」

「予想の範囲内です。そんなことはどうでもいいですから、さっさと縛りましょう」

先ほどまで押し倒されていたはずなのに、テメレアは平然とした様子でてきぱきと動いた。扉の陰から抜け目なくウェルダム卿へ銃口を合わせていたイヴリースを呼び寄せて、移動を手伝わせる。ベッドに俯《うつぶ》せに倒れたウェルダム卿を後ろから担《かつ》ぎ上《あ》げて、無駄に豪奢《ごうしゃ》な椅子へ座らせた。裂いたシーツの切れ端で、イヴリースがウェルダム卿の手足を椅子へ縛り付ける。最後に丸めた布をその口へ突っ込んだ。

ウェルダム卿を拘束し終わると、テメレアは部屋の奥側に据《す》え付《つ》けられた扉へ向かった。扉は隣室に続いているようだ。

「雄一郎様、こちらへ」

促《うなが》されるままに、足早に隣室へ向かう。

「ウェルダム卿の私室はここだけのようです。裏切りの証拠があるのなら、この部屋の可能性が高いかと」

テメレアの言葉に頷《うなず》きを返して、部屋の探索を開始した。執務机の引き出しを下から順番にあけていく。雄一郎はこの世界の文字を読めないため、書類の確認はテメレアとイヴリースに任せた。

「特におかしい書類はありませんね」

イヴリースが呟《つぶや》く。だが、テメレアはイヴリースの言葉に耳を傾けることなく、素早く書類に目を通していた。

ふと壁へ視線を向けた時に違和感を覚えた。真っ白な壁紙には、銀色の文様が彫り込まれている。その模様の繋ぎ目が一ヶ所歪《ゆが》んでいるのが目に留まった。壁へ近付いて、軽く拳《こぶし》で壁を叩《たた》く。その部分だけわずかに違う音が返ってきた。

爪先で壁紙を辿《たど》ると、かすかに指先が引っかかる箇所がある。引っ張ると、ぽこりと三十センチ角程度の板が外れた。壁の中に銀色の箱が埋め込まれている。一切読めないが、文字による錠《じょう》のようなものも見えた。近付いてきたテメレアが言う。

「隠し金庫です」

「開けられるか？」

「ウェルダム卿を尋問して番号を聞き出せば」

「面倒くせぇな」

溜息《ためいき》混じりに呟《つぶや》いて、雄一郎はイヴリースを呼び寄せた。枕を持ってきて、金庫の錠前《じょうまえ》部分に押し当てる。

「イヴリース、錠《じょう》の部分を撃ち抜け」

命じると、イヴリースは「はい」と短く答えて、肩に担《かつ》いでいたボルトアクションライフルによく似た銃の口を枕へ押し付けた。雄一郎が片耳を手のひらで塞《ふさ》いだ瞬間、鈍くくぐもった銃声が響く。連続して、更に二発。枕に吸い込まれて、銃声は子供が地団駄を踏む音のように聞こえた。

硝煙《しょうえん》をくゆらせる銃口が離されると同時に、羽毛をまき散らす枕を放り捨てる。上手《うま》い具合に錠《じょう》が吹き飛んでいるのを見て、雄一郎は口元を緩めた。反動もあるだろうに、連続した射撃を同じ箇所に当てるとはなかなかの腕前だ。

「良い腕だ」

賞賛の言葉に、イヴリースは一瞬照れたように顔を伏せた。

錠《じょう》がなくなった金庫の扉を開くと、中には銃弾のせいでズタズタになった書類がいくつか目に入った。まだ読めそうな書類の束を選んで、テメレアへ渡す。書類に目を通してから数分も経たずに、テメレアが口を開いた。

「裏帳簿です。隣国ゴルダールだけでなく、ノア様の兄上様がたに融通した武器の一覧も載っています。あぁ……出来の良い武器のほうを敵に渡して、正規軍である我々に不出来なものを渡していたことまで懇切丁寧に書かれていますね……。これだけの証拠があれば、ウェルダム卿の裏切りを証明できるかと」

雄一郎は万歳の代わりに、両手を軽く上げてひらひらと適当に振った。雄一郎のおどけた仕草に、テメレアは一瞬だけ目を大きくした後、その口元に淡い笑みを浮かべた。

「じゃあ、後は裏切り者の処遇についてだな」

「銃殺でいいかと」

「いいえ、法で裁くべきです」

テメレアとイヴリースで意見が分かれた。テメレアが冷めた眼差《まなざ》しでイヴリースを見やる。イヴリースは、萎縮したように肩を縮こめた。

「どちらにするかは本人次第だな」

雄一郎はきっぱりと言い放つと、ウェルダム卿がいる隣室へ向かった。ウェルダム卿は未だに椅子に縛られたまま、ぐったりと気を失っている。

椅子へ近付くと、極自然にテメレアがサイドテーブルに置かれていた花瓶を雄一郎へ差し出した。受け取った花瓶を、ウェルダム卿の頭の上で逆さまにする。途端、中に入っていた花と水が勢い良くウェルダム卿の頭部へ降り注いだ。

カッと目を見開いたウェルダム卿がくぐもった悲鳴をあげながら、水から逃れようと身体を前後に揺さぶる。ガタガタと揺れる椅子の背をイヴリースが背後から掴んで、同時にウェルダム卿の首筋へ細身の刃物を押し当てた。ウェルダム卿が息を呑んで、全身を硬直させる。

雄一郎は空っぽになった花瓶をベッドの上へ放り投げてから、ウェルダム卿の前に立ちはだかった。フードの下からその顔を見据《みす》えて、殊更ゆっくりと唇を開く。

「動くな。抵抗をすれば殺す。今からこの口に突っ込んでるもんを取るが、大声をあげても殺す。俺の質問に答えなくても殺す。宜《よろ》しいか？」

紛れもない脅迫の台詞《せりふ》を一方的に浴びせかける。ウェルダム卿は全身を硬直させたまま、まるで化け物でも見るような目で雄一郎を見上げていた。水のせいで、後ろに撫《な》で付けていた髪の毛がワカメみたいに額《ひたい》に貼り付いているのがなんとも滑稽《こっけい》だ。

ウェルダム卿が目線だけで頷《うなず》くのを見てから、雄一郎は口の端から出ていた布を引き抜いた。唾液を垂らす布を床へ落とす。

「……だ、誰なんだ。金が欲しいなら、すっ、好きなだけ持っていって構わないから……」

ウェルダム卿の引《ひ》き攣《つ》った声に、雄一郎は殊更ゆっくりと首を左右に振った。テメレアへ視線を向ける。テメレアは、ウェルダム卿へ見せつけるように、腕に持っていた書類を開いた。

「随分な反逆行為をしてくださっていたようで」

ウェルダム卿はテメレアの手にある書類を見た瞬間、さぁっと顔色を変えた。書類とテメレアを交互に眺めて、喘《あえ》ぐように声をあげる。

「テ、テメレア……きみは、私を騙《だま》していたのか……？」

「騙《だま》す？」

「きみは、女神に暴力を振るわれて……匿《かくま》ってほしいと……」

耐え切れず、雄一郎は小さく噴き出した。

「嘘はついてねぇよな。暴力は振るわれてんだから」

「はい。貴方が容赦なく殴るものですから、口の中からまだ血の味がします」

雄一郎とテメレアのやり取りに、ウェルダム卿が目を白黒させる。ウェルダム卿は、フードの影に隠れた雄一郎の顔を凝視した後、不意にハッとしたように唇を戦慄《わなな》かせた。

「めっ、女神っ？」

上擦《うわず》った声をあげるウェルダム卿へ顔を近付けて、雄一郎は『静かに』と言うように自身の唇に人差し指を当てた。

「ウェルダム卿、折角なのできちんと挨拶《あいさつ》をしたいが、我々にはそれほど時間がない。だから、単刀直入に聞かせていただく。今この場で咽喉《のど》をかっ捌《さば》かれて殺されるか、すべての情報を吐き今後は心を入れ替えて祖国のために尽くすか、どちらかを選べ。後者を選ぶのなら、お前の罪は不問にしてやる」

雄一郎の最後の一言を聞いた瞬間、イヴリースが不服そうに唇を引き結んだ。もっとも、それは嘘だった。罪を不問に付すわけがない。目の前の男には、死ぬか、一生を牢獄で過ごすか、二つに一つの選択しかない。ウェルダム卿を安心させるために、わざと甘い言葉を混ぜてやっただけだ。

ウェルダム卿がぱくぱくと酸欠の金魚のように唇を上下させる。その目を見据《みす》えて、雄一郎は柔らかく首を傾けた。

「お前は、どちらがお望みだ」

「なんでも……なんでも話そう……」

「宜《よろ》しい」

頷《うなず》いて言葉を続ける。

「いつから、ゴルダールと第一王子達に武器を流していた」

「……さ、最近だ。三月《みつき》ほど前から……」

テメレアが書類をめくる音が聞こえた。

「嘘ですね。帳簿では、ゴルダールへの銃器の融通は、七月《ななつき》ほど前からになっています。……前王の体調が優れなくなってきた頃からですね」

つまり前王の統治が崩れ始めた頃から、敵国へせっせと賄賂《わいろ》を流していたということか。これはまた、なかなかの反逆者じゃないか。

雄一郎は苦笑いを浮かべて、床に落としていた布の切れ端を拾い上げた。

「嘘は嫌いだな」

雄一郎がぽつりと呟《つぶや》くと、ウェルダム卿は言い訳するように唇を開いた。だが、その唇が言葉を発する前に、雄一郎は布切れを口の中へねじ込んだ。

イヴリースに手を差し出すと、無言のまま細身のナイフが手のひらの上へ載せられる。それを躊躇《ためら》いもなく、ウェルダム卿の右肩へ突き刺した。ぐにゃりとした肉の感触がグリップごしに伝わってくる。

押し殺したウェルダム卿の悲鳴。布に吸い込まれて聞こえない悲鳴が空気をびりびりと震わせる。ウェルダム卿の上着が真紅に染まっていくのを眺めながら、雄一郎は長閑《のどか》な声で囁《ささや》いた。

「嘘は、駄目だ。こういう時に、嘘は一番いけない。自分の寿命を縮めるだけだ」

子供に言い聞かせるように呟《つぶや》いてから、ウェルダム卿の口から布を抜き取る。途端、ウェルダム卿の歯の音が聞こえた。カチカチと震えて跳《は》ねる音。

「今度嘘をついたら、鼻を削《そ》ぎ落とす。鼻の次は耳、その後は目玉だ」

そう優しく囁《ささや》くと、ウェルダム卿は脂汗《あぶらあせ》を滲《にじ》ませながらこくこくと頷《うなず》いた。

「どういう方法で物資をゴルダールや第一王子達に渡していた」

「……つっ、月に一度、ガーデルマン中将のぶ、部下達が武器を受け取りに……そ、それをゴルダールとエドアルド様へ届けていると……」

イヴリースがハッとしたように顔を強張《こわば》らせる。

ガーデルマンという名前には覚えがあった。つい先日、雄一郎に偽物女神とつっかかってきたデブハゲ爺《じじい》だ。エドアルドは、確か第一王子の名前だったたか。

「あいつも裏切り者か」

思わず溜息《ためいき》が漏《も》れそうになった。裏切り者が軍部の中枢でのさばっているだなんて悪夢でしかない。頭痛がしそうな頭を緩く左右に振って、雄一郎は言葉を続けた。

「第一王子達の居場所は。今はどの領地にいる」

「一月《ひとつき》前は、けっ、ケインズの領地にいると聞いていたが……今は、解らない……」

「本当か？」

顔を覗き込むようにして訊《たず》ねると、ウェルダム卿は露骨に怯《おび》えた表情を浮かべた。

「ほっ、本当だっ。エ、エドアルド様達は、自分達に味方する貴族の領地を不規則に移動していて、い、今はどこにいるのか……把握しているのはニコライ＝フォルグ・ゴートぐらいだ」

フォルグ・ゴートという言葉に、雄一郎はテメレアへ視線を向けた。テメレアが呆《あき》れたように額《ひたい》を押さえたまま答える。

「ニコライは、ゴートの兄です」

つまり、王都襲撃の際に生き残ったという裏切者のことか。

「ニ、ニコライは、王都にいる者とエドアルド様との仲介役で、王都の情報を、流しているんだ」

だから自分なんかよりもよっぽど悪い奴だ。そう言わんばかりにウェルダム卿はまくし立てた。

正規軍の本拠地だというのに、裏切り者の巣窟《そうくつ》だ。そのことに頭を抱えたくなる。

つまり、こちらの情報は今まで敵側に筒抜けだったということだ。女神が現れた地下洞窟が速攻で攻撃されたのも納得がいく。

雄一郎が押し黙っていると、ウェルダム卿は咽喉《のど》を詰《つ》まらせながら途切れ途切れに言葉を続けた。

「……ゴ、ゴルダールやエドアルド様に武器を渡さなくては、こっ、この街が潰されてしまう……。私は、脅《おど》されて仕方なく……」

言い訳なのか命乞いなのか。情けなく漏《も》らされる言葉を聞いて、雄一郎は静かに訊《たず》ねた。

「なら、脅《おど》された段階で、なぜ王へ助けを求めなかった」

「王なんて……名ばかりの、ただの子供じゃないか」

痛みのせいで、すでに言葉を飾ることもできないらしい。ウェルダム卿の歯に衣《きぬ》着せぬ言葉に、雄一郎は笑みを深めた。現段階で、貴族達からのノアに対する信頼はゼロに等しいようだ。王とは名ばかりのただの子供。この点に関してウェルダム卿の言葉はまったく間違っていない。

「お前の言い分は解らなくもない。だが、それが反逆行為の釈明になると？　敵と戦いもせず、へりくだり、自らの私腹を肥《こ》やした裏切り者が許されるとでも？」

部屋の中を軽く見渡す。それだけで豪奢《ごうしゃ》な調度品がいくらでも目に入った。隣国ゴルダールやエドアルド達に武器を流すことによって、ウェルダム卿が相応の対価を受け取っていたことは明らかだ。

ウェルダム卿が目を見開いて、咽喉《のど》を上下させる。その眼がゆっくりと血走っていくのが見えた。

「……な、なぜ……お前などに責められなくてはならない……」

「何？」

「この国にいきなり現れた『偽物女神』なんかに……私の行いを責める権利はないっ」

また、偽物女神か。ガーデルマン中将の時と同じ台詞《せりふ》だ。

逆切れじみたウェルダム卿の台詞《せりふ》に、雄一郎はあからさまに失笑した。雄一郎の口元に浮かんだ笑みを見て、ウェルダム卿の顔が更に赤黒く染まる。いきり立ったウェルダム卿が、身体を前後に揺らした。

ガタガタと暴れる椅子を押さえようとイヴリースが手を伸ばした瞬間、椅子が盛大な音を立てて倒れる。その衝撃で、縛られていたウェルダム卿の腕がするりと抜けた。

途端、脱兎《だっと》のごとくウェルダム卿が走り出す。

「衛兵ッ！　衛兵ぃッ!!」

絶叫じみたウェルダム卿の声が廊下に響いた。それに続いて、階下から慌てたように近付いてくる複数の足音も聞こえてくる。

「最悪だ」

「最悪ですね」

「……申し訳ございません」

雄一郎に続いてテメレア、最後にイヴリースが慚愧《ざんき》に堪《た》えない声音で謝罪を呟《つぶや》く。だが、イヴリースを責める気はなかった。構わんとばかりに軽く手を左右に振って、言い放つ。

「証拠も情報も取れた。撤退するぞ」

言葉が終わると同時に駆け出す。廊下に出たところで衛兵二人とかち合ったが、腕に抱えていたＡＫ47の銃底で一人の側頭部を殴って気絶させた。もう一人はイヴリースが鳩尾《みぞおち》と延髄《えんずい》を銃底で殴り付けて、床に倒していた。

ほとんど特攻するような勢いで駆け抜ける。その後も対峙した衛兵を何人も叩《たた》き伏《ふ》せながら、階段を下っていった。

「侵入者だ！」

「追えッ！　逃がすな！」

情報が回り始めたのか、先ほどまで静けさに包まれていた城内が一気にざわついていく。

城門を抜けて街へ走り出す頃には、数え切れないほどの足音が背後を追ってきているのが解った。

曲がりくねった道を走り続けつつ、視線を後方へ向ける。すると、何十もの影が見えた。

「追い付かれるのも時間の問題だな」

まるで他人事のように呟《つぶや》く雄一郎を、テメレアが横目で睨《にら》み付《つ》けてくる。

「貴方は、そうやって……！」

息を切らせながらも、怒気を滲《にじ》ませた声でテメレアが叫ぶ。まるでゲームか何かのように自分や他人の命を無造作に扱う雄一郎を、心の底から憎んでいるような眼差《まなざ》しだ。

「この世界は、貴方の夢ではないんですよ……！」

テメレアの言葉は、雄一郎にはひどく空虚に届いた。

夢じゃないから何だというんだろう。ただ死ぬだけじゃないか。そんな馬鹿げた思考が巡る。

街の中に架けられた橋を渡っている時、ふと橋の先に人影が見えた。敵だろうかと思って銃を構えたが、引き金を引く前に人影が声をあげた。

「早く渡ってください！」

ベルズの声だ。ベルズの傍《かたわ》らに立っていたヤマが雄一郎に向かって走ってくる。その手には、照明弾用の銃が握られていた。

雄一郎達が橋を渡り切ると同時に、橋の中ほどに立ったヤマが天へ照明弾を放った。赤い光が空を煌々《こうこう》と照らす。照明弾の銃を放り捨てて、ヤマが即座に川へ飛び込む。

その直後だった。ひゅるる、と何かが空気を切り裂く音が聞こえてくる。空を振《ふ》り仰《あお》ぐと、かすかに明るくなった空から砲弾が降ってくるのが見えた。

「伏せてッ！」

ベルズの声を聞いて、三人も一斉に地面に伏せる。同時に、激しい轟音《ごうおん》が響いた。地面を揺らし、空気をビリビリと震わせる。爆風で吹き飛んできた石の欠片《かけら》がバチバチと音を立てて、身体にぶつかった。激しい土埃《つちぼこり》のなか顔を上げると、橋が真っ二つに寸断されているのが視界に映った。

「クラウスの砲撃です」

重たい思いをして小型砲台を運んできた甲斐《かい》がありました。そうベルズが苦笑い混じりに呟《つぶや》く。確かに何名かの荷物が異様に大きかったが、小型砲台を分解して持ってきていたのか。そして、照明弾を上げた場所を狙ってクラウスが砲弾を放ったということか。

「用意周到だな」

口の中に入った土を吐き出しながら雄一郎が言うと、ベルズは当たり前のように答えた。

「ゴート副官の指示です」

その返答に、口元がにやりと歪《ゆが》む。

水を滴《したた》らせて、川からヤマが這《は》い上《あ》がってくる。まるで犬みたいに身体をぶるぶると震わせて、流れてくる水滴に目を眇《すが》めつつ言う。

「何を悠長に話しているんだ。早く逃げなくては」

土埃《つちぼこり》の向こうに、橋が寸断されて右往左往している衛兵達の影が見えた。土埃《つちぼこり》が落ち着いた瞬間、銃で狙い打ちされるのは明白だ。

まだ地面に突っ伏したままだったテメレアとイヴリースを引きずり起こす。走り出そうとした瞬間、進行方向から聞こえてくる蹄《ひづめ》の音に足が止まった。騎乗した大勢の兵士達がこちらへ向かってきている。

「最悪だ」

一日に二回も同じ言葉を呟《つぶや》くなんて。だが、首を左右に振る雄一郎に対して、テメレアは落ち着いた様子でこう答えた。

「最悪というほどではないかもしれません」

テメレアがこちらへ向かってくる兵士達の一人を指さす。短い白髪を七三に分けた、真面目そうな顔立ちをした中肉中背の男だ。その顔や身体には、所狭しとガーゼが貼られ、包帯が痛々しく巻かれている。

「マルコス小隊長です」

テメレアが呟《つぶや》く。マルコスは雄一郎の傍《かたわ》らまで来ると、まだ身体が痛んでいるであろう鈍い動作で馬から降りた。そのまま、地面へ片膝《ひざ》をついて跪《ひざまず》く。

「女神様、ご無事でしたか。来るのが遅れてしまい、申し訳ございません」

堅苦しい挨拶《あいさつ》を述べるマルコスの後ろから、ゴートとリュカがひょっこりと顔を覗かせる。ゴートはにやにやと顔を緩めたまま、雄一郎へ軽く手を振ってきた。

「オガミ隊長、なかなか派手なことになってますねえ」

白々しく呟《つぶや》くゴートを、雄一郎は呆《あき》れた眼差《まなざ》しで眺めた。

「お前が橋を吹っ飛ばす準備をしてきたんだろうが」

「そりゃ女神様は無茶をされるから、どんなフォローでもできるようにしておかないと」

肩を竦《すく》めるゴートの仕草に、雄一郎はかすかに笑みを浮かべた。優秀だが、食えない副官だ。

「大きな怪我をしている者はいませんね」

小隊長達を見渡しながら、リュカが確認するように呟《つぶや》く。

雄一郎は、マルコスに続いて馬上から降りてきた男へ視線を移した。わずかに波打つ白髪を肩ほどまで伸ばした美しい男だ。目が大きく、縁取《ふちど》る睫毛《まつげ》はラクダのように長い。テメレアの静謐《せいひつ》な美しさとは異なる、どこか妖艶《ようえん》さを滲《にじ》ませた顔立ちだ。

男は、連れてきた兵士達へ対岸に銃口を向けるよう指示を出した。土埃《つちぼこり》がやみ、対岸から銃口を向けられたウェルダム卿の衛兵達が戸惑《とまど》ったように声をあげる。

「ジゼル様……!?」

「なぜ、ジゼル様が……!」

驚愕《きょうがく》と困惑に満ちた声だ。ジゼル様と呼ばれた男は、対岸をちらりと眺めた後、雄一郎に向かって静かに跪《ひざまず》いた。

「お初にお目に掛かります、女神様。私はジゼルと申します」

ジゼルとは、確かウェルダム卿の第一夫人だったはずだ。ジゼルは視線を伏せたまま、言葉を続けた。

「我が夫であるウェルダムの反逆行為、誠に申し訳ございません。敵国に武器を流すなど決して許されることではありません。それを知りながら止められなかった私も同罪です。どうか女神様に裁きを与えていただきたく、この場へ参りました」

粛々としたジゼルの言葉に、雄一郎は視線をマルコスへ投げた。促《うなが》されたように、マルコスが口を開く。

「ですが、ジゼル様はウェルダム卿の裏切りを止めようと、このように秘密裏に私兵を集めていました。幽閉されていた私を助けてくださったのもジゼル様です」

釈明するように言う。雄一郎は緩く肩を竦《すく》めて、跪《ひざまず》くジゼルを見下ろした。

「いくつか確認したいことがある」

「はい、女神様。何なりと」

「ウェルダム卿はどうした？」

「女神様を追いかけて城内が手薄になった際に、私兵に捕らえさせました」

第一夫人が夫を捕らえるとは、これまた荒《すさ》んだ世界だ。

雄一郎の表情をうかがいながら、ジゼルが続ける。

「身柄をお渡しすることも可能ですし、こちらで『処理』することも可能です。いかがいたしましょうか」

「好きにすればいい」

どっちでも大差ないとばかりに答えると、ジゼルは一瞬だけ目を輝かせた。その目を見て、ぼんやりと思う。ウェルダム卿が明日を迎えることはないだろう、と。

周囲が明るくなってきた。天を仰《あお》ぐと、かすかに白んだ空が見える。朝日が昇りつつある。疲労でしょぼつく目頭を軽く指先で押さえつつ、雄一郎はゆっくりと口を開いた。

「製鉄に詳しい者を揃えられるか？」

「アム・アビィは製鉄の街です。その道の玄人《くろうと》なら何人でも」

「昼までに選りすぐりを数名集めておいてくれ。詳細は後で話すが、取りあえず俺は寝る」

突然の宣言に、驚いたようにジゼルが目を瞬《また》かせる。すかさずテメレアが近付いてきた。

「眠るのなら、ベッドがあるところまで我慢してください」

ジゼルが慌てて「それなら、私の別宅をお使いください」と声を掛けてくる。

雄一郎は、テメレアに腕を引かれるままに歩いた。マルコス小隊長の横を通り過ぎる時、その肩を緩く叩《たた》く。

「生きていて良かった。皆、喜んでいる」

ヤマもベルズもイヴリースも、マルコスの姿を見てかすかに目を潤《うる》ませていた。マルコスは言われて初めて気が付いたように周りの小隊長達を見渡して、それから両目を固く瞑《つむ》った。その目尻に、かすかに涙が滲《にじ》んでいるのが見える。

「それと、礼を言う。部下を助けてくれてありがとう」

ジゼルにもそう声を掛ける。途端、ジゼルは意表を突かれたように目を見開いた。再び頭を下げて口を開く。

「勿体《もったい》ないお言葉です……」

その声がかすかに震えて聞こえる。雄一郎は部下達へ言い放った。

「今日中にはこの街を出て、王都へ戻る。準備をしておけ」

小隊長達が声を合わせて、はい、と答える。まるで先生と生徒のようだな、と思って少しだけ笑えた。かすかに笑みを滲《にじ》ませたまま、雄一郎は皆の顔を見渡した。

「皆良くやった。しっかり休め」

言い終わると同時に、大きな欠伸《あくび》が零《こぼ》れた。


ジゼル別宅の一室に通されるなり、雄一郎はブーツも脱がずに柔らかなベッドに突っ伏した。興奮状態だった精神の強張《こわば》りが、ゆっくりとベッドに吸い込まれていく。両目を閉じたまま和《やわ》らぎに溶け込むように深呼吸を繰り返していると、そっと足に触れる手のひらを感じた。

「靴ぐらい脱いでください」

まるで小姑《こじゅうと》のように呟《つぶや》きながら、テメレアが雄一郎のブーツを脱がせていく。しゅるしゅるとシューホールと靴紐《ひも》が擦《こす》れる音が聞こえて、それが妙にくすぐったかった。

両足から靴が脱がされると、肩を掴まれて身体を仰向《あおむ》けにひっくり返された。上着のボタンが外される感覚に、目を瞑《つむ》ったまま呟《つぶや》く。

「ヤるのか？」

率直な雄一郎の問い掛けに、テメレアは一瞬黙った後、露骨に溜息《ためいき》を漏《も》らした。

「私だって、時と場所くらいは弁《わきま》えます。身体が汗と土埃《つちぼこり》まみれだから拭《ぬぐ》うだけです」

まるで小さな子を窘《たしな》めるような口調に、小さく笑いが零《こぼ》れた。雄一郎がくすくすと密やかな笑い声を漏《も》らしている間も、テメレアは甲斐甲斐《かいがい》しい手付きで服を脱がしていく。肌着だけになると、濡れたタオルで丁寧に肌を拭《ぬぐ》われた。顔から肩へ、脇腹から足の裏まで、辿《たど》るように。すぅっと肌が冷たくなる感覚が心地良い。

はぁ、と短く吐息を漏《も》らすと、耳裏から頭部へと、髪の毛に差し込むように指先が滑らされた。薄く目を開くと、ベッドに腰掛けてこちらを見つめているテメレアの姿が見えた。その目が燻《くすぶ》るように熱を孕《はら》んでいるのを見て、雄一郎は微笑《ほほえ》んだ。

「俺とヤりてぇんだろう」

挑発するように、俗物的な質問を再び投げ掛ける。テメレアは一瞬だけ不愉快そうに目を細めた後、至極当然のように答えた。

「したいですよ。いつだって、私は貴方の身体に渇《かつ》えているのですから」

「可哀想に」

間髪《かんはつ》容《い》れずに漏《も》らされた憐《あわ》れみの言葉に、テメレアは口を噤《つぐ》んだ。雄一郎はテメレアを見上げたまま囁《ささや》いた。

「俺みたいな人殺しに欲情するなんて可哀想だ」

以前、目の前の男が言っていたとおりだ。テメレアほど美しい男が自分のような男を美しいと思い、その身体を求めるだなんて呪いでしかない。

頬を歪《ゆが》めて笑う。

雄一郎にも今の感情は、上手《うま》く説明できなかった。目の前の男を嘲《あざけ》りながら、憐《あわ》れみながら、愛《いと》おしんでいるような複雑な感情だ。

テメレアは一瞬ひどく傷付いた表情を浮かべた。痛みに耐えるように息を詰めた後、雄一郎の胸元に額《ひたい》を押し付ける。

「……私を憐《あわ》れんでくださるのなら、貴方をください。ほんの一欠片《ひとかけら》でもいいから、貴方の心を……」

心なんて、と失笑しそうになった。

目に見えない、自分でもあるか解らないものを、どうして他人にくれてやることができるのだ。そう罵《ののし》ってやりたい。だが、雄一郎の胸元にしがみついている男があまりにも哀れで、罵《ののし》る気持ちが萎《な》えた。

小さく溜息《ためいき》を漏《も》らして、テメレアの髪へ気まぐれに手を伸ばす。ゆっくりと指先を滑らすと、艶《つや》やかな絹に似た感触がした。真名の髪も同じだった。触ると柔らかくて、艶々《つやつや》していて、いつまでも触れていたくなる。

そんなことを考えていると、ふとテメレアが顔を上げた。

「子を産んだら、貴方は元の世界に帰るのですか」

少し潤《うる》んだ、そのくせ奥底は乾いているようにも見えるテメレアの瞳を眺める。

元の世界と聞いても、それは雄一郎にはどこか知らない場所のように感じた。つい数日前まで確かにそこで暮らして、生きていたはずなのに。それは遠い世界の出来事のように思える。

妻と娘がいた。だが失った。戦場で何人もの人間を殺した。撃ち殺し、刺し殺し、拷問することもあった。だが、薄い膜を張ったかのように、ぼやけた光景しか思い出せない。

それでも、雄一郎はこう答えた。

「あぁ、帰る」

郷愁の念はない。帰ったところで居場所もない。やることは、この世界でも元の世界でも同じだ。また戦場に身を置き、死ぬまで戦うだけ。

それでも、帰りたいと望む理由があった。

「……そんなに、元の世界に待たせている誰かが大事なのですか……」

テメレアがかすかに震える声で問いかけてくる。縋《すが》るような視線を見ていたくなくて、雄一郎はそっと目蓋《まぶた》を閉じて答えた。

「あぁ、大事だ」

「……それは誰なんですか」

「妻と娘だ」

本当は待っていない。妻と娘は死んで灰になっている。ただ、雄一郎が妻と娘の思い出を捨て切れていないだけだ。

短い沈黙の後、テメレアが静かに呟《つぶや》く。

「……貴方の奥さんと娘さんは、生きてはいないのですね」

「どうして、そう思う」

「貴方の戦い方は、端《はた》から見ても無謀で無鉄砲です。自分の命をわざとドブに捨てるようなやり方だ。もし本当に誰かのもとに帰りたいと望むのなら、もう少し自分を大切にするはずです」

テメレアの率直な言葉に、雄一郎はもう答えなかった。唇を淡く開いたまま、呼吸だけを繰り返す。

ふと、首筋に触れる手のひらを感じた。目を開くと、テメレアが雄一郎の首に両手の指を絡めている姿が映る。だが、いつまで待っても、指先に力が込められることはない。

「絞めないのか？」

投げやりに訊《たず》ねると、テメレアは唇に泣き出しそうな笑みを浮かべた。

「他の人を想う貴方を殺してやりたい」

執着に満ちたその言葉に、なぜだか笑いが零《こぼ》れた。小さく咽喉《のど》を震わせて笑う雄一郎を、テメレアはじっと見下ろしている。

「殺したいなら、そうすりゃいい」

柔らかな声音でそう囁《ささや》くと、テメレアはわずかに目を眇《すが》めた。

「貴方は……死ぬのが怖くないのですか」

「死ぬのは怖いさ」

本音だった。何人何十人と殺しても、次が自分の番かと思うだけで歯の根が合わなくなる。

「それなら、どうしてそんな風に自分の命を投げ出してしまうんですか」

「生きるのも怖い」

自分でも思いがけない言葉が、唇から勝手に零《こぼ》れていた。その言葉の情けなさに嗤《わら》いたくなる。

だが、嗤《わら》えなかった。一瞬だけ、咽喉《のど》が引《ひ》き攣《つ》るように上下に動く。

喉仏《のどぼとけ》にテメレアの親指が当たる。指の腹で数度喉仏《のどぼとけ》を撫《な》でた後、テメレアは悲し気な声で囁《ささや》いた。

「……殺せば、貴方は奥さんと娘さんを想ったまま死ぬのでしょう。そんなのは、あまりにも悔しいじゃないですか……」

悔恨に満ちた声を漏《も》らして、テメレアの指先が首筋から離れていく。ガックリとうなだれた男の姿に失笑が滲《にじ》む一方で、目の前の男がひどく可愛いという奇妙な感情も込み上げた。

手のひらを伸ばして、戯《たわむ》れにテメレアの頬を撫《な》でる。柔らかく、肌理《きめ》の整った白い肌だ。美しく、哀れな男。

「俺が元の世界に戻ったら、お前の呪いもとけるのか」

もしくは死んだら、とは口に出さなかった。口に出せば、テメレアは烈火のごとく怒り出すだろうと思ったからだ。

雄一郎が元の世界に戻れば、テメレアはめでたく『仕《つか》え捧《ささ》げる者』の任から解かれ、雄一郎に焦《こ》がれる呪いも消えるのだろうか。そんな思いを抱きながらテメレアを見上げる。テメレアは痛みに堪《た》えるような表情を浮かべて呟《つぶや》いた。

「……それは、解りません」

まるで呪いがとけるのが嫌だと言わんばかりの苦渋に満ちた声音だ。その声音を滑稽《こっけい》とも愛《いと》おしいとも思う。

もう片方の手も伸ばして、テメレアの首裏へ両腕を絡める。ぐっと引き寄せると、テメレアが目を丸くした。

「呪いをといてやろうか」

囁《ささや》くように漏《も》らした後、目の前の唇へ唇を重ねた。柔らかいが、女のような沈み込むような柔順さはない、男のものだと判《わか》る唇だ。一瞬、不快感がざわりと体内を舐《な》めたが、それもテメレアの顔を見ると、わずかに緩和された。

テメレアは唐突な口付けに戸惑《とまど》ったように硬直したが、すぐさま雄一郎の口内へ舌を潜《もぐ》り込《こ》ませてきた。滑らかな舌が歯の隙間から入ってきて、粘膜をねっとりと舐《な》め上《あ》げる。舌同士が絡まる感触に、咽喉《のど》が小さく上下に震えた。

テメレアの口付けは、静かだが執拗《しつよう》だった。口内すべてに舌を這《は》わせて、雄一郎の唾液を絡め取っていく。代わりのように自分の唾液を注ぎ込んできた。自分のものとは違う唾液の味だ。それでも、以前ほど嫌悪感は湧かなくなっていた。テメレアの唾液を咽喉《のど》を鳴らして呑み込む。

そっと唇が離れていく。離れていく舌同士が銀糸で繋がっているのが見えた。

「……どうして」

テメレアがぽつりと呟《つぶや》く。なぜ雄一郎から口付けたのか、とその目が訊《たず》ねている。

「キスで呪いがとけるんだ」

「なんですかそれは……」

「元の世界のおとぎ話に出てくる魔法だよ」

なんとも幼く馬鹿げたことを言っている自覚はあった。にやりと笑みを浮かべると、テメレアは唖然《あぜん》としたように雄一郎を見つめた。

「呪いはとけたか？」

「……もっとひどくなった気がします」

脱力したように呟《つぶや》くテメレアの姿に、小さく笑いが零《こぼ》れる。悪戯《いたずら》にその髪の毛先を指先で弄《いじ》くりながら、雄一郎は言った。

「キスは冗談だが、いつかお前の呪いをといてやる」

雄一郎の死か別れによって、テメレアを解放する。そう考えると、奇妙に心が安らいだ。それは久々に感じた安堵《あんど》だった。テメレアは、首を縦とも横ともつかない曖昧《あいまい》さで動かしたが、結局何も言わずに雄一郎の胸元へ頬を押し当てた。

目を閉じて、そっと呟《つぶや》く。

「眠る。昼前に起こせ」

数秒の沈黙の後、はい、と答えるテメレアの小さな声が聞こえた。

＊＊＊

朝目覚めると、階下にはすでに数名の工人が集まっていた。ガッシリとした体格の工人達がやや緊張した面持《おもも》ちで、階段を下りてくる雄一郎とテメレアを見上げている。

「おはようございます、女神様」

口火を切ったのはジゼルだ。数時間前に見た鎧姿《よろいすがた》ではなく、淡い藤色のヴェールを幾重《いくえ》にも重ねた服を着ている。

雄一郎は両腕を頭上に伸ばして背伸びをしながら、ああ、と短い相槌《あいづち》を返した。

工人達が互いに顔を見合わせて、かすかにざわめく。あらかじめ女神が男だというのは聞いていたのだろうが、実際目にすると中年男の女神というのは信じられないのだろう。

雄一郎は、工人達をゆっくりと見渡した。途端、工人達はばつが悪そうに目を逸《そ》らした。だが、その中で一人だけ、雄一郎をまっすぐ見据《みす》える者がいた。

まだ若い、青年と言っても良い爽《さわ》やかな面立《おもだ》ちの男だ。真っ白な髪を首の後ろでスズメの尾のように一つ結びにしている。目に髪が入らないようにするためか、額《ひたい》にバンダナが結ばれていた。

「お望み通り、製鉄に長《た》けた者を集めました。アム・アビィでも選りすぐりの腕を持つ者達です」

ジゼルの紹介に、雄一郎は首肯《しゅこう》を返した。自分を見つめている工人の青年へ視線をやると、青年が一歩前に進み出た。

「お初にお目にかかります女神様。自分はカンダラ・ナオと言います。アム・アビィの製鉄組合の長をしています」

よく通る低い声だ。カンダラは一度言葉を止めると、雄一郎の反応をうかがうように再びじっと凝視してきた。その眼差《まなざ》しを見返したまま、雄一郎は問い掛けた。

「カンダラと呼べばいいか？　それともナオと？」

「カンダラとお呼びください」

「長にしては、随分と若いな」

「亡くなった父が先代でした。先代はアム・アビィいちの鉄使いと呼ばれていました」

「そうか。お前自身の腕は信頼できるのか？」

無礼極まりない問いに、カンダラは一瞬だけその口角に笑みを滲《にじ》ませた。爽《さわ》やかな面立《おもだ》ちに似合わない、好戦的な表情だ。

「自分の腕は、父を超えます」

気に入った。無意識に、雄一郎の唇にも笑みが浮かぶ。

「宜《よろ》しい。では、本題に入ろう」

肩に担《かつ》いでいたＡＫ47を机の上に置く。途端、カンダラや工人達が身を乗り出して、それを凝視した。

「俺が依頼したいのは、これと同じ銃、もしくは近しい銃を量産すること」

「これは……女神様の世界のものですか？」

「そうだ。可能か？」

端的な雄一郎の質問に、カンダラは一瞬だけ思い悩むように唇を結んだ。まるで親の敵《かたき》でも見るような眼差《まなざ》しでＡＫ47を睨《にら》み付《つ》けている。

「まずは構造を把握させてください。触っても宜《よろ》しいですか？」

雄一郎が頷《うなず》きを返すと、カンダラは注意深い手付きでＡＫ47に触れ出した。

「発射の動力は」

「圧縮ガスによるピストンだ」

カンダラから矢継ぎ早に投げられる疑問に、雄一郎は淡々と答えた。

「装填《そうてん》数は三十発だ」

「三十発⁉」

カンダラが驚きの声をあげた。その周りの工人達もどよめいている。

「我々が作っている銃の装填《そうてん》数は最大でも五発です」

カンダラが悔しさとも恐れともつかない掠《かす》れた声音で呟《つぶや》く。

「それでは少ない。敵に勝つためには武器の強化が絶対に必要だ。連射性と射撃スピード、武器の量で負けているのなら、性能で圧倒しなくてはならない。カンダラ、俺が望むことが解るか？」

緩く首を傾《かし》げる雄一郎からカンダラが一瞬視線を逸《そ》らす。その表情には、ありありと逡巡《しゅんじゅん》が滲《にじ》んでいた。

沈黙が流れる。その沈黙を破って、工人の一人がわずかに震える声を漏《も》らした。

「そんなものを大量に作ったら、この国は……」

言葉は途中で途切れた。工人はまるで化け物でも見るかのような眼差《まなざ》しで、雄一郎を見つめている。

雄一郎は笑っていた。口元に薄ら笑いが浮かんで、消えない。

だから、何だと言うんだ。そう言ってやりたかった。

雄一郎が元の世界から持ち込んだ武器によって、この国が、この世界が、どうなろうが興味がない。新たな武器によって、何万何億の死人が出ようがどうだっていい。この世界の歴史が変わろうが、そんなものは雄一郎には何の関係もない。

カンダラがゆっくりと口を開く。

「新型の銃を開発した時、先代は多くの人達から『アゼル』と呼ばれました」

「アゼル？」

首を傾《かし》げると、斜め後ろに静かに立っていたテメレアがさりげなく注釈を入れた。

「許されざる者という意味です」

カンダラが視線を伏せたまま、抑揚のない声で続ける。

「この武器を作れば、自分も『アゼル』と呼ばれるのでしょう」

「恐ろしいか」

「いいえ」

思いがけず即答が返ってきた。

カンダラはもう一度「いいえ」とはっきりと繰り返して顔を上げた。爛々《らんらん》と輝く瞳が雄一郎を見《み》据《す》えている。

「アゼルであろうと、国を救う手助けができるのは誉《ほま》れでしかありません。国のため、女神様のため、力の限り努めさせていただきます」

カンダラが跪《ひざまず》き、頭《こうべ》を垂れる。続いて工人達も、戸惑《とまど》ってはいるもののカンダラを追うようにその場に跪《ひざまず》いた。

カンダラのつむじを見下ろしたまま、雄一郎は静かに目を細めた。

「この銃はお前に預ける。随時進捗状況を報告するように」

「承知しました」

「今後、敵に武器や情報を売り飛ばした者は殺す」

明らかな脅迫に、工人達の肩が一瞬ビクリと跳《は》ねる。それまで黙っていたジゼルが悠然と片手をあげた。

「それに関しましては、私が責任もって監理いたします」

雄一郎はジゼルをちらと眺めた。言っていることは物騒極まりないというのに、相変わらず妖艶《ようえん》なままでに美しい男だ。

「宜《よろ》しい。期待に応えてくれることを願う」

そう話を締めくくると、カンダラが不意に顔をあげた。その頬がなぜか、赤く染まっている。

「ひとつお願いをしても宜《よろ》しいでしょうか？」

「なんだ」

「女神様の手に触れさせていただきたいのです」

何を言い出すのかと、雄一郎はとっさに脱力してしまった。テメレアの刺すような視線を背中に感じながら、投げやりに片手を差し出す。

カンダラはまるで壊れ物でも触るみたいな手付きで、雄一郎の手を両手で包み込んだ。手のひらの固くなった豆を指の腹でなでられる感触に、ぞわりと首裏が震える。

「硬い手のひらだ」

笑いを含んだ声が聞こえた。カンダラは雄一郎の手を指先で辿《たど》りながら、かすかに熱を孕《はら》んだ目で雄一郎を見上げる。

「女神様は、今までどれだけの人間を殺したのですか」

その声音に邪気はない。むしろ憧憬《どうけい》さえ滲《にじ》んでいるように聞こえる。それなのに雄一郎は、ほんの一瞬とはいえ動揺した。感情のままにカンダラの手を振り払いそうになるのを堪《こら》える。

「そんなもの数えてどうする」

カンダラを睨《にら》み据《す》えて、雄一郎は吐き捨てた。

「お前がこれから作り出すものは、俺よりもずっと多くの人間を殺すぞ。悦《よろこ》べ、カンダラ・ナオ。お前は確実に歴史に名を残す。稀代の『アゼル』としてな」

噛み付くような雄一郎の物言いに、カンダラは怯《ひる》まなかった。それどころか、その瞳に更なる熱を燃え上がらせた。

「女神様と共にならば、自分は『アゼル』として永遠に呪われても構いません」

恍惚《こうこつ》としたその眼差《まなざ》しには覚えがあった。城内で雄一郎にひれ伏し、盲信的なまでに崇《あが》め奉《たてまつ》った男と同じものだ。

白の者は、黒に焦《こ》がれる。

ふとその言葉を思い出した。指先がかすかに震えそうになった時、テメレアに手首を掴まれた。引っ張られて、強引にカンダラの両手から引き離される。

「雄一郎様、ゴートが呼んでいます」

肩を抱かれて部屋の外へ連れ出される。その背に、カンダラの声が届く。

「必ず、女神様のご期待に応えます」

静かな狂気を滲《にじ》ませたその声に、不意に自分自身への疑念がわき上がった。

俺はこの世界で一体何を作り出そうとしているのか……


部屋の外では、ゴートとチェトが待っていた。チェトの腕には、中型の鳥がとまっている。その羽と嘴《くちばし》は灰がかった白色をしており、目だけが鮮やかな青色だった。

「鳥だ」

気付けば、幼稚園児のように見たものをそのまま口に出していた。

「チェトが飼っている伝令用の似人鳥《にせびとどり》です」

「ニセビトドリ？」

ゴートが「チェト」と呼びかけると、チェトは鳥の嘴《くちばし》を人差し指で数度撫《な》でた。途端、鳥がパカリとその嘴《くちばし》を開く。

『アム・ウォレス　明け方より敵襲　現在籠城中　ノア王行方不明』

鳥がなめらかに人間の言葉を話す姿に、雄一郎は一瞬ギョッと身体を仰け反らせた。だが、その言葉の意味を理解するにつれて、苛立《いらだ》ちが腹の底からこみ上げてきた。

まだ話し続ける鳥を制するように片腕をのばすと、チェトが慌てて再び鳥の嘴《くちばし》を撫《な》でた。鳥の声が止まる。

「王都が攻め入られたか」

「そのようで」

ゴートの暢気《のんき》な相槌《あいづち》に、雄一郎は刺すような眼差《まなざ》しを向けた。だが、ゴートは気にする様子もなく、のんびりとした口調で続けた。

「どうしますか」

「決まってる。戻るぞ」

「敵数は五万を超えるようです。それに対して、我らの兵士数は二万程度」

「だから、なんだ。逃げろとでもいうか」

口角が醜《みにく》くねじ曲がる。雄一郎はゴートの顔を見据《みす》えたまま、人差し指をその胸に突き付けた。

「ここで逃げたら、俺の金が消えちまうだろうが」

王都が奪われようが、ノアが死のうがまったく構わないが、ここまでの行動がすべてタダ働きになるのは耐えられなかった。

雄一郎は傭兵だ。金のために戦うことこそが仕事だった。

俗悪な雄一郎の台詞《せりふ》に、ゴートは淡い笑みを浮かべた。嘲《あざけ》っているようにも、哀れんでいるようにも、同調しているようにも見える微笑《ほほえ》みだ。

「辺境軍に兵を出すように、先ほど似人鳥《にせびとどり》を飛ばしました。我々より到着は遅れるでしょうが、多少の足しにはなるかと」

「宜《よろ》しければ、私の私兵もお使いください」

振り返ると、扉の前にジゼルが立っていた。ジゼルは柔らかな笑みを浮かべたまま続ける。

「この街にある武器も必要なだけお持ちください」

「では、火薬を」

雄一郎はぽつりと呟《つぶや》いた。

「ありったけの火薬を私兵に運ばせろ」

その指示にジゼルは一瞬面食らったように目を丸くしたが、静かに頭《こうべ》を垂れた。

「女神様のおおせのままに」

私兵達へ指示をするためか、ジゼルが足早に去っていく。その背を眺めた後、雄一郎はゴートの耳元へ顔を寄せた。

「あの男は信用できるか」

「今はまだ計りかねています。監視役として、マルコスを残していきましょう。マルコスは誰よりも信頼に値する部下です」

ゴートの言葉に、雄一郎は頷《うなず》きを返した。辺りを一度だけ見渡し、周囲の者達へ言い放つ。

「走るぞ」

＊＊＊

王都に戻れたのは、とうに日も沈みきり、辺りが暗闇に包まれた頃だった。

近付くにつれ、街を囲っている壁の外に立つ何千という松明《たいまつ》の灯りが目に入る。武装した何万もの兵士達が蠢《うごめ》いているのが、かすかに揺らめく松明《たいまつ》の光で判った。

これほどの数の兵を、どうやって斥候《せっこう》隊の目をくぐり抜けて王都まで進軍させたのか。苦虫を噛み潰したような不快感がざわりと込み上げてくる。なぜ見逃したのか。誰も知らぬ道でもあるのか。

だが、それを考えるのは、目の前の危機を片付けてからだ。

投石機を用いたのか、固く閉ざされた巨大な門や街を囲む壁の側面もいくつか穴があいているのが見て取れる。幸い、まだ王都に攻め入るまでには至ってはいないようだ。

雄一郎は離れた高台から街を囲む松明《たいまつ》を眺めていた。その後ろには、ゴートと息を切らした小隊長達、そしてほとんど真っ白な顔色のテメレアが立っている。

増員されたジゼルの私兵達は雄一郎達の足についてくることができず、まだ離れた場所を走っている最中だろう。

「包囲はされているが、まだそれほど被害を受けていないようだな」

雄一郎のひとり言に、ゴートが暢気《のんき》な声を返してくる。

「そりゃ第一王子様達も、自分達が王様になったときに王都が瓦礫《がれき》の山になっていたら嫌でしょうからねえ。できるだけ最小限の被害で城を落とそうと慎重になっているんでしょう」

「その最小限の被害っていうのは、あのガキを殺すことか」

ノアさえ殺せば、王位継承権は第一王子へ移るのだろう。民を傷付けることなく、円満に内乱を終わらせることができる。

ゴートが同意を示すように頷《うなず》く。

「そうでしょうね。おそらくこの仰々《ぎょうぎょう》しい包囲網も、ノア様へ精神的な圧力をかけるのが最大の目的かと思われます。じわじわと追いつめて、自ら投降するよう促《うなが》しているのかと。と言いつつも、今頃城内にいる裏切り者どもは血眼《ちまなこ》でノア様を探してるでしょうけどねえ」

「包囲が解かれてないってことは、あのガキはまだ生きてるのか。意外としぶといな」

笑い混じりに呟《つぶや》くと、少し離れた位置に立っていたテメレアがかすかに怒りを滲《にじ》ませた声をあげた。

「ノア様が亡くなったら、あなたは永遠に元の世界には帰れませんよ。あなた自身も反逆者の烙印を押されて、この国の果てまで追われ続けます」

それでもいいのか、と問い詰めてきそうな気迫に、雄一郎はうんざりと顔を顰《しか》めた。

以前から薄々思っていたが、テメレアのノアに対する過保護さは一体なんなのか。従者から王に対するものにしては行きすぎているように思える。

「お前はあいつの母親か何かか」

ぽつりと零《こぼ》された雄一郎の嫌味に、テメレアは一瞬だけ大きく目を見開き、それから心底不愉快そうに眉根を寄せた。

「私は母親ではありません」

きつく噛み締められた下唇が見える。だが、テメレアはそれ以上何も言い返さなかった。

「オガミ隊長、どういたしましょうか」

テメレアとの会話に構わず問いかけてくるゴートに、雄一郎は緩く首を左右に振りつつ返した。

「お前が呼んだ辺境軍はいつ到着する目測だ」

「おそらく、最短で四エイトはかかるかと」

では、あと二時間程度かと頭の中で換算する。来るのを待っていたら間に合わない。

「日が昇るまでにカタをつける。援軍に伝令を飛ばせ。到着次第、隊を分散させ、人数の倍以上の松明《たいまつ》を灯し、王都を取り囲めと」

「承知いたしました」

ゴートがチェトを呼び寄せる。数言話した後、チェトが短く指笛を鳴らした。数秒後、黒々とした空から純白の鳥が飛びおりてくる。一瞬、それは真っ白な星が落下してくるように見えた。

左腕に降りた鳥へまっすぐ目を合わせて、チェトが何かを言い聞かせるように喋《しゃべ》る。一分も経たずに、再び鳥は空へと舞い上がった。

鳥が見えなくなってから、雄一郎は小隊長達を見回した。

「集団を離れた兵士や少数の隊がいたら捕縛して服を奪え。最低でも五着、できる限り多く」

「また、中に潜《もぐ》り込《こ》む気ですか」

ゴートがにやにやと笑いながら問いかけてくる。その薄ら笑いを冷たく見据《みす》えつつ、雄一郎は軽く顎《あご》を上げて答えた。

「害虫を駆除しようとするなら巣穴から潰す。それが一番手っ取り早いだろ？」

そう言って緩く首を傾《かし》げる雄一郎へ、ゴートは降参とでも言いたげに軽く両腕を上げた。そのまま、小隊長達へ軽く片手を振って、行動を開始するように促《うなが》す。

小隊長達の姿が闇に消えると、テメレアが足早に近付いてきた。

「私も行きます」

「何度言ったら解る。人を殺せない奴は足手まといだ」

「あれを見てください」

雄一郎の言葉を遮《さえぎ》って、テメレアが敵陣の方向を指さす。

「あれは第二王子であるロンド様の軍旗です」

言われてみれば、敵陣の至るところに赤地に金色で紋様が刺繍《ししゅう》された旗が立っていた。

「私はロンド様の顔を知っています。ロンド様が組まれる軍術や軍営についてもよく把握していますし、最短距離であなたを本陣まで案内できるかと思います。私を連れていって損はありません」

この短期間で、雄一郎の口説き方を熟知している物言いだ。苛立《いらだ》たしい気持ちでテメレアを見やりつつ、雄一郎は問い掛けた。

「なぜお前はそんなことを知っている」

ロンドの顔はともかく、軍術や軍営についても知識があるというのは普通ではない。

同時に、ふと気付いた。雄一郎はテメレアのことを何も知らない。仕《つか》え捧《ささ》げる者に選ばれる前は、一体何をしていたのか。それまでどのように生きていたのか。

テメレアは雄一郎の問い掛けに、不意を突かれたように目を数度大きく瞬《またた》かせた。テメレアが躊躇《ためら》いがちに唇を開く。

「私は……私の父は元々この国の書記官でしたので、私も幼い頃から父の仕事に携《たずさ》わっていました。父が亡くなってからは、私が仕事を継ぎました。ですから、この国の事柄なら大体把握しています」

テメレアらしくない、妙に回りくどい言い方だ。私は元々書記官でした、と言えば済むものを。動揺のせいか、歯切れも悪い。

雄一郎は、観察するようにテメレアをじろじろと眺めた。

「お前の父は、なぜ死んだ」

二百歳近く生きる種族なのであれば、寿命にしては短すぎるように思える。病死か、それとも何らかの事故か。

単刀直入な雄一郎の質問に、テメレアは今度こそ顔を歪《ゆが》めた。顔を背《そむ》けたまま、何かに耐えるように下唇を噛み締めている。

「なぜ、そんなことを聞くんですか」

なぜ今、こんな時に、こんな場所で。そう言いたげな吐き捨てるような声音だった。

テメレアはかすかに怒りを滲《にじ》ませた目で、雄一郎を見つめている。

「貴方は、私のことなんか興味ないでしょう」

まるっきり女の恨み言だ。鼻で嗤《わら》いそうになるのを堪《こら》えながら、雄一郎は軽く下顎《したあご》を引いてテメレアの目を見返した。

「お前は、俺に興味を持ってほしくないのか」

甘い罠に誘い込むように、かすかな猫撫《ねこな》で声で囁《ささや》く。微笑《ほほえ》む雄一郎を見て、テメレアは明白な憎悪をその瞳に浮かべた。その瞳が心地良かった。恋情を向けられるよりも、憎悪を向けられるほうがよっぽど安心する。この場所が自分に相応《ふさわ》しいと思える。

奥歯を噛み締めたまま黙り込んだテメレアへ、雄一郎は続けざまに囁《ささや》いた。

「お前は俺の心に触れたいと言っておきながら、自分の心を隠すのか？　自分は秘密を抱えたまま他人の心を暴こうとするなんて、卑怯者のすることだとは思わないか？　なあ、テメレア」

静かに手を伸ばして、テメレアの左胸へ押し付ける。瞬間、テメレアの鼓動が手のひらに伝わってきた。大きく、震えている。

テメレアはぎこちない動きで、胸元に押し付けられた雄一郎の手のひらを見下ろした。テメレアの手がゆっくりと雄一郎の手の甲に重ねられる。テメレアの指先は、ひどく冷たかった。

「貴方は、残酷な人だ。人を傷付けることを楽しんでいる」

「随分と人聞きが悪いな」

「違うのですか？」

重ねられたテメレアの手のひらに、強く力が込められる。爪が手の甲に食い込んで、痺《しび》れるような痛みが走った。

「貴方は、さみしい人だ」

「それは前にも聞いた」

「貴方は誰かを傷付けないと、自分の痛みすら思い出せないのでしょう。誰かを悲しませて、涙を流させて、苦しみに呻《うめ》かせて、そうやって自分の心と重ねようとしている。本当に、哀れな人だ。私なんかよりも、ずっと貴方のほうが可哀想な人だ」

淡々と語るテメレアの声に、ざわりと皮膚が粟立《あわだ》つような感覚を覚えた。思わず、テメレアの手を振り払おうとする。だがテメレアは、雄一郎の手をきつく掴んだまま放さない。

「ですが、他人の痛みは貴方の痛みではない。他人の喪失と貴方の喪失は違う。貴方がどれだけ他人から奪おうと、貴方が失ったものは永遠にかえらない」

反射的に、テメレアを殴り飛ばしそうになった。だが、殴ればテメレアの言葉を正しいと認めることになってしまう気がする。だから、雄一郎はただテメレアを睨《にら》み付《つ》けたまま堪《こら》えた。

テメレアは雄一郎を見つめたまま、静かな声で言った。

「……この戦いに共に行かせてくださるのなら、私も貴方にすべてを話します。何一つ隠すことなく、ありのままを」

そう呟《つぶや》いて、テメレアは自身の胸に雄一郎の手のひらをギュッと押し付けた。まるで神託《しんたく》を待つ信者のごとく目蓋《まぶた》を伏せて、雄一郎の言葉を待っている。

雄一郎は数秒テメレアの伏せられた目蓋《まぶた》を見つめた。薄い皮膚の下に細い血管が張っているのが暗闇でもかすかに見える。目蓋《まぶた》すら美しい男だと思うと、ひどく腹立たしかった。

掴まれた手を動かすと、今度はテメレアの手は静かに離れていった。手の甲を見ると、テメレアの爪の跡がわずかな窪《くぼ》みとして残っている。

「死んだら、何も喋《しゃべ》れねぇぞ」

ひとり言のように呟《つぶや》いた言葉に、テメレアが目を開く。縋《すが》るように、祈るように見つめてくるテメレアを一瞥《いちべつ》して、雄一郎は背を向けた。

「勝手にしろ」

どいつもこいつも勝手にすればいい。自分には何の関係もない。この世界の誰が生きようが死のうが、雄一郎とは無関係だ。

苛立《いらだ》ち紛れにそう思うのに、腹の奥がじくじくと疼《うず》くように痛んだ。


半刻も経たずに、目の前にずらりと敵陣の軍服が並べられた。片手では数えられない軍服を眺めて、雄一郎はゴートへ視線を投げた。

「お前の部下は、俺の期待に正しく応えてくれるな」

「今は俺の部下ではなく、貴方の部下ですよ。オガミ隊長」

珍しい雄一郎の褒め言葉に喜びを表すこともなく、ゴートは当然のような口調で答えた。目の前で頭《こうべ》を垂れて片膝《ひざ》をつく小隊長達を眺める。

優秀な部下というのは、上司に誇らしさと万能感をもたらす。

昔、雄一郎が部下だった頃、上司にこのような気持ちを抱かせることができていたのだろうか。昔は自分も優秀で、そしてとびっきり上官に従順だった。上官の命令に疑いを抱かず、命令を完《かん》遂《すい》することだけを重視していた。その結果、雄一郎はすべてを失ったが。

無意味な感傷を振り払うように、首を緩く左右へ振る。軍服を一つ手に取ると、襟口《えりくち》にわずかに血痕が付いているのが見えた。夜目にそれほど目立つものではないが、この軍服を着ていた者の運命を悟らせるには十分だ。

滲《にじ》んだ血の跡を親指の腹でなぞりつつ、跪《ひざまず》く小隊長達へちらりと視線を向ける。

「この『中身』は生きているのか？」

「生きている者もいます」

答えたのは、チェトだ。雄一郎を見上げて、にやっとそばかすの散った頬に笑みを浮かべる。無邪気にも残忍にも見える幼げな笑顔だ。

それ以上訊《たず》ねるのも面倒で、雄一郎は小さく肩を竦《すく》めた。

ちょうど、遅れていたジゼルの私兵達が走ってくるのが見えた。運ばれてくる大量の火薬を眺めて、雄一郎は敵陣を指すように片腕をのばした。

「二手に分かれる。第一部隊は、俺とともに敵本陣を探し出し、奇襲を行う。第二部隊は、ジゼルの私兵を率《ひき》い、敵陣広範囲に可能な限りの火薬を仕込め。発火のタイミングはゴート副官に一任するものとする。チャンスを逃すな。たとえ俺や部下が敵陣の中に残っていようが、決して躊躇《ためら》うな」

いいな、とばかりにゴートを見る。ゴートはにやにやと笑ったまま、勿論《もちろん》ですと軽快な口調で答えた。まるでその瞬間が楽しみとでも言わんばかりの表情だ。

ゴートから視線をはずして、雄一郎は敵陣を見やった。揺れる松明《たいまつ》の灯りを眺めながら、囁《ささや》き掛けるように呟《つぶや》く。

「裏切り者どもを焼き尽くせ」

小隊長達が頭《こうべ》を垂れて「承知いたしました」と声を揃えた。


かすかに血臭のする軍服を纏《まと》って、雄一郎は大股で歩いていた。

決して早足にはならないように、焦りや緊張を悟られないように。ゆっくりと、だが歩幅は大きく、堂々とした足取りで敵軍営を進んでいく。

この世界の単発銃を肩に担《かつ》ぎ、バンダナを頭に巻いて、射撃用だというゴーグルを目元につけた格好で悠々と歩く。その後ろには、ヤマとベルズ、そして髪を項《うなじ》で結んだテメレアが続いている。

ヤマは相変わらず不貞腐《ふてくさ》れたような厳しい表情をしているが、ベルズは緊張の欠片《かけら》も見えない様子で、時々擦れ違う敵兵に「やあ」などと片手をあげて挨拶《あいさつ》をしている。

その様子を見て、ベルズを連れてきて良かったと改めて思った。雄一郎とヤマの強面《こわもて》二人が並んでいると、どうしても雰囲気が尖《とが》り敵兵の中で目立ってしまう。柔和なベルズがいるおかげで、随分と周囲の雰囲気と調和できていた。

本格的な攻城戦が始まっていないせいか、兵士達の雰囲気に切迫したものはない。それは、まだ敵陣側の死傷者がほとんど出ていないからかもしれない。少なくとも戦場独特の血や硝煙《しょうえん》の臭いは、然程《さほど》感じられなかった。

敵軍営中央よりやや斜め下辺りを雄一郎達は目指していた。

敵軍営に入る前に、テメレアが言った。

「ロンド様は軍営の中心にご自身の軍旗と本陣を立てます。ですが、そこに本陣を置いているように見せかけて、実際は後方に本陣を置くことが多いです。後方でも、撤退時により逃げ道が多い方角を選ぶ傾向が強いかと」

「随分と弱腰だな」

そう雄一郎が素直に漏《も》らすと、テメレアは口角を歪《ゆが》めて笑った。

「ロンド様は典型的な『甘やかされた王子様』なんですよ。中身が空っぽなのに虚栄心まみれで、そのくせ小心者でもある。兄であるエドアルド様の後ろについていくしか能がないのです」

「王子様に対して、打ち首ものの物言いだな」

そう茶化せば、テメレアは馬鹿馬鹿しいと言いたげに片頬を吊り上げた。

「ロンド様に打ち首にするような度胸があればいいのですが」

皮肉に皮肉を返してくる辺り、テメレアも随分と屈折している。だが、屈折しているのはお互い様だ。

自ら戦場に身を置くものは、どこかしら内面に鬱屈《うっくつ》や歪《ゆが》みを抱えている。そうでなければ、人を物のように殺せるはずがない。

雄一郎は、テメレアの案内のまま敵軍営を曲がりくねりながら進んでいった。だが、不意に遠くから歓声じみた叫び声が聞こえてきた。足を止めて、ざわめきの方向へ顔を振り仰《あお》ぐ。テメレアが胡乱《うろん》げに呟《つぶや》いた。

「何でしょうか」

「我々にとって喜ばしいものではなさそうだ」

ヤマが苦い顔で言う。ベルズが即座に傍《かたわ》らの敵兵を呼び止めて、何があったのかと問い掛けたが、明瞭な答えは返ってこない。

「何にしても、はっきりとした阻害要因が認められない限りは作戦を進める」

そう言い切り、雄一郎は再び歩き出した。

敵軍営を進み続けると、他の幕営《ばくえい》からはやや離れた場所に、とりわけ大きな幕営《ばくえい》が建てられているのが見えた。人払いをしているのか、幕営《ばくえい》の近くには見張りらしき兵士二人の姿しか見えない。

離れた幕営《ばくえい》の陰で立ち止まって、雄一郎はテメレアへ短く問い掛けた。

「あれか」

「はい、おそらくは」

「では、親玉がいることを期待して、賭けに出ることにしよう」

皮膚がかすかに震うのを感じながら、ヤマとベルズに視線をやる。

「ヤマ、ベルズ、声をあげさせるな」

見張り兵をまっすぐに指さして、そう命令する。

ヤマは、そんな他愛もないことをわざわざ命ずるなとばかりに顎《あご》を反らした。ベルズは、ヤマの態度を窘《たしな》めるように肩を小突きつつ、雄一郎へ「了解しました」と短く答えた。

先に動き出したのはベルズだった。のんびりとした足取りで見張り兵へ無造作に近付いていく。

「やあ、お疲れ様。そろそろ交代の時間じゃないか？」

「あ？　まだ交代の時間では……」

見張り兵が戸惑《とまど》いを見せた瞬間を、ベルズは逃さなかった。背負っていた槍《やり》を正面に構えるまでの滑らかで素早い動きは、一瞬、雄一郎ですら目で追えなかったほどだ。

握り締めた槍《やり》を、相手が瞬《また》く間も与えず、一気に突き出す。パチリと目蓋《まぶた》が閉開した次の瞬間には、槍《やり》の先端が見張り兵の咽喉《のど》に真っ直ぐ埋まっていた。きょとんとした表情のまま見張り兵がごぽりと血反吐《ちへど》を吐き出す。

残ったもう一名の見張り兵が、叫び声をあげようと口を大きく開く。だが、その咽喉《のど》から声が出てくることはなかった。ただ、熟《う》れすぎた果実の裂け目のようにパックリと割れた咽喉《のど》からヒュウヒュウと風が吹くような音だけが漏《も》れ出ている。

いつの間にか、見張り兵の咽喉《のど》が真一文字に切り裂かれていた。その前には剣を薙《な》ぎ払《はら》った格好で、ヤマが立っている。

音を立てないためか、倒れゆく見張り兵の身体を受けとめて、すぐ傍《かたわ》らに積まれていた飼葉の中へ倒す。死体を隠すために飼葉を上にかけてから、ヤマとベルズが同時にこちらを見た。さぁどうぞ、とばかりに、幕営《ばくえい》の入り口を片腕で指し示している。随分とわざとらしい演技がかった仕草だ。

雄一郎は殊更ゆっくりとした足取りで、二人へ近付いていった。

「二人とも良い腕だ」

小声でそう誉《ほ》めると、ヤマは当然だと言わんばかりに鼻を小さく鳴らした。ベルズは笑みを深めると、無言で頭《こうべ》を垂れた。

「俺が動いたら来い」

そう一言だけ告げてから、雄一郎は幕営《ばくえい》前ですぅっと大きく息を吸い込んだ。幕営《ばくえい》の入り口を覆《おお》う分厚い布を片腕で跳《は》ね上げながら、大声で叫ぶ。

「伝令！　至急伝令！」

その声に、幕営《ばくえい》の中にいた五人の男が驚きの表情で突然の乱入者を凝視した。

一人の男は、幕営《ばくえい》の真ん中に置かれたテーブルの前に座っていて、今まさに葡萄《ぶどう》に似た真っ青な果実を口に運ぼうとしている時だった。

男はカールがかかった白髪を耳元まで伸ばしており、作り物みたいにパッチリとした二重《ふたえ》の目をしている。その部分だけ見れば美青年だが、片方の口角が妙にねじ曲がっているのが、男の印象を卑小に見せていた。ねじれた口角が神経質に痙攣《けいれん》している。

もう一人の男はテーブルの傍《かたわ》らに立っており、その両手はまるで悪代官に媚《こ》びを売る越後屋《えちごや》のように揉《も》み手《て》の形をしていた。耳下まで伸びた白い髪を真ん中分けにしていて、目尻は絶えず何かにビクついているみたいに垂れている。その口元には、こびりついたような薄笑いが浮かんでいた。

残りの三人は甲冑《かっちゅう》をまとって、椅子に座る男の背後に仁王立《におうだ》ちしている。おそらくは護衛だろう。

幕営《ばくえい》の中の様子を見て、雄一郎は咄嗟《とっさ》に込み上げてきた笑いを必死で噛み殺した。

幕営《ばくえい》の中は、戦場とは思えないほど豪奢《ごうしゃ》に飾りたてられていた。足下には真っ白な獣の毛皮が敷かれ、磨き上げられた大理石のテーブルの上には食べきれないほどの料理と菓子が置かれている。

戦場ではなく、晩餐会か何かのようだ。

「だ、誰だ！　ロンド様の本営に断りもなく入ってくるなんて無礼な……！」

叫んだのは、越後屋っぽい男だった。声が動揺で震えているのが、何とも小物臭を漂《ただよ》わせている。

男がロンド様と呼んだということは、もう一人の座っている男がロンドなのだろう。

「申し訳ございません、至急を要する伝令だったため」

雄一郎はその場に片膝《ひざ》をついて、頭《こうべ》を垂れた。すると、呆《あき》れたような溜息《ためいき》が大きく聞こえてきた。

顔を上げると、ロンドが面倒臭そうな表情のまま口に果実を放り込んでいるのが見えた。自分を実物よりも大きく見せようとしていることが丸わかりな、虚栄が滲《にじ》み出《で》た仕草だ。

「何だ、申してみろ」

「はい。ですが……伝令はロンド様の耳にだけ届けるようにと命じられております」

雄一郎がちらりと越後屋の男を横目で見やると、ロンドは気怠《けだる》そうな仕草で腕を振った。

「ニコライは私の側近だ。構わないから、早く話せ」

ニコライという名前には聞き覚えがある。ゴートの兄、家族を売った裏切り者。

「恐れ入りますが、そちらにいらっしゃるのはニコライ＝フォルグ・ゴート様ですか？」

雄一郎が口早に訊《たず》ねると、ニコライは一瞬だけ怯《おび》えたように肩を震わせた。だが、その口元から薄笑いは消えない。すでにそれは表情ではなく、顔の一部になっているようだった。

ロンドがかすかに苛立《いらだ》った口調で答える。

「それがどうした」

「ゴート家は王派だと聞いております。無礼を承知で申し上げますが、そのような者の前で重要な伝令を伝えることはできかねます」

雄一郎が躊躇《ためら》うように言うと、ロンドは更に目を吊り上げた。目尻がヒクヒクと戦慄《わなな》いている。

「貴様は、私の腹心を疑うのか？　それは私に対する反逆と見なすぞ」

上擦《うわず》った怒声に、雄一郎は再び頭《こうべ》を垂れた。

「申し訳ございません。ですが、私の使命は、決して他の者にもらすことなく伝令を正しく司令官様にお伝えすることです。後程《のちほど》どのような処罰でもお受けいたします。どうか、私に使命を果たすことをお許しください」

へりくだりながらも、決して意志を曲げないと言わんばかりの雄一郎の強情な台詞《せりふ》に、ロンドは額《ひたい》に青筋を浮かべた。だが、数秒歯ぎしりをした後、ニコライに向かって下がれと軽く腕を振る。ニコライが一瞬だけ顔を歪《ゆが》めながらも、大人しく後方へ下がっていく。

「近くに寄れ」

ロンドの吐き捨てるような声に、雄一郎は了解しましたと短く答えた。ゆっくりとロンドへ近付き、その足下に跪《ひざまず》く。

「さっさと言え」

そう急かしながら、ロンドが顔を寄せてくる。その横顔を見つめる。耳の形がノアに似ていると、一瞬思った。どうでもいい感慨を抱きつつ、雄一郎は静かに唇を開いた。

「今すぐ撤退しないと、お前達全員火だるまになって地面をのたうち回ることになるぞ」

雄一郎の淡々とした言葉に、ロンドは「はぁ？」と言わんばかりの不機嫌そうな表情を浮かべた。

だが、自分を見上げる雄一郎の無表情を見た途端、その顔色がサァッと一瞬で悪くなった。

ロンドが大きく口を開く前に、雄一郎は腰の背面に括《くく》り付《つ》けていたサバイバルナイフを右手で抜き取った。切っ先を下顎《したあご》に突き付けると、ロンドは口をあんぐりと開いたまま硬直した。

「ロッ、ロンド様……！」

叫んだのはニコライだったが、いち早く動き出したのは護衛達だ。

だが、剣を抜こうとしていた護衛の動きがピタリと止まる。雄一郎が一度瞬《まばた》きをしている間に、護衛の腹から槍《やり》の先端が突き出しているのが見えた。その槍《やり》は護衛の背後の幕営《ばくえい》から突き出されていた。ベルズの槍《やり》だ。

腹を突き刺された護衛が理解できないものを見るように自身の腹を見下ろしている間に、幕営《ばくえい》を覆《おお》う厚い布が縦に切り裂かれた。切れ目から中へ飛び込んできたのはヤマだ。

残った護衛が慌てて剣を構えようとするが、それよりもヤマのほうが格段に速い。ヤマが剣を薙《な》ぎ払《はら》った瞬間、剣の柄《つか》を掴んでいた護衛の首が宙を飛んでいた。激しい血しぶきが真っ白な幕営《ばくえい》の布壁を汚していく。

最後の一人の護衛がヤマに切りかかっていくのが見えた。ヤマが体勢を切り替えるように深くしゃがみ込み、右足で護衛の膝《ひざ》頭を蹴り飛ばす。その衝撃に、護衛は顔を歪《ゆが》めてつんのめった。その心臓へめがけて、真っ直ぐにヤマが剣を突き上げる。

次の瞬間には、深々と埋まった剣が、まるで銀色の片羽のように護衛の背中から生えていた。ヤマが邪魔な荷物でも放るように、息絶えた護衛の身体を床へ投げ捨てる。

ほんの数秒の間に、幕営《ばくえい》の中は血の臭いで埋め尽くされた。

「ひ、ひぃいッ！」

ようやく正気に返ったのか、それまで呆然と突っ立っていたニコライが幕営《ばくえい》の入り口へ向かって走り出す。だが、入り口をくぐろうとした瞬間、その顔面に木の棒が叩《たた》き付《つ》けられた。ニコライが鼻血を噴きながら、大の字にバタンと倒れて動かなくなる。

その前には、薪《まき》を両手で振りかぶった姿勢のテメレアが立っていた。その姿を見て、雄一郎は咄嗟《とっさ》に噴き出してしまった。

「野球かよ」

「ヤキュー？」

雄一郎のひとり言に、テメレアが訝《いぶか》しげな表情を浮かべる。それに答えず、雄一郎は小さく首を左右に振ってから、ロンドを見やった。ロンドは下顎《したあご》にナイフの切っ先を当てられたまま、恐慌とも憤慨《ふんがい》ともつかない表情を浮かべている。

「どうも初めまして、第二王子様？」

そう挨拶《あいさつ》を述べるが、ロンドが答えることはない。ただ、咽喉《のど》をぎこちなく上下に震わせて、射るような目で雄一郎を見ただけだ。だがすぐに、その眼差《まなざ》しはこちらへ近付いてくるテメレアに向けられた。

「テメレア……貴様……」

「お久しぶりです、ロンド様」

状況にそぐわぬ平然とした声音でテメレアが答える。相変わらず見た目に似合わず図太い神経をしている。その態度は余計にロンドの癇《かん》に障《さわ》ったようだった。

「貴様はまだあんな下賤《げせん》のガキに仕えているのか。このような敵陣にまで潜《もぐ》り込《こ》まされるとは、随分と雑な扱いをされているじゃあないか」

嘲《あざけ》りの言葉を吐きながらも、ロンドの額《ひたい》からはだらだらと冷や汗が滲《にじ》み出《で》ている。椅子の肘掛けをきつく握り締めた両拳《りょうこぶし》は小刻みに震えていた。

恐怖心を隠し切れていないロンドの様子を見ても、テメレアは顔色一つ変えない。

「前も申し上げましたが、ロンド様は勘違いされています。私がお仕《つか》えしているのはノア様ではありませんし、ここに来たのも命令ではなく私自身の意思です」

「女神の制約とやらで人を殺せない貴様が、戦場に来るとはお笑い草だな」

ロンドが空笑いするように顔を小さく揺らす。だが、下顎《したあご》に突き付けられたナイフが掠《かす》めた瞬間、その咽喉《のど》からヒュウンと子犬の鳴き声のような音が漏《も》れた。

ロンドの言葉を聞いて、雄一郎は思わずテメレアへ問いかけていた。

「お前、俺のせいで人が殺せないのか？」

訊《たず》ねると、テメレアはゆっくりと首を左右に振った。

「貴方のせいというわけではありません。万が一にでも女神様を殺害しないために、仕《つか》え捧《ささ》げる者にはいくつかの制約が設《もう》けられているのです。制約を破れば、仕《つか》え捧《ささ》げる者は息絶えると言われています」

ようやくテメレアが人を殺せないと言っていた理由が解った。今まで人を殺さないのはテメレアの良心によるものだと思っていたが、制約で不可能だったのか。

ふぅん、と小さく相槌《あいづち》めいた声を漏《も》らす。いつの間にか、ロンドが食い入るように雄一郎を見ていた。この世界に来てから何度も見た、信じられないものを見る眼差《まなざ》し。

雄一郎はわざとらしいほどに朗《ほが》らかな笑みを浮かべた。今のロンドには悪魔のごとく映るであろう、慈愛じみた笑みを。

「まさか……」

「女神様です」

震えるロンドの声に答えたのはテメレアだ。ロンドの目が極限まで見開かれる。青色の虹彩の奥に、自分の姿が映っているのが見えた。まるで万華鏡でものぞき込んでいるかのようだ。

ロンドが一瞬天を仰《あお》ぎ見る。だが、次の瞬間、反らされた咽喉《のど》から溢《あふ》れ出《で》たのは高らかな哄笑《こうしょう》だった。

「はははは、こんな中年男が女神だと⁉　貴様らはとうとう頭だけでなく目まで腐ったか！　こんな偽物女神を崇《あが》めるとは愚かにも程《ほど》がある！」

また偽物と呼ばれたな、と思う。脂汗《あぶらあせ》を流しながらも狂ったように笑うロンドを冷たく見据《みす》えて、テメレアが穏やかな声音で言う。

「雄一郎様は偽物ではありません。私は、この方を女神だと解っている」

「だからなんだ！　こいつのような姿も心も女神には程遠《ほどとお》い男を、信じてついていくような民は誰もいやしないぞ！」

ロンドの言うことは正しいのだろう。雄一郎を目の前に出されても、大半の人間は女神だなんて信じやしない。まさかと引《ひ》き攣《つ》った顔で見るか、鼻で笑うのがオチだ。

「確かになぁ」

雄一郎が感心して呟《つぶや》くと、テメレアのねめつけるような視線が向けられた。汗で顔をびしゃびしゃに濡れそぼらせたロンドが、呻《うめ》くように続ける。

「貴様のような偽物女神は誰も認めない。こんな中年の男にこの国が救えるものか……ただ逃げ回っていたガキに王の座がつとまるもんか……何が正しき王だ。正しき王は兄様一人だけだ！　あのガキを殺すまで、僕は絶対にここから離れない！　死んでも撤退なんかしてたまるか！」

だんだんとロンドの口調が乱れてきた。素の臆病さが隠しきれなくなっている。だが、歯の根が合わないながらも最後まで叫び続けるあたりは、ヤケクソだったとしても肝が据《す》わっている。

雄一郎が口元を笑みに歪《ゆが》めると、ロンドは恐怖に目を見開いた。化け物でも見ているような表情だ。

「じゃあ、仕方ないな」

そう柔らかく囁《ささや》いて、雄一郎は握り締めていたナイフを一気に振り上げた。そのままお喋《しゃべ》りな口にナイフを突き刺してやるつもりだった。だが、ナイフの切っ先が大きく開かれたロンドの口へ入る直前、大きな声が聞こえた。

「動くんじゃない！」

声の方向を見ると、幕営《ばくえい》入り口にノアとガーデルマン中将が立っていた。

ノアは後ろ手に縛られているのか、やや前のめりな姿勢で首根っこをガーデルマンに掴まれていた。その瞬間、雄一郎は先ほど遠くから聞こえてきた歓声を思い出した。あの歓声は、ノアを捕らえた歓声だったのか。

ノアの後頭部へ短銃の銃口を突き付けたまま、ガーデルマンが勝ち誇ったようにニタニタと笑う。

テメレアが「ノア様……！」と押し殺した声をあげた。

「これはこれは女神様がた、武器を下ろしてもらおうか」

小馬鹿にするような口調で言われる。

雄一郎はナイフを下ろさず、同じく武器を構えたまま様子をうかがっているベルズとヤマを目だけで動くなと制した。

ロンドが一気に目を輝かせる。

「ガーデルマン……！　見付けたか、よくやった……！」

「はい、メイド部屋のタンスの中に隠れておったようですが、出てこなければ家臣どもを一人ずつ殺すとふれ回ったら自分から出てきましたよ。まこと意気地のない子供です」

そう罵《ののし》られても、ノアは力が尽き果てたように俯《うつむ》いたままだ。その頬に赤黒い痣《あざ》が見て取れた。おそらく捕らえられる際に殴られたのだろう。よく見ると、服の至る所に蹴られたような汚れもついている。

それを見た瞬間、自分でも意外なほどに腹の奥がぐつりと煮え立つような感覚を覚えた。ナイフを握る指先が怒りでピクリと跳《は》ねる。

だが、雄一郎は表情を変えぬまま淡々と呟《つぶや》いた。

「軍の中将が王を人質にとるなんて世も末だな」

「我々の忠信を知りもせぬくせに、貴様に何が解ると言う」

「その我々っていうのは、私腹を肥《こ》やす豚共ってことか？　それとも、祖国を敵国に売る裏切り者って意味か？」

雄一郎の皮肉に、呆気《あっけ》ないほど簡単にガーデルマンは発火した。二重顎《あご》をぶるぶると震わせながら、喚《わめ》き声をあげる。

「黙らんかっ！　そもそも宝珠に選ばれたからといって、こんな子供に国を任せること自体がおかしいのだ！　正しき王は、宝珠ではなく、今まで国に尽くしてきた我々が選ぶべきだ！　我々は間違っておらん！」

随分と自分に都合の良い考え方をするものだ。

豚の鳴き声じみたガーデルマンの金切り声に耳を塞《ふさ》ぎたくなった時、ぐったりとしていたノアが静かに顔を上げた。幼い顔が痣《あざ》で痛々しく腫《は》れ上《あ》がっている。

「……もう、もういい、から……」

呻《うめ》くようなノアの声はひどく聞き取りにくかった。今にでもノアに駆け寄りそうなテメレアに睨《にら》みをきかせてから、雄一郎は声を抑えて訊《たず》ねた。

「何が、もういいんだ」

「もう、だれも、殺さなくていいから……僕が……僕が死んだら、もうだれも死なずにすむから……」

ふと、以前にノアが「死にたくない！」と叫んだことを思い出して笑いそうになった。

だが、笑えなかった。ノアは銃口を突き付けられたまま、ぽろぽろと両目から涙を零《こぼ》している。

「王位は、兄さん達に譲るし……僕を殺していいから……お願い、もう誰も傷付けないで……」

ノアの懇願に、不意に唾棄《だき》するような思いが込み上げた。

このガキはやっぱりとんでもない阿呆だ。自分の命を投げ出して国を救うだなんて、馬鹿げた綺麗事だ。

そもそも何を勝手なことを抜かしている。ノアが死ねば、雄一郎は一円の報酬も貰えない上に、元の世界に帰ることもできなくなるのだ。それこそ許しがたい完全なる敗北じゃないか。

夢見がちなガキを張り飛ばしてやりたかった。それなのに、気が付くと雄一郎はロンドに突き付けていたナイフを下ろしていた。逆転勝利を確信したのか、ロンドの口元がひくひくと震えながらも笑みを浮かべているのが視界の端に見える。

両腕をだらりと垂らしたまま、雄一郎はノアへ問い掛けた。

「死ぬのが怖いんじゃなかったのか」

そう問い掛けると、ノアは雄一郎を目に焼き付けるようにじっと見つめた。そして、一瞬だけ悲し気に笑みを浮かべた。

「……生きてるほうが、怖い」

あぁ、と小さく声が漏《も》れそうになった。薄く開いた唇から、ぷしゅぷしゅと何かが抜けていくような感覚を覚える。

テメレアが息を呑む。その理由が雄一郎には解った。

雄一郎が先日零《こぼ》した言葉と似たことをノアが吐いたせいだ。

死ぬのが怖い。生きるのも怖い。生きているほうが怖い。

なんて無様な生き方だ。雄一郎も目の前の子供も、涙が出そうなくらい無様だ。

ならば、この終わり方は一番相応《ふさわ》しいのかもしれない。完全なる敗北のもと、処刑されることこそ自分たちに与えられた正しい終幕なのだろう。

そんな思いが込み上げて、ナイフを握る指先から力が抜けそうになる。

ガーデルマンがにたりと笑みを深めて、銃口をノアから雄一郎へ向ける。真っ暗な穴ぼらのように見える銃口を見つめたまま、雄一郎は大きく息を吐き出した。終わる直前というのは随分と静かなものだな、と上の空で考える。

だが、引き金が引かれようとした瞬間、どこかから呆《あき》れたような声が聞こえた。

「なぁに、センチメンタルに浸《ひた》っとるんや。きみ、そういうキャラやないやろう」

ノアの上着の隙間から、何か緑色の紐《ひも》のようなものがにょろりと出ていた。

それは、金色に輝く目をパチリと瞬《またた》かせていた。宝珠、イズラエルだ。

イズラエルはノアの身体を滑るように這《は》うと、短銃を握るガーデルマンの手首に一息に噛み付いた。

尻尾《しっぽ》を踏まれた猫のような声をあげて、ガーデルマンが大きく仰《の》け反《ぞ》る。反射的に銃の引き金を引いたのか、発射された銃弾がすぐ真横を掠《かす》めた。

次の瞬間、ロンドのつんざくような悲鳴が聞こえた。

「ギャアぁッ！」

視線を遣ると、ロンドの左耳が真っ赤に濡れていた。耳の中ほどからゴッソリと肉が抉《えぐ》られている。どうやらガーデルマンが放った銃弾が運悪くロンドの左耳に命中したようだ。

パニックになって叫ぶロンドを唖然《あぜん》と眺めていると、不意にミシミシと何かが軋《きし》む音が聞こえてきた。

幕営《ばくえい》を内側から圧迫するように、イズラエルの身体が大きくなっている。小指程度の大きさしかなかった牙が今は象の牙よりも大きく、鋭くなっていた。巨大な胴体が幕営《ばくえい》の中で蛇《へび》のようにのたうつ。

巨大化している間も、イズラエルはガーデルマンの手首を噛んだまま離さなかった。ガーデルマンが「ンギャギャギャッ！」と正気を失った鳥のような絶叫を上げるのと同時に、とうとうその手首がぶつんと噛み千切られた。激痛に耐えられなかったのか、ガーデルマンが泡を吹いてその場に卒倒する。

赤い血潮とともにガーデルマンのでっぷりとした手首を吐き出して、イズラエルが溜息《ためいき》混じりに呟《つぶや》く。

「ガッカリやわ、ほんまガッカリ。自分から死ぬんを選ぶなんてなぁ。きみは強い子やと思っとったのに、所詮はきみも悲劇のヒロイン面して助けを待つだけの今までの女神と同じか」

巫山戯《ふざけ》たことを言いやがる。悲劇のヒロイン面だと、舐《な》めくさったことを抜かしやがって。

空っぽだった体内に、ふつふつと怒りが漲《みなぎ》ってくる。ギリギリと拳《こぶし》を握り締めて、雄一郎はイズラエルを睨《にら》み付《つ》けた。

「黙れ、クソ龍が。俺に舐《な》めた口をきくんじゃねぇよ」

「ほほう、弱虫女神様は一丁前にプライドだけは高いんやなぁ。やけど、今は僕に八つ当たりしとる場合なんか？」

イズラエルがニヤニヤと目を細めて、天井を仰《あお》ぎ見《み》る。瞬間、激しい爆音が聞こえた。

地面を根本から揺らすほどの震動と鼓膜を突き破るような爆撃音。おそらくゴートが敵陣に配置した火薬を発火させ始めたのだろう。

そう冷静に考えられたのもそこまでだった。

爆音と共に、頭上から何かが降ってくる音が聞こえた。

「伏せろッ！」

雄一郎が叫ぶのと同時に、イズラエルが守るようにその身体で四方を覆《おお》い囲《かこ》った。次の瞬間、激しい衝撃音と共に、すべてが破壊される音が混ざり合う。粉塵が全身に吹き付けてきて、一瞬息ができなくなる。

数秒後、顔を上げると、ノアの泣き出しそうな顔が見えた。地面に伏せたテメレア、ベルズ、ヤマの姿も見える。どうやらイズラエルは、一応、全員を庇《かば》ってやったらしい。

イズラエルの太い胴体越しに視線をやって、ようやく頭上から降ってきたものの正体が解った。

砲台だ。大量に火薬を設置したせいで、砲台が吹っ飛んできたらしい。

顔にこびりついた砂を雑に拭《ぬぐ》いながら、溜息《ためいき》を吐き出す。そんな雄一郎を眺めて、イズラエルが笑い混じりに言う。

「お礼は？」

クソ龍が、とまた毒づきそうになった。無言でイズラエルを睨《にら》み据《す》えて、唸《うな》るように吐き捨てる。

「それがテメェの役割だろうが。黙って、俺を守れ」

居丈高《いたけだか》な返答に、イズラエルは怒るどころか嬉しそうに口元を緩めた。

「それでこそ、きみやわ」

うっとりとした声にかすかな吐き気を覚える。

こいつは、こいつらは、この世界は、一体俺をなんだと思ってやがる。女神とは名ばかりの、ただの玩具じゃないか。

ひどく不愉快で堪《たま》らなかった。

雄一郎は、砂煙の中へ視線を向けた。ガーデルマンは変わらず手首から血を流したまま倒れているが、ニコライとロンドの姿が見えなくなっている。今の騒ぎの中を上手《うま》く逃げ出したか。

思わず舌打ちが漏《も》れる。辺りでは激しい爆音が変わらず響き続けており、破れた幕営《ばくえい》からは外が火の海になりつつあるのが見えた。炎に追われて逃げまどう兵士達の叫び声が聞こえる。まるで不協和音のオーケストラのようで、ひどく耳障りだった。

「どいつもこいつも……」

唇から無意識に呪詛めいた言葉が漏《も》れていた。苛立《いらだ》ち紛れに、顔を覆《おお》っていたゴーグルとバンダナをむしり取る。

砂だらけになったテメレアがよろよろと立ち上がり、雄一郎を見やる。そして、ハッと顔を強張《こわば》らせた。

雄一郎の顔は、悪鬼のごとく赤黒く歪《ゆが》んでいた。体内で膨れ上がっていく怒りと憎悪で、身体がミシミシと音を立てて弾けそうだ。

「雄一郎様……」

テメレアが恐る恐る呼びかけてくる。それを血走った目で見据《みす》えて、吐き捨てた。

「どいつもこいつも、人を小馬鹿にしやがって」

それは今まで溜まりに溜まった鬱憤《うっぷん》だった。女神女神ともてはやしながら、結局雄一郎は、この世界に玩弄《がんろう》されている。それが許し難かった。

「お前達に、思い知らせてやる」

ほとんどひとり言のように雄一郎は呟《つぶや》いた。血走った眼差《まなざ》しでベルズとヤマを見据《みす》える。

「ノアとテメレアを連れて、味方陣地まで撤退しろ」

「女神様は」

ベルズが問いかけてくる。雄一郎はそれ以上の言葉を遮《さえぎ》るように答えた。

「二度は言わん。俺の命令を遂行しろ」

ベルズとヤマは何も言わず頭《こうべ》を垂れた。雄一郎は、イズラエルへ片腕を伸ばした。

「俺を、壁の上まで運べ」

「はーん、それはまた面白いこと言うなぁ。何するつもりなん？」

「いいから、さっさと運べ！」

癇癪《かんしゃく》を起こした子供のように雄一郎は叫んだ。

イズラエルが「おぉ、怖い怖い」と空とぼけるように呟《つぶや》きながら、雄一郎の腕を掴んで宙へ飛んでいく。つま先が地面から離れた瞬間、ノアとテメレアの声が聞こえた。

「ゆういちろう！」

「雄一郎様！」

二人の男の呼び声に視線を向けることなく、雄一郎は炎の上をぐんぐん昇っていった。そして壁の上まで辿《たど》り着《つ》くと、イズラエルは雄一郎の腕を離した。

壁から真下を見下ろす。眼下の光景は、まさに地獄だった。炎にまかれて、逃げまどう大勢の敵兵の姿が見える。逃げきれなかった者が炎をまとって地面を転げ回っている姿も。焦《こ》げついた黒い遺体が何百体もある。

地上からは、火薬と人が焼ける臭いが立ち昇っていた。

更に遠くへ視線をやれば、何千もの松明《たいまつ》が灯《とも》っているのが見えた。援護に来た辺境軍が命令通りに人数以上の松明《たいまつ》を灯しているおかげで敵兵達は逃げ場がないと勘違いし、逃げ出すこともできずに無力に焼け死んでいっている。

　この地獄を自分が作り出したのかと思ったが、特に何の感慨もわかなかった。そんな自分を非道だとも残酷とも思わなかった。ただ、やるべきことをやっただけだと思った。

　ようやく思い出した。自分は傭兵なのだ。金をもらって人を殺すのが仕事だ。

　瞬間、心が凪《な》いだように穏やかになった。先ほどまでの激情が嘘のように収まって、ただ静けさだけが満ちていく。

「仕事だ」

　不思議そうなイズラエルの眼差《まなざ》しを受けながら、雄一郎は自分に言い聞かせるように呟《つぶや》いた。

「これは、ただの仕事だ」

　繰り返すと、勝手に頬が歪《ゆが》んだ。それが笑顔なのか泣き顔なのか、自分でも解らない。

　イズラエルが雄一郎をじっと見つめている。炎を反射させる金色の瞳を見つめ返して、雄一郎はそっと囁《ささや》いた。

「吼《ほ》えろ、イズラエル」

　鼻面を手のひらで撫《な》でると、イズラエルは高揚《こうよう》したように鼻の穴を大きく膨らませた。次の瞬間、鋭い咆哮《ほうこう》が空に響き渡った。大気をビリビリと震わせる、獣の咆哮《ほうこう》だ。

　一瞬、時が止まった。

　炎の中を逃げまどっていた者達が皆、示し合わせたように壁の上を仰《あお》ぎ見《み》て、ピタリと動きを止める。何千何万もの視線を受けながら、雄一郎はゆっくりと唇を開いた。

「ジュエルドの兵士達よ。私が、この国を救うために異なる世界から飛んできた女神だ。お前達はなぜ祖国を裏切る。なぜ、この国を導く正しき王に剣を向ける。この行為にお前達の信念はあるのか。お前達の中に、真なる愛国心はあるのか」

何かの力が働いているかのように、その声は不思議なほど朗々と大地に響き渡った。敵兵達は皆、呆然と雄一郎の言葉に聞き入っている。

雄一郎は眼下を静かに見回しながら続けた。

「私は解っている。私だけは解っている。祖国を裏切るなど、お前達の本意ではなかったことを。家族のため、生きるために仕方なく反逆者共に従うしかなかったということを。どれだけ辛《つら》かっただろう。祖国に刃を向けることが、どれほど苦しく、胸を痛めたことか」

自分で語りながら、雄一郎は笑いを堪《こら》えるので必死だった。

兵士達ではない、自分自身が耐え難いほどに愚かで滑稽《こっけい》に思えたからだ。

頬の内側を噛み締めながら、苦渋に満ちた声で続ける。

「私は、お前達を許そう。この度の過《あやま》ちを許し、皆と共に進んでいきたいと願っている。お前達が武器を捨て、正しき王に従うと誓うのであれば、私がお前達を守ろう。決して誰も、お前達を裏切り者と糾弾し、剣を向けたりはしない。たとえ死しても、祖国の土に返すと約束しよう」

慈《いつく》しむように、柔らかな声で囁《ささや》く。だが、その声を遮《さえぎ》る者がいた。

「う、嘘をつけ！　貴様のような血にまみれた者が女神であるものかッ！」

左耳を片手で押さえたまま叫んでいるのは、ロンドだった。傍《かたわ》らに銃兵を従えている。

「うっ、撃て！　撃ち殺せ！　あんな奴は偽物だッ！」

銃兵をぐらぐらと左右に揺さぶって、ロンドが喚《わめ》き散《ち》らす。銃兵はだらりと両腕を垂らしたまま、無理だと言わんばかりに首を左右に振っていた。痺《しび》れを切らしたロンドが銃兵の頬を打《う》ち据《す》えて、銃を奪い取る。そのまま引き金を引き絞った。

ヒュンッ、と銃弾が空気を切り裂く音が聞こえた。銃弾が見る見るうちに近付いてくる。だが、それは雄一郎の身体に届く前に、イズラエルの尻尾《しっぽ》で払い落とされた。イズラエルが威嚇《いかく》するように牙を剥《む》いて、怒声をあげる。

「無礼者が！　たかが人間ごときが神の選択を疑うことが許されると思うな！」

雷鳴のようなイズラエルの声に、ヒッとロンドが身を竦《すく》ませる。雄一郎は宥《なだ》めるようにイズラエルの鼻面を優しく撫《な》で、再び眼下を見つめて唇を開いた。

「反逆者共に唆《そその》されるな。彼らは宝珠に選ばれなかったにもかかわらず、浅ましくも偽物の王になろうとしている。民のためにその命を捧《ささ》げようとしたノア王と、同じ祖国の民を争わせようとする者達と、どちらが正しき王かは考えなくとも解るだろう。正しき王は、宝珠によって選ばれたノア王ただ一人である。お前達はジュエルドの民だ。正しき王を疑うな、裏切るな、敬愛せよ。正しき王には、女神がついている。私が、ノア王へ勝利をもたらす！」

嗚呼《ああ》、笑いが堪《こら》えきれない。口元が笑みに捻《ねじ》れていく。

耐え切れず、唇から笑い声が迸《ほとばし》った。高らかな笑い声が天へ響き渡る。まるで祝福のファンファーレか、世界の終わりを告げる黙示録のラッパのように。

テメレアは、壁の上を見上げていた。

炎に照らされ、噴き上がってくる火の粉を纏《まと》いながら、朗々と叫ぶ雄一郎の姿を。

巨大な龍を従わせ、慈愛に満ちた甘言を吐く女神の姿は、おぞましいほどに神々しかった。決して、この世のものとは思えない、それこそ神話の一ページを目にしてるかのような光景だった。

雄一郎が笑っている。天から響き渡る笑い声は、福音の鐘の音のようにも聞こえた。

だが、テメレアは解っている。

雄一郎はすべてを嘲笑《ちょうしょう》しているのだ。自分も他人も、この世界すらも。

あの人は、いつかすべてを破壊し尽くす。そう解っているのに――

「美しい」

あの人は、途方もなく美しかった。

笑い声が聞こえなくなると、一瞬の静けさの後、次々と金属音が聞こえ出した。敵兵士達が持っていた武器を地面に投げ捨てている。彼らの目は、未だ陶酔《とうすい》したように雄一郎を見上げたままだ。憧憬《どうけい》や敬愛、そしてかすかな情欲すら感じられる眼差《まなざ》しを受けても、雄一郎の笑みは崩れない。

静かに微笑《ほほえ》んだまま、皆を見下ろしている。

その眼差《まなざ》しに、テメレアは焦《こ》げ付《つ》くような嫉妬《しっと》を覚えた。

雄一郎がそっと両掌《りょうてのひら》を空へ向ける。途端、まるで筋書きでもあるかのように、ぽつぽつと雨が降り始めた。あまりにも、できすぎている。これも神の計らいか何かなのだろうか。

雄一郎は目を閉じたまま、雨を浴びている。敵陣営を焼き尽くしていた炎がゆっくりと鎮火していく。戦意喪失した兵士達は焼《や》け焦《こ》げた戦場に立ち尽くしたまま、たった一人の神でも見上げるように雄一郎を見つめ続けていた。

＊＊＊

雨がやみ、敵陣を焼き尽くしていた炎が消えたのは、朝日が見え始めた夜明け頃だった。濡れて額《ひたい》にはりつく前髪を雑に後ろに撫《な》で付けながら、雄一郎は開かれた門からアム・ウォレスへ入っていった。

雄一郎の姿を見た瞬間、ハッとしたように兵士達が硬直した。そして次の瞬間には、まるで神でも崇《あが》めるかのように地面に跪《ひざまず》く。ピッタリと塞《ふさ》がれた家の中からも、雄一郎を見つめる、数え切れないほどの視線を感じる。

雄一郎はその視線に構わず、城に向かって大股で歩いていった。まるで神託《しんたく》を待つように、誰も動かず、誰も喋《しゃべ》らない。だが、その沈黙を破るように、どこかから囁《ささや》く声が聞こえた。

「女神様」

うっとりと陶酔《とうすい》を滲《にじ》ませた声だ。その囁《ささや》きはさざ波のように広がっていき、次第にざわめきへ変わった。

「この国を救ってくださる」

「我々に勝利をもたらしてくれる」

「黒の女神様」

ざわめきが徐徐に熱狂を帯《お》びていく。誰かが一際大きな声で叫んだ。

「我らの女神様！」

その声に同調するように、わぁっと大きな歓声があがる。まだ夜明けだというのに、まるでパレードのような騒ぎようだ。女神様、女神様と叫ぶ何百何千もの声が天まで響き渡っている。

海を割ったモーゼのように、左右に分かれた人の海を雄一郎はずんずんと進んでいった。熱狂する群衆の姿を、苦虫を噛み潰した表情で黙殺する。

「応えてやらんのんか？」

背中に貼り付いていたイズラエルが茶化すみたいに声をかけてくる。雄一郎は唇を引き結んだまま答えなかった。すると、イズラエルがするりと首筋に絡みついてきた。

「きみが望んだ通り、『思い知らせて』やれたで」

「うるせぇ、黙ってろ」

耐えきれず、唸《うな》るような声が漏《も》れた。だが、イズラエルは意に介した様子もなく、猫撫《ねこな》で声で続ける。

「ガッカリした言うたんは撤回するわ。きみはやっぱり最高や。最高の女神や」

耳元で繰り返される言葉に、いい加減発火しそうになる。イズラエルを鷲掴《わしづか》んで地面に叩《たた》き付《つ》けてやろうかと思ったその時、不意に群衆の歓声が止まった。

顔を上げると、城門の方向からこちらへ向かってくる兵達の姿が見えた。重たそうな銀色の甲《かっ》冑《ちゅう》を纏《まと》い、いかにも精鋭といった揃った足並みをしている。その中に一人だけ金色の甲冑《かっちゅう》の、他から抜きんでて巨大な者がいた。遠くから見ても、二メートル近い巨体だと判《わか》る。

小隊は、雄一郎の前でザッと足音を立てて止まった。

金色の甲冑《かっちゅう》の男が兜《かぶと》を脱ぐ。兜《かぶと》の下から現れたのは、白髪を短く刈り上げた五十代に見える男性だ。彫りの深い顔には深い皺《しわ》とともにいくつもの裂傷の痕《あと》が刻まれている。左目《ひだりまぶた》蓋の上を傷痕《きずあと》が縦断しており左目は開かれていないが、残った右目だけはギラギラと猛禽類のように鋭く光っていた。その目や筋骨隆々《きんこつりゅうりゅう》な身体だけを見れば、まだ若者のような猛々《たけだけ》しさを残している。

男が声をあげる。

「貴方が女神様か」

「そんなこと、俺が説明しなくちゃ解らないのか？」

ささくれ立った感情が堪《こら》えきれず皮肉を吐き出す。三十七歳のおっさんが恥ずかしげもなく自分のことを女神ですなんて言えるものか。

雄一郎の嫌味に、男は一度片眉をピクリと跳《は》ね上げた。だが、それ以上は表情を変えない。

雄一郎は男を見上げたまま、噛み締めるように問い掛けた。

「キーランド総大将で宜《よろ》しいか？」

キーランドと呼ばれた男は、肯定するように一度ゆっくりと瞬《またた》いた。

「私はジョゼフ・キーランドと申します。お初にお目にかかります、女神様」

女神様と呼びながらも、その声音には敬意らしきものはこもっていない。いかにも儀礼的な口調だ。

「まずは感謝申し上げる。女神様のおかげで逆賊共にノア様を殺されずに済んだことを」

ということは、ノア達は無事に味方陣営に保護されたのだろう。雄一郎は軽く肩を竦《すく》めた。

「運が良かっただけだ」

「戦いに運など関係ない。あるのは、どちらがより力を持ち、より頭を使い、勝利をもぎ取るかということだけです」

一部の隙もないキーランドの物言いに、雄一郎はまいったなとばかりに口元に苦笑いを浮かべた。確かにキーランドは歴戦の大将なのだろう。運という不確定要素に縋《すが》ることなく、純然たる力と戦略だけで勝利を収めてきたという不動の自信がかいま見える。

女神を軍から排除しようとしているという話を聞いた時は、ガーデルマン中将と似た癇癪《かんしゃく》持ちのジジイだと思っていたが、実際のキーランドは全く違う。癇癪《かんしゃく》ジジイよりもよっぽど扱いにくい、堅物頑固ジジイだ。

「ですが、女神様は今後二度とこのような場にお出にならないことをお勧めする。どうか安全な場所で、心安らかにお過ごし願う」

言外に、二度と戦闘に混じって来るんじゃねえ、と指図しているようだった。

雄一郎はかすかに顎《あご》を引いて、キーランドを見上げた。雄一郎よりも二十センチは背が高い。

「そういう台詞《せりふ》は、自分達の力だけで王を守ってから言うものじゃないか？」

そう囁《ささや》いて口元に笑みを浮かべると、キーランドは再び眉尻を跳《は》ねさせた。

「勿論《もちろん》、我々の力だけで王をお守りする」

「ついさっき王様は殺されかけてたが？」

「それに関しては感謝したはずだ。今後はより厳重な警戒に当たる故《ゆえ》、女神の力添えは不要だと言っている」

とうとう『様』も付けなくなった。キーランドの口角がかすかにヒクつくのを眺めながら、雄一郎はにやにやと言葉を続けた。

「あんたの部下のガーデルマン同様、内部に裏切り者がいるとも限らないのに、本当に俺が必要ないのか？」

ガーデルマン中将の名前を出した途端、キーランドの顔色が一気に変わった。赤鬼のごとく顔面を歪《ゆが》めて、右目を吊り上げている。

「あのような裏切り者はッ――」

「ゼフ！」

キーランドの怒声を遮《さえぎ》るように、幼い声が響いた。声の方へ視線を向けると、まだ痣《あざ》も痛々しいノアが立っていた。その傍《かたわ》らには、テメレアとゴートの姿もある。

「ゼフ、こんなとこでケンカなんかしちゃダメだ」

まるで小さな子を叱《しか》るみたいなノアの言葉を、キーランドは聞いていないらしかった。ただ、目を大きく見開いたまま、ノアの姿を凝視している。だが、ノアが間近まで来ると、途端キーランドはその場にドシャアと両膝《ひざ》を落とした。

「ノア様……ノア様の、お顔に傷が……！」

驚いたことに、キーランドの右目からぼろぼろと大粒の涙が零《こぼ》れていた。

その光景に、雄一郎は呆気《あっけ》に取られた。ぽかんと口が半開きになったまま閉まらない。だが、ノアは慣れた様子で、首を左右に振った。

「傷っていっても、大したものじゃないよ」

「いいえ、いいえっ……！　ノア様に傷を負わせてしまうなんて、私はっ……私は、どう償えばいいか……！」

おいおいと声をあげて泣くキーランドを、雄一郎は引き気味に眺めた。堅物将軍が乙女のように泣き崩れる姿なんか、見ていて楽しいものではない。

ノアはキーランドの肩をぽんぽんと手のひらで叩《たた》きつつ、宥《なだ》めるように声をあげた。

「もう泣かないでよ。百歳超えてから、余計に涙もろくなったんじゃない」

「ノア様が心配させるようなことばかりするからではないですか……！」

よくある光景なのか、後ろに佇《たたず》んでいたキーランドの部下がさっとハンカチを差し出す。受け取ったキーランドが顔にハンカチを押し当てて、ブーっと大きく鼻をかんだ。

「あんなに、あんなに隠れていてくださいと申しあげたのに、あのような脅迫で出てこられるなんて……あの城にいる者達は皆、王のために死ぬのは本望なのです。我々の命は、すべて王のためにあるのですから」

盲信的なキーランドの言葉を聞いて、ノアはどこか悲しそうに眉尻を下げた。まるで途方に暮れた迷子みたいに俯《うつむ》いている。

「僕は……そんなんじゃないよ……」

ずっしりと全身に重たいものを背負ったように、ノアが背中を丸める。小さな背中がもっと小さくなっていくのを見て、雄一郎は無意識に口を開いていた。

「ノア」

雄一郎に名前を呼ばれたノアが、驚いたように顔を勢い良くあげる。そういえば、面と向かって名前を呼んだのは初めてのことの気がした。

ノアがじっと雄一郎を見つめている。黙ってその目を見返しているうちに、次第にノアの顔が紅《こう》潮《ちょう》していった。痣《あざ》で腫《は》れていない方の頬がピンク色に染まっている。

「ノア様、傷のせいで熱が出てきたのですか!?」

キーランドが慌てて叫ぶのに対して、ノアは反抗期の子供のように「違うよっ！」と拗《す》ねた声で言い返した。雄一郎へ近付いてくると、ノアは顔を赤く染めたまま、不貞腐《ふてくさ》れた子供みたいな口調で言った。

「あのとき……ありがとう……」

お礼の言葉に、雄一郎は緩く首を傾《かし》げた。何に対して礼を言われているのか解らない。ガーデルマンに殺されそうになった時、結局ノアを助けたのは雄一郎ではなくイズラエルのはずだ。

「何が――」

訊《たず》ねかけた瞬間、突然、群衆の中から叫び声があがった。

「ノア王、万歳！」

一度あがった叫び声は、一気に周りへ伝播《でんぱ》していった。

「正しき王に勝利あれ！」

「ノア王と女神に、ジュエルドに、栄光あれ！」

民の歓声の中、ノアは再び戸惑《とまど》ったように視線を彷徨《さまよ》わせた。救いを求めるようにノアが雄一郎の手を掴もうとする。だが、それよりも早く、キーランドがノアの身体を肩に担《かつ》ぎ上げた。

「ノア様、皆にお手を振ってあげてください」

先ほどまで泣いていたくせに、ケロッと笑みを浮かべたキーランドがノアを肩に担《かつ》いだまま城へ向かって歩いていく。ノアはどこか憂鬱《ゆううつ》な表情のまま、群衆に向かって小さく手を振っていた。

「気の毒なもんだな」

遠ざかっていくノアの姿を見ながら、雄一郎はひとり言のように呟《つぶや》いた。なりたくもない王座から、あの子供は逃れられない。

「お疲れ様です、オガミ隊長」

いつの間にか、ゴートとテメレアが傍《かたわ》らにいた。ゴートがへらへらと笑って、雄一郎を見ている。

「あぁ、本当に疲れた」

「食事を用意させましょう。後は湯浴みも」

テメレアが抜け目なく言葉を挟んでくる。それに頷《うなず》きを返してから、雄一郎はゴートへ視線を向けた。

「投降した敵兵はどうした」

「女神様がおっしゃった通り、誰も殺していませんよ」

ゴートは揶揄《やゆ》するように『女神様』と言った。

確かに先ほどの演説のときの雄一郎は、疑う余地もない『女神様』だったのだろう。実際は、ただの中年男だというのに。そう思うと、鼻梁《びりょう》に皺《しわ》が浮かんだ。

「捕えた兵を牢には入れるな。必ず味方と同じ扱いをするよう、末端の部下にも徹底させろ」

「了解しました。お言葉通りに」

ゴートが軽やかに頭を下げる。そのつむじを眺めながら、雄一郎は呟《つぶや》いた。

「悪いな。ニコライは逃げた」

「ニコライだけでなく、第二王子もです」

そう言うゴートの顔には、へらへらと緩い笑みが浮かんだままだ。ゴートが長閑《のどか》な声で続ける。

「構いません。いずれまたチャンスは来ます」

そう囁《ささや》くと、ゴートは更に笑みを深めた。その目には隠しきれない執念が滲《にじ》んでいるように見える。どす黒く、深く、雄一郎にすら底が見えない。

ゴートから静かに視線を逸《そ》らして、雄一郎は歩き出した。城へ向かう道のりの合間にのんびりと話す。

「ガーデルマンは捕らえてるな？」

「勿論《もちろん》」

「裏切り者を全部吐かせろ。一人名前を言うごとに、処刑予定のお前の親族を一人助けてやると言ってな。嘘の名前を言ったら、身体を端から削《そ》いでいけ」

「そういうことでしたら、リュカに任せれば確実です」

頭の隅に、ほんわかとした笑みを浮かべる衛生兵の顔が思い浮かんだ。あの女のような顔をした男が拷問を得意とするのか。

「素晴らしいな」

思わず口をついて出ていた。知らず唇に笑みが滲《にじ》む。

「名前をすべて吐かせ終わったら？」

ゴートが雄一郎と同じ表情をして訊《たず》ねてくる。雄一郎は歌うような声で答えた。

「全員、首を飛ばせ」

これが最初の一歩だ。裏切り者は全員処刑する。

その瞬間が待ち遠しいと言わんばかりの雄一郎の楽しげな声音に、ゴートが小さく笑い声をあげた。その横で、テメレアが「悪趣味ですよ」と呆《あき》れたように呟《つぶや》いた。

＊＊＊

久々の風呂と食事の後、雄一郎は沈み込むように自室のベッドに倒れ込んだ。

うつ伏せに倒れたまま、深くシーツに顔を埋めて、大きく息を吸い込む。綺麗に洗われたシーツからは、日だまりのような清潔で柔らかい匂いがした。深呼吸していると、先ほどまで嗅《か》いでいた硝煙《しょうえん》と血の臭いがゆっくりと身体から抜けていくのを感じる。

身体から力が抜けていった分、自分の魂《たましい》だけが深く深くどこまでもベッドに沈んでいく。浮遊感にも重力にも思える感覚をぼんやりと追いかけているうちに、真っ暗な眠りが訪れた。

＊＊＊

――また、あの夢だ。

「なぜっ、なぜ見捨てたんですか！　どうして、俺にやらせた！」

雄一郎は涙を流し、喚《わめ》き散《ち》らし、そして床に倒れた男に馬乗りになって一心に殴り付けていた。以前見た夢と同じく、殴られている男は手榴弾《しゅりゅうだん》でずたずたに引き裂かれたオズの姿をしているが、実際は四十代後半の中年男性のはずだ。白井二等陸佐、雄一郎の上官だった男。

「尾上さん、落ち着いてください！」

雄一郎を止めようと部下の昭島《あきしま》が近付いてくる。入隊時から雄一郎が目をかけて育ててきた、真面目な部下だ。数多《あまた》の任務を共にこなし、この国に赴任するのも「尾上さんが行くのなら」と自ら志願してきたほどだ。

腕を掴まれる前に、雄一郎は振り向きざまに昭島の鳩尾《みぞおち》に拳《こぶし》を叩《たた》き込《こ》んだ。昭島が衝撃に呻《うめ》き、後ずさる。その姿を一瞥《いちべつ》もせず、雄一郎は再びオズの顔をした白井の顔面を両拳《りょうこぶし》で殴り付けた。

「なぜ俺に知らせなかった！　知っていれば、知っていればっ……！」

知っていれば、どうなっていたのだろう。

雄一郎ではなく、別の人間がその役目を全《まっと》うしていたのだろうか。妻と娘は死なずにすんだのか。

あんな残酷な結末を迎えることはなかったのだろうか。

涙が滝のように流れて止まらない。目の前がぼやけ、嗚咽《おえつ》で声が濁り、痙攣《けいれん》でも起こしているみたいに全身がぶるぶると震える。

顔をパンパンに腫《は》らした白井が呻《うめ》くように呟《つぶや》く。

「し、かたなかったんだ。お前に命じるしかなかった。知らせないのが、お前のためだと……」

雄一郎の咽喉《のど》から絶叫が迸《ほとばし》った。右腕を振り上げて、渾身《こんしん》の力を込めて白井の顔面へ叩《たた》き付《つ》ける。その拍子に白井の歯が折れて、真っ赤な血と共に空中へ飛び散るのが見えた。もう両拳《りょうこぶし》には感覚がない。ただ、悲しみと怒りだけが全身を満たしていた。

「もうやめてください尾上さん！」

昭島が背後から羽交《はが》い締《じ》めにしてくる。白井から引《ひ》き剥《は》がされても、雄一郎は駄々《だだ》っ子のように四肢を滅茶苦茶に暴れさせた。

「藍子《あいこ》！　真名、真名ッ！」

妻と娘の名前をみっともなく泣き叫ぶ。あぁあぁ、と言葉にならない慟哭《どうこく》が咽喉《のど》から溢《あふ》れ出《だ》して止まらない。

「どうして、どうして、どうしてどうしてだっ！　なんで、なんで……」

なんでを何万回繰り返しても、もう過去には戻れないことは知っている。無力さに声がしゃがれて消えていく。どうしようもない深い絶望に心が沈んでいく。二度と浮き上がれないほどに。

昭島に羽交《はが》い締《じ》めにされたまま、雄一郎は倒れ伏す白井を見つめて呟《つぶや》いた。

「金は命よりも尊いのですか……」

俺の妻と娘の命は、そんなにも軽かったのか。だから、見捨てられたのか。

だが、返事は返ってこない。ただ、白井は気まずそうに雄一郎から視線を逸《そ》らした。それが答えだった。

また、憎悪が噴き出してくる。

大きく上半身を折り曲げて、勢いをつけて昭島の顔面に後頭部を打ち付けた。昭島が鈍い悲鳴を漏《も》らす。昭島の腕が緩んだところを抜け出し、再び白井へ殴りかかった時、開かれた扉から何人もの隊員が慌てた様子で入ってきた。

その後のことは、あまり覚えていない。白井を襲う合間に、取り押さえようとする隊員達と乱闘し、その途中で意識が途絶えた。

——あの日、雄一郎はこの世に神がいないことを知った。

＊＊＊

肩を緩く揺さぶられる感覚で、目が覚めた。

薄《うっす》らと目を開くと、途端目尻をぬるい雫《しずく》が流れていく。まるで雨でも降ったように、頬がべったりと濡れている。

ぼやけた視界の中、数度瞬《またた》くと、ようやく肩を揺らしていた人影が視界に映った。ノアが焦った表情で、雄一郎の肩を掴んでいる。

「あんた、大丈夫？」

心配そうな声に、雄一郎は薄く唇を開いた。咽喉《のど》が渇いて、しゃがれた声が漏《も》れる。

「なにが、だ」

「すごくうなされてたし、泣いてたから」

不安げに言うノアを横目で見やりながら、雄一郎は頬の涙の跡を手の甲で雑に拭《ぬぐ》った。

「別に、大したことはない」

「大したことはないって……」

「それより、何でお前がここにいるんだ」

部屋の扉は閉められていたし、絶叫でもあげない限り声は漏《も》れないだろう。ならば、何らかの目的があってノアは部屋に入ってきたと考えられる。

問い掛けると、ノアはあからさまに動揺した。身体を強張《こわば》らせて、もごもごと聞き取りにくい声で呟《つぶや》く。

「別に……あんたが、どうしてるかなって思って……」

「見ての通り、寝ていたところだ。こっちの世界に来てから、まともに寝れてないんでな」

言外にお前のせいで起こされたと非難めいた言い方をすると、途端ノアは泣き出しそうな表情を浮かべた。

「……ごめん、出てくよ」

しょんぼりとした様子で、ノアがベッドを下りようとする。だが、ノアの身体が遠ざかろうとした瞬間、雄一郎は無意識にその腕を掴んでいた。

ノアが自身の腕を掴む雄一郎の手を見て、驚いたように目を瞬《またた》かせる。けれども、自分自身の行動に驚いているのは雄一郎の方だった。臆病で鬱陶《うっとう》しいガキの顔なんか見たくもなかったはずなのに、なぜ引き留めてしまったのだろう。

自分でも説明不可能な行動に呆気《あっけ》に取られながらも、雄一郎は唇を薄く開いた。

「さっき、どうして俺に『ありがとう』なんて言ったんだ」

唇が勝手に問い掛けを漏《も》らしていた。先ほどノアが口に出した感謝の言葉の意味を、雄一郎は測りかねていた。その疑問が、未だ胸の奥底にもやもやと留まり続けている。

雄一郎の問い掛けに、ノアは一瞬だけ言葉を詰《つ》まらせた。咽喉《のど》を上下させて、ゆっくりと口を開く。

「あんたは、違うって言うかもしれないけど……僕は、そう思ったから……」

「思ったたって、何をだ」

雄一郎の問い返す声に、ノアは羞恥《しゅうち》とも怒りともつかぬ赤色を頬に浮かべた。目は、未だ戸惑《とまど》ったみたいに雄一郎から逸《そ》らされたままだ。ノアが下唇を緩く噛み締めて、掠《かす》れた声で囁《ささや》く。

「あの時、あんたが僕と一緒に死んでくれようとしてるって」

不意に、息が詰《つ》まった。呼吸を止めたまま、わずかに潤《うる》んでいるノアの目を見つめる。

ノアが言っている『あの時』とは、ガーデルマンに銃を突き付けられた時のことだろう。

「だから、うれしかったんだ。自分がひとりで死ぬんじゃないって思えて」

そう続けて、ノアは息を吐き出した。ノアの息が小さく震えているのが伝わってくる。その瞬間、不意にたまらなくなった。

ノアの腕を掴んでいた手にグッと力を込めて引き寄せる。ノアの小さな身体は、いとも簡単にベッドの上に転がった。突然のことに驚いているノアの顔を、雄一郎は真上から見下ろした。

「ひとりで死ぬのが怖いか」

訊《たず》ねると、ノアは悲し気に目を細めた。

「怖いよ」

「一緒に死ぬのが俺みたいなおっさんでもいいのか」

馬鹿にするつもりはなかった。ただ、純粋に不思議だったのだ。

ノアの瞳を間近に覗き込むと、ノアはようやく真っ直ぐ雄一郎の目を見返した。吸い込まれそうに青い瞳が、雄一郎を映している。

「……いいよ」

吐息のような声でノアは呟《つぶや》いた。その声が含む、甘く、かすかに粘《ねば》つくものを感じて、皮膚がわずかに鳥肌を立てる。ざわつく皮膚を感じながら、雄一郎はノアから視線を逸《そ》らした。

ノアの上から退《ど》いて、ベッドの上に仰向《あおむ》けに転がる。雄一郎の左半身に寄り添うように、ノアがもぞもぞと近付いてきた。

「なぁ、こっち向いてよ」

雄一郎の左腕を掴んで、強請《ねだ》るみたいに言ってくる。面倒くさいという気持ちを隠しもせず、雄一郎はしぶしぶ顔をノアへ向けた。自分からこっちを向いてと言ってきたにもかかわらず、ノアは雄一郎と目が合うと、照れたように視線を伏せた。

黙ったまま、ノアの頬に貼られた白い布を眺める。片手を伸ばしてその頬に触れると、ノアの身体がピクリとわずかに跳《は》ねた。

「痛いか？」

「今は痛くないよ」

問い掛けに、ノアは小さく首を左右に振った。

「殴られたのは初めてか」

雄一郎の言葉に、ノアは一瞬だけ口角をねじ曲げた。どこか屈折した表情で、投げ捨てるように呟《つぶや》く。

「そういうわけじゃないよ」

忌《い》むべき思い出を唾棄《だき》するような口調だった。その声音は、ノアの幼さにそぐわぬ、積み上げられた鬱屈《うっくつ》を感じさせる。

「兄貴達に殴られていたのか？」

今までの話を聞く限り、ノアは兄二人から決して可愛がられていたわけではないのだろう。むしろ疎《うと》まれ、憎まれている。

雄一郎の言葉に、ノアは一瞬だけ苦しそうに顔を歪《ゆが》めた。

「兄さんに殴られるのは、別にどうだっていいんだ」

「それじゃあ、兄貴じゃない奴から殴られていたのか？」

雄一郎の率直な質問に、ノアが傷ついたように息を止める。それから、目をぎゅっと閉じた。固く閉じられた目蓋《まぶた》がかすかに戦慄《わなな》いている。まるで、目を閉じていれば恐ろしいものは消えると信じているように。

馬鹿な子供だと思った。目を閉じても、耳を塞《ふさ》いでも、過去も現実も変えられない。ただ、起こったことを嘆《なげ》いて、ひとり打ちひしがれるだけなのだ。

ばかが、と声に出さずに唇だけで呟《つぶや》く。

雄一郎はノアの頬に当てていた手のひらを滑らせて、閉じられた目蓋《まぶた》に触れた。指先にかすかな震動が伝わってくる。

「ノア」

囁《ささや》くように名前を呼ぶ。ノアが薄目を開いて、雄一郎を見つめる。幼いが、整った顔立ちだ。成長すれば、きっとテメレアとは違う方向性の美しい青年になることが容易に想像できる。

いつか雄一郎が元の世界に戻ったら、きっと綺麗なお姫様でも娶《めと》って、夫婦によく似た可愛らしい子供が生まれることだろう。それが臆病で哀れな子供に与えられる、最良の人生に思えた。

それなのに――

「ゆういちろう」

そんな掠《かす》れた声で、そんな熱を滲《にじ》ませた目で、自分よりもずっと年上の男を見つめては駄目だろう。

ノアの眼差《まなざ》しに、自分でも説明ができない戸惑《とまど》いが湧き上がってきて、思考が絡まっていく。気が付いたら、唇に柔らかい感触が触れていた。ノアの顔が鼻先が触れ合いそうなほど間近に見える。

重ねられた唇の隙間から淡く湿《しめ》った呼吸が潜《もぐ》り込《こ》んでくるのを、雄一郎はぼんやりと感じた。数秒の口付けの後、ノアがそっと唇を離す。まるでご機嫌をうかがう犬みたいな眼差《まなざ》しで、雄一郎を見つめてくる。

「何のつもりだ」

怒っているわけではない。ただ、訳が解らなかった。なぜノアにキスをされたのか全く理解ができない。

ぽかんとした雄一郎の表情を見て、ノアは今度は叱《しか》られた犬のように眉尻を下げた。

「……ごめん」

「別に怒っちゃいない」

「怒ってないのか？」

「そう言ってるだろうが」

「本当に？」

あぁ、と雄一郎が溜息《ためいき》混じりに答える前に、再びノアの唇が重ねられていた。まるで鳥が花の蜜を啄《ついば》むように、軽いリップ音を立てながら何度も唇が押し付けられる。

最初は引《ひ》き剥《は》がそうかとも思ったが、雄一郎の胸元を掴むノアの指先が緊張で強張《こわば》っているのに気付いて、どうでもいいかと妙な諦念《ていねん》の気持ちが湧き上がってきた。

好きにすればいい。こんなのは犬にじゃれつかれているのと一緒だ。そのうち飽きるだろうと思うものの、キスの回数が両手両足の指の数を超えても、ノアはやめようとはしない。

いい加減にしろと言い掛けたその時、不意に唇の隙間からぬるりと湿《しめ》ったものが潜《もぐ》り込《こ》んできた。舌先に生温かい粘膜が触れる感触に、ぞわりと背筋が粟立《あわだ》つ。雄一郎は、咄嗟《とっさ》にノアの背中を掴んで引き剥がした。

「舌を入れるな」

窘《たしな》めるように漏《も》らすと、ノアは不服げに雄一郎を睨《にら》み付《つ》けた。

「テメレアにはさせてたじゃないか」

おそらく三人で交わった夜のことを言っているのだろう。生意気に言い返してきやがる。小さく舌打ちを漏《も》らして、雄一郎はノアをねめつけた。

「あいつとお前は違う」

「何が違うのさ。テメレアなら良くて、どうして僕ならダメなのかちゃんと説明してよ」

やっぱりこのガキは嫌いだ。我《わ》が侭《まま》で屁理屈まみれで、ぶん殴りたくなる。

「お前はガキだろうが」

「僕は成人してる」

「中身がガキ丸出しだって言ってるんだ」

実際、見た目も中身もノアは子供だった。そんな子供を相手に、平常心でキスなんかできるはずがない。

苦虫を噛み潰したような表情を浮かべる雄一郎を、ノアはどこか仄暗《ほのぐら》い目付きで見つめてくる。

「……あんたは、テメレアにばかり許すんだ」

呟《つぶや》かれた言葉に「はぁ？」と雄一郎が言い掛けた時、真上から肩を押さえ付けられた。ノアが雄一郎の両肩を掴んで、伸《の》し掛《か》かっている。

「でも、あんたはテメレアじゃなくて僕の子供を産むんだ」

まるで嘲《あざけ》るようにノアは吐き捨てた。その顔は怒りとも嫉妬《しっと》ともつかぬもので歪《ゆが》んでいる。

一瞬、何を言っているのか解らなかった。このガキは、何をとちくるったことを言ってやがる。

最初に雄一郎を疎《うと》み、拒絶していたのはお前の方じゃねぇか。そう言ってやりたくなる。

だが、小さな指先が予想外の力強さで肩に食い込む痛みに、咽喉《のど》の奥で言葉が詰《つ》まった。

「なに、言ってんだ」

強張《こわば》った咽喉《のど》からようやく声が漏《も》れる。雄一郎を見下ろしたまま、ノアは唸《うな》るように続けた。

「だから、あんたは僕のものだ」

ますます意味不明だ。目の前の子供は、雄一郎のことを嫌っていたはずなのに、今や独占欲を剥《む》き出《だ》しにしている。

「……まさか、お前にも呪いがかかってるのか？」

疑うように雄一郎は呟《つぶや》いた。テメレアにかけられた女神に惹《ひ》かれるという呪いが、ノアにもかかっているのかと思ったのだ。

だが、ノアは訝《いぶか》しげに眉を顰《ひそ》めただけだった。

「呪いってなんだよ」

苛立《いらだ》った声で言い放つ。らしくない乱暴な仕草で、ノアが雄一郎の上着を捲《まく》り上《あ》げた。すうっと冷たい空気が腹に触れるのを感じて、雄一郎は咄嗟《とっさ》にノアの手首を掴んだ。

「何のつもりだ」

「何で止めるんだよ」

お互いに質問を投げ付け合う。しばらく睨《にら》み合って、先に折れたのは雄一郎の方だった。大きく溜息《ためいき》を吐き出して、いい加減に声を漏《も》らす。

「お前、俺とヤるつもりか」

まさかテメレア以外にこんな言葉を吐くとは思わなかった。雄一郎の面倒臭そうな口調に、ノアは更に目に怒りを滲《にじ》ませた。

「そうだよ」

「欲求不満なら、他に女を見繕《みつくろ》え。王様なんだから、選《よ》り取《ど》り見取りだろうが」

雄一郎がそう言い放つと、ノアは更に目を吊り上げた。可愛らしい顔立ちが怒りに歪《ゆが》んでいく。

「僕はっ、あんたを抱きたいんだ！」

叩《たた》き付《つ》けられた言葉に呆然とするのと同時に、雄一郎は自身の指先から血の気が引いていくのを感じた。

「絶対に、あんたに僕の子供を孕《はら》ませてやる」

そう呟《つぶや》くノアの目には、幼い顔立ちに似合わぬ情欲が滲《にじ》んでいた。

雌を見る、雄の目だ。そう思った瞬間、全身が総毛立った。

めくり上げられた上着の裾《すそ》から、ぞろりと小さな手のひらが胸元へ這《は》い上《あ》がってくる。その指先が小刻みに震えているのがピリピリと皮膚に伝わってきて、首筋に鳥肌が浮かび上がった。

だが、その冷たい手のひらはすぐに行き場をなくしたように、雄一郎の胸の上で右往左往し始めた。色気など欠片《かけら》もなく、木の幹でも触るみたいな手付きで胸やら腹をべたべたと触られて、雄一郎は思わず呆《あき》れた声を漏《も》らした。

「何をしてるんだ」

こんな子供に身構えていた自分が馬鹿らしくなる。ノアは、セックスのやり方もろくに解っちゃいない。

雄一郎の呆《あき》れを感じ取ったのか、ノアの頬がカッと赤くなった。その顔は戸《と》惑《まど》いを浮かべながらも、どこか意地とも執念ともつかないものが滲《にじ》んでいる。

「うるさい、あんたは黙ってろよ」

怒った口調で漏《も》らすものの、やはりそのぎこちない手付きは変わらなかった。剥《む》き出《だ》しになった胸へノアが唇を寄せてくる。

もっとも、胸元を子犬みたいにぺろぺろと舐《な》められたところで、くすぐったいだけで快感にはほど遠い。胸の上をナメクジが這《は》っているようなむず痒《がゆ》さに辟易《へきえき》しながら、雄一郎は脱力気味に呟《つぶや》いた。

「テメレアにやり方を教わってから出直してこい」

怒鳴《どな》らなかっただけ随分と優しい対応をしているというのに、雄一郎の言葉を聞いたノアは怒りで目を見開いた。その目は、かすかに血走っている。

「二度とッ、僕とテメレアを比べるな……！」

押し殺した声で叫ぶと、ノアは右拳《みぎこぶし》を大きく振り上げた。そのまま、雄一郎の左頬の横、枕へ一気に拳《こぶし》を叩《たた》き付《つ》ける。

柔らかな枕がボスッと重い音を立てるのが耳元で聞こえた。荒く息を吐き出し激昂《げっこう》するノアの姿を、雄一郎は目を丸くして見上げた。

比べるなと言っても、自分とテメレアを一番比べているのはノア自身じゃないか。それはすでに自分の臣下に対する態度ではないように思えた。もっと密接で、捻《ねじ》れ、もつれた関係性がかいま見える。

顔を歪《ゆが》ませるノアを見上げて、雄一郎は薄く唇を開いた。

「お前とテメレアは――」

「異父兄弟です」

不意に、部屋の奥から遮《さえぎ》るように声が聞こえた。視線を向けると、いつの間にか壁に寄りかかってテメレアが立っていた。

硬直するノアに構わず、テメレアは悠々とした足取りでベッドへ近付いてきた。

「盗み聞きとは随分と趣味が宜《よろ》しいな」

雄一郎が皮肉を漏《も》らすと、テメレアは顎《あご》で壁の方をさした。

「女神様の自室の隣は、仕《つか》え捧《ささ》げる者の控え室になっているんです。女神様からの呼び出しにいつでも対応できるように、壁も特別薄く作られています」

だから、やり取りも筒抜けだったというわけか。プライバシーの欠片《かけら》もない建物の構造に、雄一郎は軽く目眩《めまい》を覚えた。

目元を手のひらで押さえて、大きく息を吐き出す。指の隙間からノアとテメレアを薄目で見やる。言われてみれば、ノアとテメレアの顔立ちは似ているように思う。

「お前達の母親は同じなのか」

確かめるように呟《つぶや》くと、途端固まっていたノアの目に憎悪ともつかぬギラギラとした鈍い光が浮かび上がった。その目を見た瞬間、以前テメレアが言っていた言葉を思い出した。

『表裏一体なんです』

あれは弟を慈《いつく》しむ気持ちと、憎む気持ちとが表裏一体という意味だったのだろうか。それならば、今までのテメレアの臣下らしくない態度にも合点《がてん》がいく。

ベッドの傍《かたわ》らに立ったテメレアが唇を開く。

「そうです。私の母、アレアは元々は書記官である私の父、テスと結婚していました。そして、私が十七の頃に『神の託宣《たくせん》』とやらを宝珠に告げられたんです。神の巫女《みこ》となり王の子を産め、というお告げを。それから、母は巫女《みこ》に祭り上げられ、前王、ノア様の父上のもとに嫁いでいくことになりました」

テメレアが静かに息を吐き出す。ノアは未だにテメレアを睨《にら》み付《つ》けたままだ。テメレアが続ける。

「それから、母が城でどんな暮らしをしていたのかは知りません。十数年後、ノア様が生まれました。母は元の家に戻りたいと願いましたが、それは叶えられませんでした。結局、母は――」

「母さんは、いつもお前の話ばかりしてた」

テメレアの言葉を遮《さえぎ》って、ノアが鈍い声をあげる。長年の恨み妬《ねた》みが込められた声音は、べったりと重たく鼓膜に貼り付いた。

「僕を見て、お前なんか産みたくなかったって泣くんだ。家に帰りたいのに、お前のせいで帰れないって。愛する夫や息子に会いたいのに、お前さえいなければ……」

ノアの咽喉《のど》がひくりと戦慄《わなな》く。その唇の端がかすかに震えていた。

その瞬間、解った。ノアをずっと殴っていたのが誰なのか。

ノアは真っ直ぐテメレアを見つめている。

「お前、また『とる』のか」

その声はどこか譫言《うわごと》のように聞こえた。ノアの両手が不意に雄一郎の両腕を掴む。ギリギリと指先が食い込むほど強く、握り締めてくる。

「お前は僕から母さんをとったのに、そのうえ雄一郎までとるのか」

ノアは瞬《まばた》きもせずに、テメレアを凝視していた。テメレアの顔が苦し気に歪《ゆが》む。

「私は……貴方から何も奪うつもりはありません」

「うそだ。だって、雄一郎はお前の話ばかりするじゃないか。お前のことはどこにでも一緒に連れていくのに、僕は置いてきぼりで……キスすら、許してくれない……」

ノアの声が情けなく萎《しお》れていく。頭上を見上げると、冷たい水滴が頬に落ちてきた。ノアが顔を悔し気に歪《ゆが》めて、両目からぽろぽろと涙を零している。その涙を、雄一郎は唖然《あぜん》と眺めた。

上手《うま》く理解ができなかった。たかがおっさんにキスをさせてもらえないくらいで泣く理由が。ノアの心が掴めず、唇が上滑りする。

「なんで泣くんだ」

間抜け丸出しの質問が零《こぼ》れた。ノアが涙を流しながら、真下の雄一郎をきつく睨《にら》み付《つ》けてくる。険しいその表情を見上げたまま、雄一郎は更に疑問を漏《も》らした。

「お前はテメレアに対抗しているのか？」

母親をとられたから、代わりに雄一郎は奪われまいとテメレアと張り合っているつもりなのだろうか。そう問い掛けると、ノアの濡れた瞳がまた怒りに燃え上がった。

「あんたは何も解ってない」

突き付けられた言葉に、大人げなく苛立《いらだ》ちが湧き上がった。ノアを見据《みす》えて、口角を吊り上げる。

「あぁ？　何が解っちゃいないって言うんだ」

怒りが滲《にじ》む声で問うと、ノアは一瞬痛みに耐えるような表情をした。その表情には覚えがある。テメレアも雄一郎と話すとき、似たような表情をよく浮かべる。やはり同じ血を分けた兄弟なんだなと頭の片隅で考えていると、ノアの額《ひたい》が雄一郎の胸にそっと押し当てられた。

「……僕は、雄一郎が欲しいんだ。あんたしか、いらないんだよ……」

切実に訴えかける声に、再び怒りを押しのけて困惑が浮かぶ。雄一郎はノアのつむじをまじまじと眺めた後、テメレアを見上げた。

「おい、こいつにも女神の呪いがかかっているのか？」

あからさまに狼狽《ろうばい》した自分の声が滑稽《こっけい》だった。

テメレアはどこか哀れむような眼差《まなざ》しで雄一郎を見下ろした。

「いいえ、おそらく違います。今まで正しき王に女神の呪いがかかったという伝承は残されていません」

「じゃあ、これは何だ」

自身の胸元に縋《すが》り付《つ》くノアを見つめて、雄一郎は呆然と呟《つぶや》いた。テメレアは答えない。ただ、悲し気な目でじっとノアと雄一郎を見下ろしている。

不意に、ノアが顔を上げる。涙で濡れながらも熱を滲《にじ》ませた目が、雄一郎を真っ直ぐ見つめていた。その瞳に、どうしてだか皮膚がカッと熱くなる。

だが、それに反比例するように、頭の奥が静かに冷めていく。こんな眼差《まなざ》しを向けられるほどの価値は、自分にはない。人殺しが誰かに想われるなど、そんなことはあってたまるものか。

体内をじわじわと冷たいものが満たしていく。それは恐怖に近かった。誰かに純粋に想われることが恐ろしくて堪《たま》らない。

ノアがゆっくりと唇を開く。

「僕は、あんたのことが――」

その続きを聞きたくなかった。雄一郎はノアの首に両腕を回して、一気に引き寄せた。そのまま、言葉を呑み込むように強引に唇を重ねる。

間近にノアの見開かれた目が見える。

小さな口に舌を潜《もぐ》り込《こ》ませると、ノアの背筋がビクッと大きく跳《は》ねた。呼吸すら絡めとるように舌同士を擦り合わせ、はしたなくお互いの唾液を混ぜあう。暗闇に、ぺちゃぺちゃと濡れた水音が響いた。

「ん、んんっ……」

息が苦しくなったのか、ノアの眉間《みけん》に皺《しわ》が刻まれる。仕方なく舌を引き抜くと、ノアの口角から赤ん坊のように涎《よだれ》が流れ落ちた。

「な、なんで……」

ノアが唖然《あぜん》とした声を漏《も》らす。その混乱も露わな声を聞いて、雄一郎は目を細めて微笑《ほほえ》んだ。

「お望み通り、ヤらせてやるよ」

唐突な言葉に、ノアの唇がぽかんと開かれる。その下唇へ舌先を這《は》わせながら、雄一郎は含み笑いで続けた。

「俺が欲しいんだろう？　お前のガキを孕《はら》ませるんだろう？　なら、さっさと抱いてくれよ」

ノアの腰へ両足を絡めて、まるっきり頭の弱い痴女のような台詞《せりふ》を囁《ささや》く。途端、ノアの顔が羞恥《しゅうち》の色に染まった。

それを無視してノアの耳へ唇を寄せつつ、視線をちらとテメレアへ向ける。嫉妬《しっと》に歪《ゆが》んだテメレアの目を見上げながら、雄一郎は笑みを深めた。そして片腕をテメレアへ差し伸ばす。

「お前もおいで」

甘く囁《ささや》くと、テメレアは途端虚を衝《つ》かれたみたいに目を丸くした。そのまま、誘蛾灯《ゆうがとう》に誘われるように、ふわふわとした足取りでベッドへ片膝《ひざ》を乗り上げてくる。

テメレアの姿を見たノアが顔を歪《ゆが》めた。

「なんでッ――」

喚《わめ》きかけたノアを押さえて、雄一郎は再びその唇を奪った。舌を根本から吸うと、ノアが苦し気に目を細める。唇を離して、かすかに嘲《あざけ》るように囁《ささや》く。

「お前はキスのやり方も知らないだろうが。無理にヤられたら、痛い思いをするのは俺だぞ」

脅《おど》すように漏《も》らすと、ノアはグッと言葉を詰《つ》まらせた。雄一郎は唇に笑みを浮かべたまま、子供をあやすみたいに続ける。

「お前が上手《うま》くなったら、好きにヤらせてやるよ」

ご褒美を目の前にぶら下げるような阿呆な遣り方だと思った。ノアは、悔し気に唇を噛み締めたが、結局それ以上は何も言わなかった。

不意に、下顎《したあご》を掴まれる。顔を斜めに向けられると、そのままテメレアの唇が重なってきた。すぐさま舌がねじ込まれて、歯列から上顎《うえあご》までを執拗《しつよう》にねぶられる。

「ンッ……ふ……」

舌の裏をねっとりと舐《な》められると、くすぐったさともどかしさで咽喉《のど》から声が漏《も》れた。

テメレアの手のひらが胸元を這《は》う。胸の尖《とが》りを指先でコリコリと転がされると、自分の意思とは関係なく背筋が跳《は》ねた。

「そ、こ……触るな……」

口付けの合間に、途切れ途切れに言葉を漏《も》らす。

女でもないのに、胸で感じる自分がひどく滑稽《こっけい》に思えた。テメレアの身体を手で押しのけようとするが、それよりも早く胸の尖《とが》りがギュッと指先で押し潰される。痛みに近い鋭い感覚に、咽喉《のど》がヒュッと空気を漏《も》らす。米粒のように小さな乳首を、そのままギュウウゥっときつく潰される。

「イッ……！」

痛いと叫ぶのは嫌だった。眼球を湿《しめ》らせながら、雄一郎はテメレアを睨《にら》み付《つ》けた。だが、テメレアは平然とした表情を崩さない。

乳首から感覚が消えかけた頃、テメレアがようやくその手を離した。真っ赤になった乳首を眺めて、ノアへ囁《ささや》きかける。

「舐《な》めてあげてください」

一瞬、巫山戯《ふざけ》たこと言ってんじゃねぇ、と喚《わめ》き散《ち》らしそうになった。だが、雄一郎が唇を開くのと同時に、大きな手のひらが布越しに性器を掴むのを感じた。睾丸ごと陰茎を揉《も》み込まれる感触に、叫ぼうとしていた咽喉《のど》が無様に震える。

「ふッ……んぁ……」

布越しに裏筋を擦《こす》られるもどかしい快感に、踵《かかと》がシーツの上を滑る。

だが、ぬるい快感に浸《ひた》っているだけの余裕はなかった。腫《は》れた胸の尖《とが》りに、生温い感触が走る。苛められた乳首を慰《なぐさ》めるように、ノアが舌を這《は》わせていた。

「時々吸って、噛んであげてもいい」

テメレアの教えに、ノアはわずかに眉を顰《ひそ》めながらも従順に従った。

赤く膨れ上がった乳首をじゅうっと小さな口に吸われる衝撃に、腰がビクリと大きく跳《は》ねる。

「アッ、ぁ……あっ……！」

片方の乳首に歯を食い込ませながら、もう片方にまでノアの手が伸ばされる。もう片方の小さな乳首を爪の先でくりくりと弄《いじ》られると、焼けるような羞恥《しゅうち》が込み上げた。

「もっ、そこ、さわ……」

そこに触るなと言おうとした瞬間、下肢を覆《おお》っていたズボンが引き抜かれた。テメレアの手で両太腿《ふともも》を大きく開かされる。雄一郎が目を見開く間もなく、勃ち上がった陰茎にテメレアの舌が這《は》わされていた。生温かくぬめった舌が裏筋をぞろりと舐《な》め上《あ》げていく。

「ウあッ、あぁッ！」

堪《こら》えることもできず、咽喉《のど》から嬌声《きょうせい》が溢《あふ》れ出《で》た。裏筋を唇で食《は》まれたまま、じゅうっと音を立てて吸い上げられ、背筋がびくびくと震える。
「ずるい。僕もやりたい」
雄一郎の乳首から唇を離したノアが不服げに呟《つぶや》く。雄一郎の陰茎へ唇を這《は》わせた状態でテメレア
は柔らかな声で囁《ささや》いた。
「では、こちらへ」
テメレアの横へ移動したノアが、促《うなが》されるままに雄一郎の右太腿《ふともも》を片手で押さえる。二人の男に
よって両足を限界まで開かれて、わずかに股関節《こかんせつ》が痺《しび》れるように痛んだ。
「先端を舐《な》めてあげてください。歯は立てないように。特にここは優しく、舌でほじってあげると
良いでしょう」
ここ、というところで、テメレアの人差し指がだらだらと先走りを漏《も》らす鈴口を滑《すべ》った。小さな
尿道口を人差し指の先でくちくちと前後に撫《な》でられて、頭の奥が真っ白になるほどの快感が走る。
「ヒッ、あぁぁ……ッ!」
どぷりと溢《あふ》れ出《だ》した先走りが陰茎をだらりと伝っていく。ぼやけた視線を向けると、高揚《こうよう》した表
情で雄一郎の陰茎を見つめるノアの顔が見えた。ノアの唇が濡れた陰茎に近付いていく。その光景
はひどく背徳的で、罪悪を感じさせた。
小さな舌と陰茎の先端がぺちゃりと触れ合う。そのまま、ぺちゃぺちゃと音を立てて、先っぽが
何度も舐《な》められる。もどかしいくらいぬるい快感でも、雄一郎を悶《もだ》えさせるには十分だった。

「んん、んぁ……っ」

ぱくりと先っぽが咥《くわ》えられ、そのまま小さな舌先で鈴口をくりくりとほじられると堪《たま》らなかった。引き千切りそうなほどの強さでシーツを鷲掴《わしづか》んで震える。ほとんど胸元近くまで折り曲げられた両足が空中でビクビクと痙攣《けいれん》した。

「雄一郎様、力を抜いて」

快感に流されないように必死になっていると、甘く囁《ささや》く声が聞こえた。直後、後孔にぬるりと粘《ねば》ついたものが塗り付けられる感触が走る。目を見開くと、シャグリラの瓶を持ったテメレアが雄一郎の後孔に指を滑らせていた。

「おまえ……！」

咄嗟《とっさ》にカッとなって声が出た。だが、雄一郎が起き上がるよりも早く、シャグリラの粘液をまとったテメレアの指が後孔に潜《もぐ》り込《こ》んできた。長い指が体内に沈み込んでくる圧迫感に、一瞬声が出なくなる。

「ちく、しょう……」

一度やったこととはいえ、腹の中に異物が入り込んでくる感覚はどうしたって屈辱的だ。雄一郎が諦めたようにシーツに左頬を押し付けると、テメレアの指は更に大胆に動いた。その指はすぐに二本に増やされて、シャグリラの粘液を広げるように何度も中で抜き差しされる。その度にちゅぽちゅぽと下品な音が響く。

先っぽを執拗《しつよう》に舐《な》められる快感と後孔を弄《いじ》る指に翻弄《ほんろう》されていると、不意に後孔からテメレアの指が引き抜かれた。

「ノア様、貴方も弄《いじ》ってあげてください」

嫌な予感がした。濡れそぼった後孔をテメレアの手によって左右にぐいっと広げられる。わずかに広がった後孔を、ノアが浮かされたような目で凝視していた。ノアが手を伸ばして、長くはない指先をくちゅっと音を立てて後孔へ沈めていく。

指を前後に単調に動かすノアへ、テメレアが囁《ささや》く。

「馴染《なじ》んでいったら、指を増やしてください。抜き差しするだけでなく、良いところを探して」

「良いところ？」

「はい」

ノアの指に沿うようにして、テメレアの指が一本後孔へ潜《もぐ》り込《こ》んでくる。異なる長さの二本の指が後孔を嬲《なぶ》る感覚に、雄一郎はむずがるように鼻声を漏《も》らした。

「ん、んん……ッぁあ！」

テメレアの指が探るように粘膜をずりずりと弄《いじ》くり回す。その指が一点を掠《かす》めた瞬間、雷に打たれたように太腿《ふともも》がビクビクと痙攣《けいれん》した。ノアが驚いた表情で雄一郎を見つめる。その様子に、顔から火が出そうなくらい恥ずかしくなった。

だが、雄一郎の羞恥《しゅうち》に構わず、テメレアはその部分を指先でくりくりと弄《もてあそ》んだ。その度にしゃっくりに似た嬌声《きょうせい》が溢《あふ》れて、全身が震える。

「そ、そこ、やめ……ぉ……」

舌がもつれて、まともに喋《しゃべ》れなくなっているのが悔しい。男なのに女みたいに喘《あえ》がされている自分が気色悪くて堪《たま》らない。それなのに、二人の男は雄一郎の姿を見て、その瞳を獣のようにギラつかせるばかりだ。

テメレアの指を押しのけるようにして、ノアがその一点をぐりっと強引に押し潰す。途端、壊れた噴水のように、勃起した陰茎から先走りがピュッピュッと飛び散った。

「イ、ひぁアッ！」

体中が熱くて、目眩《めまい》がする。下半身には燻《くすぶ》った熱が滞留していて、皮膚を撫《な》でられるだけで安い玩具のように小刻みに跳《は》ねた。

「シャグリラの実を中に」

テメレアがノアへシャグリラの瓶を差し出す。瓶から取り出された桃色の実が後孔へ押し込まれる。中の圧力で実が潰れながら奥へねじ込まれていく感覚に、ぞわりと鳥肌が立った。

「ふざけッ……ぁアッ！」

再び込み上げた憤怒《ふんぬ》が、良いところを指で押し潰される快感に流される。そのまま、いくつもの塊《かたまり》が腹の奥へ押し込まれた。潰れた実の液体がまるで愛液みたいに後孔からだらだらと溢《あふ》れ出《で》ている。噎《む》せ返《かえ》るような甘い匂いが部屋中に充満して、ぐらぐらと頭の芯がぼやけていく。

気付いた時には、後孔に二人の男達の指が二本ずつ突き立てられていた。痛みも異物感もなく、ただ茹《ゆ》だるような熱だけが体内に満ちている。

「雄一郎」

興奮に上擦《うわず》った声が聞こえた。ノアが雄一郎を真上から見下ろして、熱い息を漏《も》らしている。まるで獲物を食らう獣のような瞳だと思った。

テメレアが枕側へ移動して、仰向《あおむ》けだった雄一郎の身体をゆっくりと反転させる。そのまま犬みたいに腰だけを引き上げられた。

「慣れないうちは、後ろからの方がやりやすいですから」

慣れないうち、というテメレアの言葉に、ノアは露骨にムッとしたようだった。雄一郎の両腰を掴む手付きが荒い。

ほぐれきった後孔に熱くてぬめったものがグッと押し付けられる。だが、先端が濡れているせいか、挿入しようにも滑《すべ》って上手《うま》く入らないようだった。ぬるぬると滑るのに焦ったのか、ノアが小さく唸《うな》り声《ごえ》を漏《も》らす。

「焦らないで。片手で支えながらの方が挿《い》れやすいです」

優しく諭《さと》すようなテメレアの声が聞こえる。薄目を開くと、テメレアの手がノアへ伸ばされていた。ノアの驚いた声が聞こえる。どうやらテメレアがノアの陰茎を掴んで、雄一郎の後孔へ導いているらしい。

後孔へググッと圧力を感じる。そうして次の瞬間、張り出した先端が腹の中に潜《もぐ》り込《こ》んでいた。

「あ、ああッ！」

ずぶずぶと腹の中へ沈んでいく。痛みはなく、目の奥をチカチカと点滅させる快感が体内で膨らんでいくのを感じた。

「ヤッ、変、だッ……！　やめ……ぇ！」

生娘《きむすめ》みたいな悲鳴が漏《も》れるのと同時に、ノアの陰茎が根本まで後孔にねじ込まれた。穴の奥にぶちゅっと音を立てて亀頭が押し付けられるのを感じたのと同時に、雄一郎は堪《こら》えられず射精していた。

「あぁあああっぁあぁッ！」

奥深くまでノアを咥《くわ》え込《こ》んだまま、陰茎がびゅくびゅくと精液を吐き出す。淡く目を開くと、大量の白い精液がシーツを濡らしていく様《さま》が見えた。

「あっ、あ、締めないで……！　ダメっ、だ……！」

か細いノアの悲鳴が聞こえる。途端、腹の奥で陰茎がビクビクと大きく跳《は》ねるのを感じた。

「ん、ん、ぁア……ッ」

一度も動くことなく、奥に熱い液体が叩《たた》き付《つ》けられる。

それまで我慢していたせいか、ノアの射精は長かった。両腰を掴まれたまま、執拗《しつよう》に奥へ奥へと注ぎ込まれる。射精が落ち着いてくると、まるで自分の精液を粘膜に馴染《なじ》ませるように、ノアは腰を前後に動かした。

信じられないことに一度射精したというのに、ノアの陰茎はほとんど硬度を保ったままだった。硬い陰茎がずりずりと火照《ほて》った粘膜を擦《こす》る感覚に、腰骨が震える。

「はっ、は……すごく、熱い……」

譫言《うわごと》のようにノアが呟《つぶや》く。背中にぽたぽたとノアの汗が滴《したた》ってくるのを感じた。壮絶な快感から逃れようと、両手がシーツを掻《か》き毟《むし》る。

だが、その両腕を掴まれた。朧気《おぼろげ》な視線を上げると、テメレアの顔が見えた。

「逃げないでください」

それは祈りの声にも聞こえた。それとも雄一郎に対する懇願だろうか。

「テメレ……ッぁああ！」

名前を呼ぼうとした瞬間、激しい律動に声がかき消された。自身が吐き出した精液をぐちゅぐちゅと攪拌《かくはん》しながら、ノアが雄一郎の体内を突き上げている。

「あんたは、僕の、ものなんだからな……！」

唸《うな》るように吐き捨てながら、ノアがぐちゅぐちゅと音を立てて体内を荒らし回る。大きく張り出したノアのカリ首が抜き差しの度に良いところに引っかかると、あられもない声が咽喉《のど》から迸《ほとばし》った。

「ッぁ、んッ、あぁっ、あ！」

もう自分がどんな声を出して、どんな格好をしているのかも解らなかった。ただ、頭の中は真っ白で、脳味噌が快感しか追えなくなっている。

絶頂が近いのか、腰骨にノアの指先が食い込んでいた。若い勢いのまま掘削《さっくつ》された粘膜が、無意識にぎゅうぎゅうとノアの陰茎にしゃぶりついている。

「や、だッ……まだ、イきたくない……のにっ……！」

恨み言みたいにノアが呻《うめ》く。だが、律動の途中に限界を迎えたようだった。粘膜に包まれた陰茎がびゅくびゅくと精液を吐き出しながらも、叩《たた》き付けるように律動を繰り返す。奥から入り口まで、中をすべて精液で塗り潰される感覚に太腿《ふともも》がピクピクと痙攣《けいれん》する。

ノアはしばらく未練がましくぬぷぬぷと抜き差しを繰り返していたが、雄一郎の腰が抜けてベッドへ潰れると、ようやく陰茎を抜いた。塞《ふさ》いでいたものがなくなった瞬間、広がったままの後孔からどろどろと粘液と精液が混ざり合ったものが溢《あふ》れ出《で》てくる。太腿《ふともも》を伝う粘液の感触に、雄一郎はか細い息を漏《も》らした。

ノアが咽喉《のど》を上下させる音が聞こえる。ぐちゅぐちゅに濡れそぼった後孔に注がれている視線も感じた。だが、ノアの手が触れる前に、雄一郎はテメレアの両腕に抱えられていた。

仰向《あおむ》けにされて、両踵《りょうかかと》を掴まれて両足を大きく広げられる。そうして、息継ぎをする間もなく、後孔に熱いものをねじ込まれていた。

「あッ、アァあぁあッ！」

テメレアのものは長く、ノアよりも奥に届く。開かれてはいけない場所まで陰茎が沈み込んでくる感覚に、雄一郎は無我夢中で首を左右に振った。

「そ、れ以上、……いれっ……なァ……！」

そう叫ぶのに、テメレアは非情にも奥へ奥へと潜《もぐ》り込《こ》んでくる。ぐぷんっと体内で音が鳴ったようだった。テメレアの先端が奥の行き止まりをこじ開けようとしている。その衝撃に、かふっ、かふっ、と断続的な呼吸が咽喉《のど》から溢《あふ》れた。

「大丈夫、慣れればここも快感になります」

何が大丈夫なのか。そんな女のような快感はいらない。雄一郎は、ただ子供を産んで、元の世界に戻りたいだけだ。

「ノア様、中で抜き差しするだけでなく、奥を攻めるのも一つのやり方です」

テメレアがノアへ言う。ノアは悔し気に顔を歪《ゆが》めながらも、テメレアと雄一郎の交接から目を逸《そ》らそうとはしない。

両膝《りょうひざ》を胸に付きそうなくらい持ち上げられて、そのまま真上からぐぷんと音を立てて突き刺される。

「う、あぁッ！」

テメレアはノアのように激しくは動かなかった。代わりに、まるで雄一郎に見せつけるように、ゆっくりと抜き差しを繰り返す。血管を浮かび上がらせた赤黒い陰茎が自身の後孔を出入りする様《さま》を見せられて、雄一郎は思わず目を逸《そ》らした。

だが、それを叱《しか》るみたいに、再び奥の行き止まりをぐりぐりと先端で抉《えぐ》られる。

「ひッ、ぃアあッ！」

衝撃に耐えられず、両目からぼろぼろと涙が溢《あふ》れてきた。そのまま、根本まで入れたまま奥ばかりをぐちぐちと執拗《しつよう》にこねられる。

「ッや、やめぇ……やめ……ッ！」

自分の身体を変えられていくのが怖かった。ぢんぢんと奥が疼《うず》き始めているのが解る。そこに男の自分には有り得ない何かができていく。

ぶちゅぶちゅと何度も短いストロークで先端が奥に叩《たた》き付《つ》けられる。その度に、雄一郎は身も世もなく泣き叫んだ。

「あッ、あぁ、あぁあぁぁ……っ！」

奥が広げられて、身体を変えられていく。段々と律動の間隔が短くなって、テメレアの腰が激しく打ち付けられた。

「雄一郎様……」

快楽に没頭しているテメレアの声に、耳の奥まで痺《しび》れていく。

太腿《ふともも》を真上から押さえ付けられて、そのままテメレアの身体がピッタリと重ねられた。唇に噛み付かれ、滅茶苦茶に口内を荒らされる。

そのまま体重をかけられて、ずんずんと奥を突かれた。重たい挿入で、先端がぐじゅっと行き止まりまで更に潜《もぐ》り込《こ》んでくる。その衝撃に弾けた。

「ん、んんんーーーっ！」

塞《ふさ》がれた唇からくぐもった絶叫が漏《も》れる。太腿《ふともも》が大きく痙攣《けいれん》して、テメレアの腹に挟まれた陰茎から精液が噴き出た。中をきつく締め上げると、同時にテメレアも達したようだった。

奥の行き止まりめがけて、熱い精液がビュービューと勢い良く吐き出される。これ以上ないほど奥まで精液を注がれて、ぴくぴくと爪先が震えた。

「あ……ぁ……」

放心状態のまま、掠《かす》れた声だけが漏《も》れ出る。

射精の間、テメレアは砕《くだ》きそうなくらい強く、雄一郎を抱き締めていた。ようやく射精が終わると、テメレアはゆっくりと雄一郎から陰茎を引き抜いた。途端、体内で混ざり合った二人の男の精液がこぷこぷと溢《あふ》れ出《だ》してくる。

雄一郎は両足を閉じることもできず、仰向《あおむ》けに転がっていた。快楽の余韻が抜けず、時折内腿《うちもも》がピクピクと跳《は》ねる。

広げられた両足の間に、ゆっくりとノアが近付いてくる。

「雄一郎」

甘く名前を呼ぶ声に、指先が震えた。ノアの顔が近付いてくる。

重ねられた唇から吹き込まれる熱い息に、雄一郎はまだこの夜が終わらないことを知った。

第三章　赤い空が落ちてくる

ぎゅうぎゅうと身体を締め付けてくる腕のせいで、最悪な目覚めだった。

雄一郎は疲労でしょぼしょぼする目を開けて、顔を横へ傾けた。すぐ間近に、まるで抱き枕みたいに雄一郎を抱き締めて眠るノアの姿がある。その満足げな寝顔を見ていると、全身から力が抜けていくのを感じた。

脱力したまま、視線だけを動かす。すると、グラスに水を注いでいるテメレアの姿が見えた。

「……おい」

昨夜散々喚《わめ》いたせいか、咽喉《のど》が渇いて声がガラガラだ。テメレアがグラスを片手に、悠々とした足取りでベッドへ近付いてくる。

「おはようございます。よければ水をどうぞ」

差し出されたグラスを受け取ろうと、片手を伸ばそうとする。だが、極限まで疲労した身体は思うように動かなかった。わずかに浮いた片腕をぱたりとシーツの上に落として、雄一郎は言い放つ。

「飲ませろ」

「はい」

迷いもなくテメレアは答えた。ベッドの縁《ふち》に腰掛けると、水を一口含んで、雄一郎へ顔を寄せてくる。唇が重なると、隙間《すきま》からゆっくりと水が流れてきた。生ぬるい水を咽喉《のど》を鳴らして飲み込んでから、雄一郎はもう一度薄く口を開いた。

「足りない」

誘っているようにも聞こえる雄一郎の言葉に、テメレアは小さく笑った。まるで我侭《わがまま》な子供の相手をしているかのような柔らかい表情だ。

もう一度、口移しで水が注《そそ》がれる。今度は水と一緒に舌まで潜《もぐ》り込《こ》んできた。戯《たわむ》れに上顎《うわあご》をくすぐられて、ぺちゃと音を立てて丹念に舌の腹を舐《な》められる。

小さく鼻声が漏《も》れかかったとき、予期せぬ方向から下顎《したあご》を掴まれた。強引に真横を向かされた瞬間、唇を奪われる。ノアが射るような眼差《まなざ》しで雄一郎を見据《みす》えたまま、深く口付けていた。小さな舌が口内を荒らして、時折下唇にガジリと噛みついてくる。

その拍子に、水と唾液が混ざったものが口角からだらりと垂れた。それをテメレアが舌で舐《な》め取る。朝だというのに、淫猥《いんわい》な空気が天蓋《てんがい》の内側を満たしていく。

ノアの手のひらが下腹を這《は》う感触に、雄一郎は慌ててその手首を掴んだ。露骨にムッとした表情を浮かべて、ノアが唇を離す。何か言われる前に、雄一郎は唇を開いた。

「朝っぱらからサカってんじゃねぇよ」

「あんたが僕を置いてテメレアとキスしてるから悪いんじゃないか」

「なんでお前の了承を得なきゃなんねぇんだ。つぅか、テメェらのせいでこっちは身体がガタガタなんだよ。いい加減休ませろ」

ほとんど畳み掛けるように言い放つと、ノアはあからさまにしゅんと肩を落とした。落ち込んだ様子のノアを放って、テメレアへ視線を向ける。

「テメレア、起こせ」

命じると、介護するように背中を支えられて、上半身を起こされた。そのまま甲斐甲斐《かいがい》しい手付きで、服を着せられる。

「食事はどうされますか？」

「食う。それとゴートを呼べ」

「ここにですか？」

一瞬、テメレアの顔が嫌そうに顰《しか》められる。雄一郎は肩を竦《すく》めて答えた。

「誰かさん達のせいで、俺が動けないんだから仕方ねぇだろうが。さっさと呼べ」

横柄《おうへい》に言い放つと、テメレアは顰《しか》めっ面《つら》を崩さないままに部屋から出ていった。まだベッドの片隅でしょんぼりしているノアの肩を軽く小突く。

「部下に裸を見られるぞ。早く服を着ろ」

溜息《ためいき》混じりに雄一郎が呟《つぶや》くと、ノアはわたわたとベッドから下りた。その薄い背中を見た瞬間、雄一郎は息を呑んだ。

ノアの背中には、大量の傷痕《きずあと》が刻まれていた。火傷《やけど》や切り傷が歪《いびつ》に混ざり合い、背中一面に奇妙なグラデーションを描《えが》いている。

小さな背中を覆《おお》い尽くす、言葉にならない醜悪《しゅうあく》な何かに、雄一郎は無意識に下唇を噛み締めた。

「お前は、そんなことをされてきたのか」

無意識に口をついて出ていた。ノアは上着を羽織《はお》りながら、雄一郎に向かって振り返った。

「別に大したことじゃないよ」

平然としたノアの様子が理解できない。虐待をされてきたことが、大したことじゃないなんて。

「母親にやられたのか」

そう問うと、ノアは少しだけ困ったように口元を緩めた。だが、何も答えない。

「お前の母親はどこにいる」

それを聞いて、自分がどうするかも分からなかった。ただ、無性に腹立たしかった。もしも目の前でノアが殴られているのを見たら、その場で母親の腕をへし折ってしまいそうだ。

ノアは困った表情のまま、緩く首を左右に振った。

「母さんは死んだんだ」

「死んだ？」

「そう。テメレアの父親と一緒に城から飛び下りて死んだ。テメレアが仕《つか》え捧《ささ》げる者に選ばれた日に」

淡々としたノアの声音には、悲哀は滲《にじ》んでいなかった。ただ、事実を、現実を、切り離したような空虚さがあるばかりだ。

「たぶん母さんは耐えられなかったんだと思う。自分だけじゃなく、息子まで神託《しんたく》の犠牲になるのが」

犠牲という言葉が重たく肩に伸《の》し掛《か》かる。不意に、女神達の日記に書かれていた言葉を思い出した。

『sacrifice』

この世界では、誰もが犠牲になっている。ノアもテメレアも、今までの女神達も、誰かの手のひらで踊らされているだけだ。

「母さんはよく言ってた。『神様は私達を弄《もてあそ》んで楽しんでいる。私達は神様の暇つぶしの玩具なんだ』って」

では、今まで雄一郎がこの世界で行ったことも、神にとってはスポーツ観戦のようなものだったのだろうか。自分の手駒がこの世界で右往左往しているのを楽しんでいるのか。

「恨んでいるか」

唐突な雄一郎の問い掛けに、ノアは戸惑《とまど》ったように視線を揺らした。

「母親を、テメレアを、この世界を恨んでいるか」

そう問いを続けると、ノアの瞳が悲し気に歪《ゆが》んだ。泣き出しそうな顔をしたまま、ノアがしばらく黙り込む。沈黙の後、ノアは小さく首を左右に振った。

「誰も恨みたくないのに……」

自分の心がままならないことに悲しみを感じている声音だ。

「テメレアは、僕に優しい。僕を守ってくれようとする。本当の弟みたいに……」

そう解ってるのに、とノアは苦し気に呟《つぶや》いた。それでも、ノアは許せないのだ。母親の愛情を最期まで独り占めにしたテメレアのことが。

「許せないのが苦しい」

ノアは呻《うめ》くように言う。ノアの小さな身体に、はちきれそうなほどの愛憎が渦巻《うずま》いているように思えた。

その気持ちが雄一郎には痛いくらい理解できる。誰も許すことができないのは雄一郎も同じだ。そうして、そんな自分自身が最も許せないのも。

俯《うつむ》いたノアを見つめて、唇を開く。

「何も、許さなくていい」

ぽつりと零《こぼ》した言葉に、ノアは驚いたように顔を上げた。

「許そうと思うから苦しいんだ。良い子のフリをするな。誰かの望む自分になる必要なんかない。もっと利己的に生きろ。お前は恨みのままに誰を殺してもいいし、この世界を破壊するのだってお前の自由だ」

暴論を当たり前のように吐き出す雄一郎に、ノアが唖然《あぜん》とした表情を浮かべる。雄一郎は口角に笑みを浮かべて続けた。

「神が俺達を弄《もてあそ》ぶのなら、俺達がこの世界を弄《もてあそ》んで何が悪い」

咽喉《のど》の奥から小さな笑い声が零《こぼ》れる。笑う雄一郎をノアはしばらく呆然とした表情で見つめていた。だが、次第にその顔に赤味が差し始める。先ほどまで悲し気だったノアの目が生気に輝いていた。

「あんた、すごく怖いこと言ってるよ」

「怖いこと？　楽しいことだろ？」

茶化すように返すと、ノアの唇から笑い声が弾けた。その姿に、雄一郎は目を丸くした。初めて、こんなに楽しそうに笑うノアを見た。

ノアがベッドに倒れ込んで、遠慮もなく雄一郎の太腿《ふともも》に伸《の》し掛《か》かってくる。鬱陶《うっとう》しいと払いのける前に、ノアは雄一郎の顔を見上げて呟《つぶや》いた。

「恨んでも、許さなくてもいいんだ」

「あぁ、お前の好きにすりゃいい」

投げやりに返すと、ノアが目を細めて笑みを浮かべる。

「誰を殺しても、世界を壊しても、僕の自由」

そう繰り返して、ノアはまた笑い声を漏《も》らした。密やかな笑い声がかすかに鼓膜を震わせる。

もしかしたら、と思った。自分はこの純粋な子供を非道な道に誘い込んでいるのかもしれない。

雄一郎の太腿《ふともも》の上に仰向《あおむ》けに寝転がったまま、ノアがそっと雄一郎の片手を掴む。まめだらけのゴツゴツとした手のひらを撫《な》でながら、ノアが譫言《うわごと》のように呟《つぶや》く。

「雄一郎と僕の世界」

それは一体どんな世界だろうかと夢想する。だが、目蓋《まぶた》の裏に浮かんだ世界は、黒と赤に塗り潰されていた。

＊＊＊

ベッドの上で食事を取っている最中に、ゴートがやってきた。

「おはようございます、オガミ隊長」

「おはよう」

白っぽいパンを呑み込んでから、雄一郎は鷹揚《おうよう》に返事を返した。

相変わらず掴めない笑みを浮かべているゴートに続いて、招かれざる客が部屋に入ってくるのが見えた。金色の鎧《よろい》ではなく、今は雄一郎達が着ているのと同じ白い麻服を身にまとったキーランドが、ゴートの隣で仁王立《におうだ》ちしている。

「そちらの方はお招きした覚えがないが？」

咀嚼の合間に雄一郎が嫌味ったらしく言うと、キーランドは片眉をピクリと跳《は》ねさせた。

「今後の動向を話し合うのなら、私も必要かと思いまして」

「女神は安全な場所で心安らかに過ごせと言ったのでは？」

「私がそうしろと言っても、貴方やゴート、それに血の気の多い小隊長共は勝手に動こうとするでしょう。私の知らないところで勝手なことをされては困りますので」

雄一郎の続けざまの皮肉に、キーランドは淡々とした返事をした。どうやら女神一行を放っておくより、自分の監視下に置いた方がいいと判断したらしい。

「では、正規軍に協力をしていただけるということで宜《よろ》しいか」

「それは作戦次第だ。無謀な作戦ならば、我々は協力できかねる」

やっぱり頑固ジジイだ。貼り付いたように無表情なキーランドを見据《みす》えて、雄一郎は口元に薄く笑みを滲《にじ》ませた。

その時、雄一郎が腰元にかけていた布団がもぞもぞと動いた。寝惚《ねぼ》け眼《まなこ》のノアが布団の中から顔を覗かせる。雄一郎の腰に鬱陶《うっとう》しく両腕を回したまま、暢気《のんき》に二度寝していたのだ。ノアの姿を見た瞬間、キーランドの表情が一気に崩れた。

「ノア様、そんなところで何を……！」

「ん……あれ、おはよう、ゼフ」

慌てふためくキーランドに対して、ノアは寝惚《ねぼ》けた調子で声を返した。目を覚ましたというのに、ノアはまだ雄一郎の腰にしがみついたままだ。

「いい加減離れろ。暑苦しい」

足裏で軽くノアの爪先《つまさき》を蹴り飛ばして、雄一郎は言い放った。ノアはムッと顔を顰《しか》めたものの、それでも雄一郎にベッタリと貼り付いたまま離れようとしない。

「別に暑くなんてないだろう」

「暑くなくても邪魔くせぇんだよ。何が悲しくて、ひっつき虫みたいにガキをひっつけてなきゃなんねぇんだ」

「ひっつき虫？」

ノアが首を傾《かし》げる。その様子を見て、それまで呆然と突っ立っていたキーランドが見た目に似合わぬ甲高《かんだか》い声をあげた。

「ノア様、その男から離れなさい！」

とうとうキーランドの中で雄一郎は、『女神』から『その男』扱いまで成り下がったらしい。キンキンと響く声に、ノアが両目をパチパチと瞬《また》かせた。

「どうして？」

「どこの馬の骨とも分からぬ男と同じベッドにいるなど、はしたないですよ！」

動転しているからかもしれないが、キーランドの歯に衣着《きぬ》せぬ物言いに、雄一郎は思わず唇が引《ひ》き攣《つ》りそうになった。キーランドの横で、ゴートは口元を片手で覆《おお》い、ぷるぷると肩を震わせている。口元が隠れていても、目元だけで爆笑しているのが解った。

キーランドの言葉に、ノアはきょとんと首を傾《かし》げた。そのまま不思議そうに呟《つぶや》く。

「自分の妻とベッドにいるのが、はしたないことなの？」

雄一郎は、咄嗟《とっさ》に口に入れていた茹《ゆ》で豆を噴き出しそうになった。代わりにゴートの口元から堪《こら》えきれなかった笑い声がブフゥッと漏《も》れ出していた。一度漏《も》れると止まらなくなったのか、両腕で腹を抱えたままゴートがゲラゲラと笑い出す。

「妻ぁ？」

「妻ァ!?」

悔しいことに、素《す》っ頓狂《とんきょう》なキーランドの悲鳴と声がかぶった。唖然《あぜん》としている雄一郎へ、ノアがこくんと頷《うなず》きを返す。

「うん、雄一郎は僕の妻でしょう？」

「そういう笑えねぇ冗談は言うな」

「冗談じゃないよ。だって、雄一郎は僕の子供を産むんだから僕の奥さんだ」

とうとう頭痛がしてきた。雄一郎が額《ひたい》を押さえたまま黙り込んでいると、ヒーヒーと笑い声を漏《も》らしていたゴートが震える声をあげた。

「お子さんは何人ぐらいを予定しているんですかい？」

完全に茶化している口調だ。だが、ゴートの揶揄《やゆ》に気付きもせず、ノアは元気の良い声で答えた。

「六人！」

「テメェはバレーチームでも作るつもりかッ！」

反射的にツッコミの声が溢《あふ》れ出《で》た。

「ばれーちーむ、って何？」

とノアが不思議そうに繰り返すのを聞きながら、雄一郎はぐったりと脱力した。背もたれの枕に凭《もた》れかかったまま、大きく溜息《ためいき》をつく。

「ふざけんな、三十五歳以上は高齢出産なんだぞ……」

人のことを猫かネズミとでも思っているのか。六人も産まされるなんて、腹の休む暇もありゃしない。そもそも一人産むこと自体、嫌々だというのに。何人も産むなんてあり得ない。

「言っておくが、俺は仕事が終わったら元の世界に戻るからな」

宣言するように言い放つが、ノアの表情は変わらない。どこか自信に満ちた表情のまま、雄一郎を見つめている。

「雄一郎は戻らないよ」

「はぁ？」

「雄一郎はずっとここにいる」

一体何の確証があって、そんなことを言っているのかが解らない。怪訝《けげん》そうな雄一郎を見つめて、ノアは声高らかに言った。

「だって、雄一郎はきっと僕のことを好きになるから」

雄一郎はぎょっと目を見開いた。雄一郎が怒鳴《どな》り声をあげる前に、ゴートが二回目の大爆笑を起こした。


ゴートの爆笑が止まるまで、かなりの時間を要した。笑い声は収まったものの、ゴートの目尻には未だに笑いすぎの涙が滲《にじ》んでいる。

部屋に置かれた円卓の前へ場所を移して、雄一郎は広げられた地図を仏頂面で見下ろしていた。その雄一郎の腰には、少しだけ目に涙を滲《にじ》ませたノアがへばりついている。

先ほどの衝撃発言の後に雄一郎にゲンコツを食らわされたというのに、まだ離れようとしないあたりなかなか根性のある奴だと思う。根性の出しどころを間違っている気もしなくもないが。

「離れろクソガキ」

「イヤだ」

「またぶん殴られてぇか」

「うぅ、う」

鈍い唸《うな》り声をあげながらも、ノアは更にぎゅうっと身体にしがみついてきた。意地でも離れないと言わんばかりだ。雄一郎は今日何度目になるかも解らない溜息《ためいき》を吐き出して、仕方なく円卓の地図を人差し指でさした。

「キーランド総大将、王都を襲った敵軍が来た方角はこちらで間違いないか？」

「間違いない」

キーランドがぶすっとした表情で答える。その不満げな目線は、雄一郎の腰に抱きついているノアへ注がれていた。大事な大事な孫が性質《たち》の悪い男に引っ掛かってしまったと言わんばかりの、不穏な眼差《まなざ》しだ。

物言いたげに睨《にら》み付《つ》けてくるキーランドから視線を逸《そ》らして、雄一郎はゴートに続けて訊《たず》ねた。

「なぜ斥候《せっこう》は、敵軍の進行に気付かなかった」

あんな大規模な進軍に気付かないようでは、わざわざ斥候《せっこう》を出した意味がない。雄一郎の詰問に、ゴートは自身の下顎《したあご》を緩く撫《な》でてから、地図にトントンと指先を二度打ち付けた。

「考えられる要因が一つだけあります」

ゴートの指が地図の上を滑る。その行く先を見やると、指先はある一点で止まった。雄一郎にしがみついたままのノアが声をあげる。

「アム・イース」

「アム・イース？」

ノアに怪訝《けげん》な眼差《まなざ》しを向けたとき、ちょうど盆を持ったテメレアが部屋に入ってきた。テメレアがそれぞれの前に白湯《さゆ》の入ったグラスを置いていく。雄一郎がアム・イースの説明を求めると、テメレアは盆を片腕に挟んだまま地図へちらりと視線を落とした。

「アム・イースは、朽葉《くちば》の民が住む深い森です」

「くちばの民？」

「はい。このジュエルドは、今は白の部族が王となって統《す》べていますが、元々は五つの部族に分かれていました。その部族の一つが、アム・イースに根付く朽葉の民です。朽葉の民は、深い森に住み、滅多に表に出てくることはありません」

言葉を引き継ぐように、ゴートが口を開く。

「アム・イースは、ある種の中立地帯なんですよ」

「中立地帯だと？」

「つまり、自ら戦争に荷担しない。自分達の土地ではない場所が荒らされようが、自分達以外の民が虐殺されようが、一切関与をしないと宣言しているんです」

「自分達の国で内乱が起き、他国に侵略されそうになっているというのにか？」

「王が変わろうが、国が変わろうが、我々には関係ないというスタンスなんです」

呆《あき》れてものが言えなくなる。国も何もあったものじゃない。

「この国自体が一枚岩じゃないということか」

苦虫を噛み潰したような声音で呟《つぶや》く。ゴートが小さく頷《うなず》いて、言葉を続けた。

「残念ながらそういうことです。ただ、アム・イースは自国に手を貸すこともなければ、敵国に自国を売ることもないはずでした。ですから、前回の斥候《せっこう》先からは外していたんです。しかし、今回の強襲を考えると、アム・イースが敵側についたということも十分に考えられます」

ゴートの淡々とした説明に、また頭が痛くなってきた。内部崩壊という単語がぐるぐると頭の中で回る。この国は根幹から崩れかけているのか。

だがそのとき、訝《いぶか》しげなテメレアの声が聞こえた。

「待ってください。アム・イースが敵側につくということは考えにくいです」

「なぜ、そう思う」

「アム・イースに住む朽葉の民は、確かに愛国心というものは薄いです。ですが、二代目の女神様がアム・イースで余生を過ごされたことから、彼女達の女神様に対する信仰心は、どの部族よりも強く揺るぎないはずです」

「待て、彼女達だって？」

雄一郎の戸惑《とまど》いの声に、改めて気付いたようにテメレアが「あぁ」と小さく声を漏《も》らす。

「はい。アム・イースに住む朽葉の民達は、女性しかいません」

「つまり、女性の部族ということか？」

「そうです」

「それじゃあ、子供はどうやって……」

問い掛けかけて、それが愚問だということに気付いた。この世界で男同士で子供がつくれるのなら、女同士で子供がつくれるのだって極自然なことなのだろう。

何とも言えない複雑な表情をした雄一郎を見て、テメレアが小さく笑みを浮かべる。

「朽葉の民の中には、二代目の女神様の子孫も多くいます。彼女達の髪の多くが朽葉色をしているのは、二代目の女神様の髪が金色だったからとも言われています」

つまり、女神との間に子供まで作ったのか。処理しきれない情報が多くて、脳味噌が煙を上げそうだ。両手で頭を抱えて、雄一郎は鈍い唸《うな》り声を漏《も》らした。

一方、テメレアの説明に納得がいっていないようにゴートが声をあげる。

「だが、今回のことにはアム・イースが何かしら関わっているとしか思えないぞ」

「そうかもしれません。ですが、裏切りと断定するのは尚早かと思います」

「敵軍を匿《かくま》うのが裏切りじゃないってぇ？」

ゴートがにたにたと笑いながら問い掛ける。嫌味ったらしいその言い様に表情を変えることなく、テメレアは考えるように視線を伏せた。

「アム・イースは、閉鎖された土地です。男性は、アム・イースに足を踏み入れることすら許されていません。それに、朽葉の民は生まれながらにして特殊な力があると言われている民です。今までその力を求めて、何度か他部族に侵攻されていますが、すべてそれを武力で撥《は》ねのけてきました。そんな朽葉の民が敵軍にやすやすと力を貸すとは思えないのです」

「特殊な力？」

思わず雄一郎は問い返していた。テメレアが頷《うなず》く。

「はい。詳しいことは私にも解りませんが、部族の者同士であれば、離れていても意思を伝達しあうことができるとか」

語られる内容に、雄一郎は一瞬こくりと咽喉《のど》を上下させた。それは、まさしく雄一郎が最も欲しているものだ。

「無線か」

「ムセン？」

ノアが不思議そうに首を傾《かし》げる。幼い顔を見下ろして、雄一郎はにやっと笑った。もしもその力を手に入れることができたのなら、ようやく雄一郎が望む戦争を行うことができる。

そのとき、岩のように黙り込んでいたキーランドが重々しく口を開いた。

「アム・イースが裏切ったのではなく、すでに敵軍に落とされているとは考えられないか」

「あぁ、その可能性も考えられますねぇ」

暢気《のんき》に答えるゴートを、横目でキーランドが睨《にら》み付《つ》ける。雄一郎は先ほどテメレアが運んできた白湯《さゆ》を一口飲み込んでから、ゴートへ言い放った。

「憶測だけなら何とでも言える。俺は実状が知りたい」

「ええ、勿論《もちろん》です」

「至急、イヴリースをアム・イースへ偵察に向かわせろ」

雄一郎の命に、ゴートが笑みを深めて「了解しました」と軽快に答える。

「他に女性の兵士はいないのか」

雄一郎の続く問い掛けに答えたのは、キーランドだった。

「士官ではないが、一般兵であれば何名か心当たりがある」

「優秀か？」

「優秀でなければ、正規軍に入れるものか。私から見ても、男に引けを取らん女傑《じょけつ》達だ」

ムッと顔を顰《しか》めてキーランドが答える。雄一郎は鷹揚《おうよう》に頷《うなず》きを返した。

「では、その者達をイヴリースの下につけていただけるか、キーランド総大将」

キーランドがちらとノアへ視線を向ける。ノアは、じっとキーランドを見上げて言った。

「僕からも頼むよ、ゼフ」

キーランドは一瞬視線を伏せたが、根負けしたように答えた。

「ノア様のご命令とあれば」

キーランドが続けて問い掛けてくる。

「出発はいつを予定している」

「準備ができ次第」

「承知した」

短く答えると、キーランドは大股で部屋から出ていった。行動が迅速で、無駄がない。キーランド自身も総大将という地位に違《たが》わず優秀だと改めて思う。

キーランドの姿が消えると、ゴートがにやにやとした声を漏《も》らした。

「随分と……イヴリースに優しいですねぇ」

意味深に笑うゴートを睨《にら》み付《つ》けて、雄一郎は苦い声を吐き出した。

「何が言いたい」

「オガミ隊長は、意外と女性にお優しい方なのかと思いましてね」

「馬鹿を言うな。優秀な部下を失う確率を減らしたいだけだ。お前も準備を急がせろ」

「はいはい」

ゴートが軽い口調で答える。その横から、テメレアが口を挟んできた。

「雄一郎様、私もイヴリースと共に行きます。アム・イースは女神信仰の厚い場所です。もし敵軍に落とされていない場合、仕《つか》え捧《ささ》げる者の言葉なら聞いてもらえるかもしれません」

一瞬虚を衝《つ》かれた気がした。目を丸くして、テメレアを見やる。

「お前は俺の傍《そば》にいなくていいのか」

無意識に口に出ていた。その言葉の意味に気付いた瞬間、柄《がら》にもなく赤面しそうになった。自分が何とも女々《めめ》しい言葉を口に出した気がしたからだ。

どこか悔し気な表情を浮かべる雄一郎を見て、テメレアが目を見張る。だが、その表情はすぐさま柔らかくとろけた。口元に心底嬉しそうな笑みを浮かべて、テメレアが呟《つぶや》く。

「私が傍《そば》にいた方がいいですか」

甘く囁《ささや》いてくる声に、無性に腹が立った。二人っきりだったらぶん殴ってやるのに。恨みがましい雄一郎の眼差《まなざ》しを受けて、テメレアの笑みが更に深まる。

「傍《そば》にいたいですが、それだけが貴方のためになるわけではないと解っているだけです。今回は私が行くべきかと思います」

潔《いさぎよ》い言葉に、雄一郎はどうしてだかひどく釈然としない思いに駆られた。テメレアが自分から離れることにひどい違和感がある。これも女神と仕《つか》え捧《ささ》げる者の関係性のせいなのだろうか。

だが、確かにテメレアの言う通り、アム・イースが自主的に国を裏切ったのであれば、仕《つか》え捧《ささ》げる者の説得は大きいだろう。

悶々《もんもん》と思い悩んでいると、不意にテメレアが足元に跪《ひざまず》いた。頭《こうべ》を垂れて、テメレアが声をあげる。

「どうか私に命じてください」

瞬間、こいつはひどい奴だと思った。どうしてそう思ったのか自分でも説明できないが、一瞬心の底からテメレアを憎みそうになった。

下唇を薄く噛み締めて、雄一郎は鈍い声で呟《つぶや》いた。

「行け。俺のために為《な》すべきことを為《な》せ」

命じる声に、テメレアは雄一郎の手を静かに捧《ささ》げ持った。承諾を示すように、その指先に恭《うやうや》しい口付けを落とす。男の、四十も近いおっさんの指に捧《ささ》げるキスではないと思うと、少しだけ口元に苦笑いが滲《にじ》んだ。

＊＊＊

イヴリース他三名の女性兵士、そしてテメレアを城門で見送ってから、数日が経とうとしていた。

その数日間を、雄一郎はひたすら自身の体力回復に費やした。なにせこの世界に来てからというもの、ひたすら走るか戦うかセックスするかだったのだ。思ったよりも体力の消耗は激しく、一度ベッドに入ると泥のように何時間も眠りに落ちた。

そして眠りから覚めると、決まって目の前にはノアの姿があった。まるっきり大木にしがみつくコアラみたいに雄一郎を抱き締めている。

その日も、小さく寝息を立てるノアの顔を、雄一郎はぼんやりと眺めていた。

「夫」

ぽつりと呟《つぶや》いてみる。幼い寝顔をさらす目の前の少年が自分の夫なのかと想像すると、奇妙な違和感があった。

「旦那、主人、連れ合い、伴侶、あなた？」

呼び方を次々と変えてみても、違和感は増していくばかりだ。雄一郎が唇をへの字に曲げていると、ノアの目蓋《まぶた》が薄《うっす》らと開かれた。ノアは夢うつつの様子で数度目を鈍く瞬《またた》かせた後、雄一郎の顔を見つめた。

「……おはよ」

「人のベッドに勝手に潜《もぐ》り込《こ》むな」

起き抜けに憎まれ口を叩《たた》く自分が、ひどく子供っぽく思えた。そんなつっけんどんな言葉を聞いても、ノアは落ち込むどころかかすかに嬉しそうに微笑《ほほえ》んだ。

「何を笑ってる」

「あんたって、時々すごくかわいい」

あんぐりと口を開いたまま閉じられなくなる。前の世界では可愛いなんて一度も言われたことがない。もしかして、この世界に来て、自分の容姿は美少年にでも変わっているのだろうか。

鏡でも見ようかと上半身を起こしかけた時、肩をグッと掴まれた。そのままノアに唇を重ねられる。少し乾いた唇が下唇に押し付けられて、すぐさま舌が口内に潜《もぐ》り込《こ》んできた。ねちねちと舌を弄《いじ》くるぬるついた感触に、雄一郎は眉を顰《ひそ》めた。

まだやり方が分からないのか、ノアの口付けはぎこちない。口内のいたるところを舐《な》めては、まるでご機嫌をうかがう犬のように雄一郎の顔を薄目で見つめてくる。だが、雄一郎の眉間《みけん》に深々と刻まれた皺《しわ》を見た途端、ノアは唇を離した。

「あの……気持ち良くない？」

「良くない」

はっきりと答えると、尻尾《しっぽ》を垂らした犬みたいに眉尻を下げた。それでも、未練がましく唇の狭間にそろりそろりと舌を這《は》わしてくるのだから、諦めの悪い犬だとも思う。

「あんたの口の中、甘い味がする」

ぽつりと呟《つぶや》かれた言葉に、雄一郎は上の空で、あぁ、と小さく相槌《あいづち》を漏《も》らした。

「寝る前に、シャグリラを飲んでいるからな」

確かに甘ったるい味が口内に残っている。そう漏《も》らすと、ノアは口付けの合間に小さな笑い声を零《こぼ》した。

「僕の子供を産むため？」

妙に得意げな声音が癇《かん》に障《さわ》る。心底不愉快な表情で睨《にら》み据《す》えるが、ノアは未だに笑みを浮かべたままだ。

「元の世界に戻るためだ」

「テメレアから聞いたよ。飲むより、直腸から入れた方がいいんでしょう？」

クソガキが、人の話を聞いちゃいねぇ。

どこか熱を持った目をしたノアがゆっくりと伸《の》し掛《か》かってくる。薄い咽喉《のど》がゆっくりと上下に動く様《さま》を、雄一郎は冷めた眼差《まなざ》しで眺めた。

幼い顔をしていても、欲情した表情は男を感じさせる。まるで獲物を狙う獣のようだ。

雄一郎は口角をかすかに歪《ゆが》めて、ノアに問い掛けた。

「なんだ、お前が中に入れてくれるのか？」

「うん」

「キスすらまともにできねぇくせに？」

揶揄《からか》いの言葉に、ノアは一瞬しょぼくれたように唇を引き結んだ。だが、すぐさま鼻先が触れ合いそうなほど顔を寄せてくる。

「なら、教えてよ。雄一郎が一番気持ちいいやり方。全部、ちゃんと覚えるから」

そう真摯《しんし》に囁《ささや》く声に、思いがけず首筋の産毛がぞわりと逆立った。まじまじとノアの顔を見つめる。

どこか縋《すが》り付《つ》くような、それでいて飢えているような表情を浮かべた、美しい少年。いずれこの国の頂点に立つ男。それを雄一郎の思うがままに作り上げることができるのか。

そう思った瞬間、予期せず笑いが込み上げた。咽喉《のど》を反らして、高らかな笑い声をあげる。

「は、ははっ、女教師もののＡＶみてぇなこと言うなぁ」

「えーぶい？」

首を傾《かし》げるノアを見上げて、雄一郎はゆっくりと笑みを深めた。意味深に目を細めた雄一郎の顔を、ノアがじっと見つめている。

だが、雄一郎がノアの身体を押しのけるようにしてベッドを下りると、途端ノアは子犬に戻ったように肩を落とした。露骨に落ち込んだ様子のノアを横目で見つつ、雄一郎は自身の上着を脱ぎ捨てた。

「お前も脱げよ」

「え？」

「教えてやるから」

そう言い放つと、ノアは慌てて服を脱ぎ始めた。雄一郎は下着まで潔《いさぎよ》く脱ぎ捨てて、まだ上着のボタンを外すところで手間取っているノアへさっさと覆《おお》い被《かぶ》さった。

「手際が悪ぃな。そんなんじゃ初《しょ》っ端《ぱな》から萎《な》えるだろ」

わざとおちょくるように言うと、ノアはかすかに頬を赤らめた。ボタンを摘んだノアの指先が羞恥《しゅうち》に小さく震えている。雄一郎はノアから奪うように、ボタンへ手を伸ばした。

「い、いいよ、自分で脱ぐから」

「いいから、黙ってろ」

自分の口から何とも和《なご》んだ声が出るのが意外だった。幼い顔をした少年を翻弄《ほんろう》する罪悪感や背徳感よりも、優越感の方が今は大きい。

それは全能感に近かった。ノアを、この国の王を、この世界を自分の思うがままにできるという妄想。

ボタンをすべて外し終わると、雄一郎はわざとらしい程《ほど》に恭《うやうや》しい手付きでノアの上着を脱がせた。まだ細い、少年らしさを残す上半身を眺めて、その腹へ手のひらを伸ばす。

ひたりと手のひらを這《は》わせると、ノアの下腹が小さく跳《は》ねた。すでにその下では、ズボンの生地がかすかに膨らんでいる。

「もう勃ってんのかよ」

含み笑いを漏《も》らしながら呟《つぶや》くと、更に膨らみが大きくなった。

「だって、あんたが……」

「俺がなんだ？」

にやにやと問い返すと、悔し気にノアの顔が歪《ゆが》んだ。頬の朱色はすでに耳たぶにまで広がっている。人差し指を引っかけてズボンをずり下げると、下着に形をクッキリと浮き上がらせた陰茎が見えた。悪戯《いたずら》に鼻先を擦《こす》り付《つ》けてやれば、ノアは爪先《つまさき》を小さく跳《は》ねさせた。

「ぅあっ……あッ……」

まだ高さを残した嬌声《きょうせい》に、どこか庇護欲じみた感情が込み上げてくるのを感じた。こいつを可愛がってやりたいという、どこか卑猥《ひわい》さを含んだ慈愛だ。童貞に手ほどきしてやる熟女というのはこんな心地になるのだろうか。

「なぁ、しゃぶってやろうか」

自分の口からそんな言葉が出てきたのも驚きだった。ノアが目を白黒させて、それから困ったような表情で呟《つぶや》く。

「で、でも、それだと、雄一郎が気持ち良くならないし……」

「見本を見せてやるから、やり方を覚えろって言ってんだ」

見本と言っても、そもそも雄一郎だって男のモノなど舐《な》めたことはなかった。だが、目の前の少年のものなら舐《な》められるような気がする。実際、それほどの嫌悪はない。

まだ口をもごもごと動かすノアを無視して、下着越しの陰茎へ舌をぞろりと這《は》わせる。ざらりとした布の感触の下から、熱く脈打つものを感じた。

「ちょっ……わ、あァっ……！」

ノアの制止の声も構わず、その形を確かめるように何度も下から上へ舐《な》め上《あ》げる。それを繰り返していると、太い裏筋がくっきりと浮き上がり、先端が触れている下着部分がべったりと濡れて、青臭い臭いを立ち上らせ始めた。

「ふは、は、でけぇな」

こっちの世界の人間は皆生まれつき巨根なのだろうか。ノアの容貌に似合わないその性器の大きさに、唇が戦慄《わなな》きそうになる。

大きく膨れ上がった先端を、下着の上から唇に含んでみた。そのまま、口内でくちゅくちゅと先端をいじってみると、ノアの腰が大きく跳《は》ねる。

「だ、だめっ、それダメだ！」

上擦《うわず》った声に、優越感がじわじわと満たされていくのを感じた。

「直に舐《な》めてやろうか」

問い掛けると、ノアはほとんど泣き出しそうな顔で雄一郎を見下ろした。だが、熱に浮かされたような瞳はすでに答えを出している。

濡れそぼった下着を下ろすと、完全に勃起した陰茎が飛び出してきた。何度見ても、カリが大きく張り出したそれは凶悪な形をしている。これで体内の奥の奥まで何度も掻《か》き回されたことを思い出して、無意識に下腹が疼《うず》いた。

「おかしくなってるな」

思わずひとり言が零《こぼ》れる。作り替えられているのはノアだけでなく、自分自身もだ。こんな女のような感覚を知ってしまって、元の世界に戻れるのだろうか。もしかしたら、男漁《おとこあさ》りでもするようになるんじゃないか。

だが、そんな杞憂を考えられたのも一瞬だった。引き寄せられるようにして、ノアの陰茎の先端へ口付ける。そのまま、ずるずると口内に頬張っていくと、ノアの内腿《うちもも》が震えた。

「あっ、ぅあ……すごい……」

半分まで咥《くわ》えたところで咽喉《のど》が詰《つ》まる。奥にゴツンと当たる先端の感触に一瞬えずきそうになりながら、舌の腹をぴったりと裏筋にくっつけたまま頭を上下させていく。唇で扱《しご》かれる快感に、ノアの咽喉《のど》から悲鳴にも似た嬌声《きょうせい》が漏《も》れ出た。

「あ、あぁッ！　っんぁ！」

まるで自分がノアを抱いているようだった。その事実に堪《たま》らない高揚《こうよう》を覚える。舌先に感じる苦味すら愉悦に思えた。

口に含み切れない陰茎部分を片手で扱《しご》きつつ、パンパンに膨れ上がった睾丸をもう片方の手でも み込む。先端の穴をぐりぐりと舌先でほじってやると、シーツの上でノアの身体が悶《もだ》えた。

「だ、ダメっ、もぅ……っ！」

短い悲鳴の後、口内で限界まで膨れた陰茎がビクビクと激しく跳《は》ねた。同時に喉奥へ勢い良く精液が発射される。口内を一気に満たしていく大量の精液に噎《む》せながら、雄一郎は己の唇から陰茎を引き抜いた。だが、射精の勢いは止まらず、ビシャッと音を立てて顔へ生温かい精液が叩《たた》き付《つ》けられる。

「うわっ……お前……！」

怒鳴《どな》ろうとすると口の中に精液がかけられるので、仕方なく雄一郎は口を噤《つぐ》んだ。両手で痙攣《けいれん》するノアの陰茎を掴み、さっさと全部出せと促《うなが》すようにパクパクと開閉しながら精液を吐き出す先端へ、舌先を這《は》わせる。ぴちゃぴちゃと鈴口を舐《な》めてやると、舌にねっとりとした白濁が重たく絡み付いた。

「ふっ……ぅう、ン……」

気持ち良さそうな声を出しながら、ようやくノアがすべて吐き出し終える。両目を閉じて荒い息を吐き出すノアの上に這《は》い上がって、雄一郎は苦い声をあげた。

「早漏野郎」

快楽の余韻を残したまま、ノアが薄《うっす》らと目を開く。罵《ののし》られたというのに、ノアの顔に怒りはない。早漏という言葉は、こちらの世界とチューニングが合っていないのかもしれない。

ぼんやりと雄一郎を見上げてくるノアへ向かって、べったりと白濁がまとわりついた舌を突き出す。

「舐《な》めろ」

舌だけでなく、雄一郎の頬も鼻筋も白く汚れていた。ノアが夢うつつの様子で、突き出された舌へ自分の舌先を這《は》わせる。

「……にがい」

「お前のだろうが」

こっちは少し呑んじまったんだぞ。そう雄一郎が吐き捨てると、ノアはかすかな笑いで咽喉《のど》を震わせた。そのまま、ぺちゃぺちゃと水を飲む猫のように丹念に、雄一郎の舌を舐《な》めていく。ざらざらとした舌が口内まで這《は》い回《まわ》り、舌先をちゅうと吸われる感覚に、背筋が小さく跳《は》ねた。

「雄一郎」

「なんだ」

「僕も雄一郎のをしゃぶりたい」

甘えるように下劣な言葉を吐くノアに、無意識に唇が笑みに歪《ゆが》んだ。ノアが壊れていくのが、どうしようもなく楽しかった。綺麗なものを無惨に叩《たた》き壊すような、歪《ゆが》んだ悦《よろこ》びがある。

「駄目だ」

「どうして」

ノアの声には、すでに追《お》い縋《すが》るような響きがあった。それを愛《いと》おしく思いながら、雄一郎はノアの両足の間に腰を下ろした。そのまま両足を開いて、わずかにヒクつく自身の後孔へ指先を這《は》わせる。

「こっちに入れるんだろう？」

まるっきり淫乱のような台詞《せりふ》だ。馬鹿げた役を演じている自分自身を滑稽《こっけい》にも愚かにも思う。だが、そこには仄暗《ほのぐら》い悦《よろこ》びもあった。

自分自身をどこまでも貶《おとし》めていくのが心地良くて堪《たま》らない。

食い入るような眼差《まなざ》しで雄一郎の後孔を凝視しているノアが、大きく生唾を呑み込む。雄一郎はベッドサイドの棚からシャグリラの瓶を取り出すと、ノアへ放り投げた。

「食わせろよ」

挑発するように言い放つと、ノアがその唇に笑みを滲《にじ》ませた。それは、純真な子供のものとは思えない、捻《ねじ》れた笑みだった。

ぐちゅぐちゅと自分の腹から響いているとは思えない音が聞こえる。

「ふッぅ……ぅぅ……」

「痛くない？」

後孔を広げられる気色悪さに唸《うな》ると、気遣うような不安げなノアの声が聞こえてくる。後孔にはノアの指が三本突き立てられていた。ノアの指が動く度に、柔らかいシャグリラの実が潰れてぐちぐちと粘膜にすり付けられるのが何とも気味が悪い。

「いいから、続けろ」

自分から誘った手前、やめろとも言えず、雄一郎は投げやりに言い放った。ノアは心配するように雄一郎の顔をうかがうものの、それでもゆっくりと指を動かし始める。

「はァ……ぁ……」

奥の奥まで潜《もぐ》り込《こ》んできたシャグリラの実がじんわりと熱を持つ感覚があった。細胞一つ一つが活性していくようなその感覚に、下腹がぢんぢんと疼《うず》いてくる。その疼《うず》きが身体の奥深くまで欲しくて、悶《もだ》えるように腰が揺れた。

「ゆういちろう」

掠《かす》れたノアの声が聞こえる。薄《うっす》らと目を開くと、息を荒らげて雄一郎を見つめているノアが見えた。その陰茎は下腹部にくっつきそうなほど反り返っている。ひくひくと震える先端からは、まるで涎《よだれ》みたいに大量の先走りが溢《あふ》れていた。

その様子が見えた瞬間、自分でも抑えられない高揚《こうよう》がこみ上げてきた。どくんと心臓が大きく跳《は》ねて、舌の上に唾液がわき上がってくる。

衝動的に、ノアの身体を押し倒していた。仰向《あおむ》けになったノアが目を見開いて、雄一郎を見上げてくる。その幼い表情を見下ろしたまま、雄一郎はノアの陰茎を片手に掴んで、自身の後孔へ押し当てた。熱い先端が触れた瞬間、ぶちゅ、と粘着質で下品な音が響く。

「挿《い》れたいか？」

問い掛けながら、先端を何度かぐぐっと沈めかけては抜くことを繰り返す。ノアは荒い呼吸を繰り返しつつ、繋がりそうで繋がらない結合部分を凝視していた。

「挿《い》、れたい」

上擦《うわず》った声で返してくるのが何とも可愛らしい。にやにやと笑ったまま入り口で先端を弄《もてあそ》んでいると、ノアが雄一郎の内腿《うちもも》へ両手を這《は》わせてきた。内腿《うちもも》をゆるゆると撫《な》でられる感触に、わずかに膝《ひざ》が震えそうになる。

「雄一郎、お願い。挿《い》れさせて……」

甘えるノアの声に、体内が優越感と支配欲で満たされていく。

前のめりになって、ノアの唇に口付ける。小さな口を分厚い舌でぐちぐちと荒らしながら、太く大きな先端をぐっと後孔に押し付けた。

「んんぅッ！」

ぐぷんと先端が体内へ潜《もぐ》り込《こ》んでくるのと同時に、自分とノアの咽喉《のど》から同じ声が漏《も》れた。そのまま、ずるずると幹を腹の奥まで沈めていく。圧迫感に息が詰《つ》まったが、それでも雄一郎は口を離さず、舌を絡ませ続けた。

「ッグ、んん……」

飲み込みきれないお互いの唾液がノアの口角から溢《あふ》れ出《で》ている。根本まで腹に収めた頃には、ノアの口周りは唾液でべたべたに汚れていた。朦朧《もうろう》とした表情のノアが自身の股間とピッタリとくっついた雄一郎の尻を見て、譫言《うわごと》のように呟《つぶや》く。

「あぁ、すごい……。僕の、全部入ってる……」

今まで何度もしたというのに、今更そんなことを言うのかと笑えてきた。咽喉《のど》の奥で笑い声を漏《も》らしながら、自身の下腹をゆっくりと両手でさする。

「そうだな。全部食っちまった」

茶化すように言ったというのに、ノアは更に熱っぽい眼差《まなざ》しで雄一郎を見上げてきた。

「もっと、食べてよ」

「もっと？　俺に人肉食いでもさせる気か？」

「そうじゃないけど……雄一郎に僕の全部をあげたいんだ」

曖昧《あいまい》だがひどく熱烈な言葉に、雄一郎は思わず笑い出しそうになった。

「全部って何だ。命でもくれるのか」

「うん、あげるよ」

「じゃあ、俺が死ねって言ったらお前は死ぬのか」

意地悪く訊《たず》ねる。それでも、ノアは怯《ひる》まなかった。雄一郎をまっすぐ見つめたまま、当然のような口調で答える。

「死ぬよ」

「馬鹿言うな。お前にそんな度胸ねぇだろ」

「雄一郎に死ねって言われたら死ぬ」

まるで阿呆の脅《おど》しだ。唖然としていると、ノアは下腹へ置かれた雄一郎の手のひらにそっと自分の手を重ねてきた。手のひらは熱いのに、指先はかすかに冷たい。その指先がノアの言葉が本当だと教えているようで、咄嗟《とっさ》に振り払いそうになった。

戦慄《わなな》きそうになる背筋を堪《こら》えながら、雄一郎はノアの目をきつく見据《みす》えた。

「お前の命なんかいらねぇよ。俺が欲しいのは金だけだ」

雄一郎の酷薄《こくはく》な言葉に、ノアの表情が悲し気に歪《ゆが》む。その目に浮かび上がった悲哀を見ていたくなくて、雄一郎は強引に腰を動かし始めた。

「まっ……ア……！」

ノアの掠《かす》れた悲鳴が聞こえる。圧迫感に耐えながら、雄一郎は両足をはしたなく開き、後ろ手をついて腰を上下に動かした。その度に長い幹がずろろろと内壁を擦り上げて、鼻から荒い息が漏《も》れ出る。

「ふッ、んん……」

先端まで引き抜いて、また奥まで押し込む。単調な動作だが、ノアの陰茎はますます硬くなり中でビクビクと脈打ってるのを感じた。

「あ、ぁ、すごい」

ノアが熱に浮かされたように呟《つぶや》く。その潤《うる》んだ目は、がに股に両足を開いて腰を振る雄一郎に向けられていた。

「あんた、やらしい……」

まるで賞賛するみたいに吐かれるノアの言葉に、無意識に頬が熱くなった。誤魔化《ごまか》すように下唇を噛み締めて、雄一郎は腰の速度を早めていく。腰を上下させると、ぐちゅぐちゅとあられもない濡れた音が繋がった部分から漏《も》れ出る。

「グっ、っぅぅ、ン」

先端が前立腺をゴリゴリと擦《こす》り上《あ》げる度に、膝《ひざ》の力が抜けそうになる。張り出した先端が奥に届くと、電流が走ったみたいにビリビリと下腹が震えた。一度も触れられていないというのに雄一郎の陰茎は硬く反り返って、その先端からだらだらと先走りを漏《も》らしている。

「雄一郎、きもちいい……？」

痙攣《けいれん》する雄一郎の内腿《うちもも》を両手で掴んで、ノアが訊《たず》ねてくる。薄目をあけて見やると、ゆっくりと上半身を起こしているノアの姿が見えた。その姿に、雄一郎は小さく唸《うな》り声をあげた。

「お前は、寝てろ」

「やだ」

子供みたいに言い返して、ノアは次の瞬間一気に雄一郎の膝裏《ひざ》を抱えた。ぐんと押し出されて、体勢が崩れる。視点がぐるんと回って、気付いたときには背中がベッドにぼすんと倒されていた。

「おまえッ……ァああッ！」

怒鳴《どな》り声をあげようとするのと同時にずんと奥を突かれて、嬌声《きょうせい》が溢《あふ》れ出《で》た。両足を強引に広げられたまま、ほとんど暴力的といってもいい速度で中を突き上げられる。

ノアの腰骨が尻に打ち付けられる度に、ごちゅごちゅと体内が打擲音《ちょうちゃくおん》とも水音ともつかぬものを鳴らす。

「ゆういちろう、どこが、きもちいい？　おしえて」

荒い息混じりに、ノアが囁《ささや》く声が聞こえる。まるで懇願するように、煽《あお》るように。雄一郎は答えることもできず、咽喉《のど》から掠《かす》れた悲鳴を溢《あふ》れさせた。

ノアの陰茎が出入りする度に、肉壷となった体内がぐちゅぐちゅと咀嚼音《そしゃくおん》を立てる。その卑猥《ひわい》な音と感触に、どんどんと熱が高まっていく。

薄目を開けると、熱のこもった眼差《まなざ》しを向けるノアと目があった。

「おしえて、あんたの全部」

強迫観念のように繰り返される言葉に、心臓が震える。それが高揚《こうよう》からなのか恐怖からなのかは解らない。ただ、壊れていると頭の片隅で思った。

「おく、が……ァ！」

喘《あえ》ぎ声混じりに呟《つぶや》くと、ノアは口角を薄《うっす》らとつり上げた。

「奥がいいの？」

そう問い掛けつつ、張り出した先端でゴリゴリと奥の行き止まりを抉《えぐ》るように、かき回される。その瞬間、電流が下腹を一気に貫《つらぬ》く。自分でもどうにもならない力で全身が反り返って、踵《かかと》が空中を蹴り飛ばす。

「イッ、あぁあぁあぁあッ！」

全身がビクビクと激しく痙攣《けいれん》して、目の奥が点滅するように白黒に瞬《またた》く。握り締めていたシーツが引き裂かれる音が聞こえた。

気が付いたら、口角から涎《よだれ》が垂れていた。ぼんやりとした目で見上げると、ノアは驚いたように雄一郎をじっと見返した。

「イッちゃったの？」

そう問いかけられるものの、雄一郎の陰茎はまだ勃起したままだ。だが、内腿《うちもも》は絶頂したことを示すようにピクピクと小刻みに痙攣《けいれん》を繰り返していた。ノアがそっと雄一郎の陰茎へ指先を這《は》わせる。ぬめった先端を撫《な》でられる感触に、ビクンと内腿《うちもも》が跳《は》ねた。

「さわっ……るな、ぁ……！」

か細い声が漏《も》れる。ノアの手を払いのけたいのに、全身から骨が抜けてしまったみたいに力が入らなかった。弱々しい雄一郎の抵抗を見て、ノアの笑みが深まる。

「ね、イッたんでしょ？　だって、中がすごくギュウッってなったから。でも、前から出てないのは何で？　雄一郎は、ここだけでイけるの？」

無邪気な子供のように訊《たず》ねてくるのが、何とも憎らしい。奥歯を噛み締めてノアを睨《にら》み付《つ》けると、意趣返しなのか陰茎をずぶずぶと奥まで沈められた。その圧迫感に咽喉《のど》から押し潰されたような呻《うめ》き声《ごえ》が漏《も》れる。亀頭が行き止まりにブチュッと当たると、また下腹が震えた。

「ひッ、ぃイ……！」

壊れたオモチャみたいに痙攣《けいれん》する身体を止められない。ノアが雄一郎の腰を鷲掴《わしづか》んだまま、うっとりとした声で呟《つぶや》く。

「ここに、雄一郎と僕の子供ができるんだ」

夢見がちなのにどこか確信を持った声音に、怖気《おぞけ》が走った。無意識に逃げ出そうと両手が藻掻《もが》く。だが、シーツを掻《か》き毟《むし》る雄一郎の両手を、ノアが捕らえた。両手首を掴み、再び律動を始める。

「ヤ、ッ……め……！」

犯されているうちに自分が内部から変えられていくような気がした。それがひどく恐ろしい。だが、雄一郎の制止の声に止まることもなく、ノアはぐちゅぐちゅと奥を重点的に突き上げてくる。

「んぅんッ、んアぁアっ！」

押し殺そうとしているのに、突き上げの度に咽喉《のど》からあられもない声が溢《あふ》れ出《で》る。ぶちゅぶちゅと行き止まりに何度もディープキスをかまされているようだ。行き止まりで円をかいて亀頭を回されると、射精しない絶頂が何度も何度も繰り返された。

「ひ、ぅヴぅ……」

終わっては再び押し寄せてくる絶頂の波に、段々と声すら出なくなってくる。

「ゆういちろう、きもちいい？」

また飽きもせずノアが訊《たず》ねてきた。そう訊《たず》ねてくるノアも汗だくで、ひどく息を切らしている。

「ぼくは、すごくきもちいい。溶けちゃいそう」

譫言《うわごと》のように呟《つぶや》きながらも、ノアは腰を止めなかった。すでに雄一郎の中は、ノアの先走りでどろどろにぬかるんでいる。狭いぬかるみをグチュグチュと突き上げながら、ノアは片手を雄一郎の陰茎へ伸ばしてきた。その手を振り払うだけの力もない。

「ぁ……！　アぁッ！」

突き上げに合わせて、陰茎がぐしぐしと小さな手に扱《しご》かれる。その単純だが直接的な刺激に、雄一郎は童貞のように身悶《みもだ》えた。一気に尿道の中を熱い精液が這《は》い上《あ》がってくる。

耐え切れず、弾けた。声を出すこともできず、絶頂を迎える。

鈴口から断続的に、だが勢い良く精液が吐き出される。勢いのまま、腹どころか胸元まで白濁が飛び散った。

「っ、あ、ぁ」

続けて、ノアの掠《かす》れた悲鳴が聞こえた。絶頂に合わせて中が締め付けられたのか、突き上げのストロークが短くなる。ガツガツと貪《むさぼ》るように奥を突き上げ、そのまま一番奥に亀頭を押し付けたままノアの陰茎がビクビクと跳《は》ねた。

「ふ、ッうぅ……」

腹の行き止まりが大量の熱い精液で拓《ひら》かれていく感覚に、下腹が小刻みに震える。

中が粘《ねば》ついた液体でみっしりと満たされていく。ノアの射精は相変わらず長く、二回目だというのに精液は大量だった。女だったら間違いなく孕《はら》んでいるだろうと想像してしまうほど濃密な射精だ。

ようやくすべて出し終わったのか、ノアがどっと力を抜いて、雄一郎の上に伸《の》し掛《か》かってくる。荒い息に薄い背が大きく上下しているのが見えた。

「抜け、よ」

気付けば、咽喉《のど》がガラガラにしゃがれていた。それに答えるノアの声もどこか掠《かす》れている。

「ゆういちろう、もう一回、したい」

「ふざけんな」

そう罵《のの》りながら焦燥にかられる。根本まで入ったままのノアの陰茎は、まだずっしりと重たく、芯《しん》を持っていた。

「まだ、全部教えてもらってないよ」

駄々《だだ》をこねるようにノアが呟《つぶや》く。雄一郎の胸元に下顎《したあご》を乗せた格好で、ノアは不服げに雄一郎を見つめていた。

「うるさい、いいから一度抜け」

雄一郎がいい加減に苛立《いらだ》ち始めているのを感じたのか、ノアが名残惜《なごりお》しそうに陰茎を引き抜く。途端、どろりと中の精液が溢《あふ》れ出《だ》してきた。それを見て、ノアが慌てたように呟《つぶや》く。

「だめだよ、ちゃんと入れてて」

内腿《うちもも》にこびりついた精液を指でかき集めて、再び雄一郎の後孔へ指を潜《もぐ》り込《こ》ませる。その感覚に、雄一郎は短く鼻声を漏《も》らした。

「おっ、まえ……指つっこんでくんな……」

「だって、中から溢《あふ》れてくるから」

まるで手前に流れてきた精液を押し込むようにノアの指がぐちゅぐちゅと中を荒らす。その度に指先が前立腺を曖昧《あいまい》に掠《かす》めて、収まっていた熱が再びぶり返しそうになる。かすかに熱を持ち始めた雄一郎の吐息に気付いたのか、ノアが頬を赤くして見つめてくる。

「ゆういちろう、ここすごく熱い」

精液まみれの後孔を開こうと、中に入っていたノアの指二本がくぱっと広げられた。開かれた穴の内側がねっとりと白い糸を引いているのを感じる。

「挿《い》れたい」

懇願するノアの声に視線を落とすと、ノアの陰茎は痛々しいほどに勃《た》ち上《あ》がっていた。先端からは再び先走りが溢《あふ》れ出《だ》して、陰茎を伝っている。

「……手で、してやる」

「やだ」

「口、で」

「やだよ。ここがいい」

後孔の粘膜をくちくちと指先で嬲《なぶ》られて、唇から吐息が漏《も》れそうになる。

「雄一郎の中にはいりたい」

ほとんど泣き出しそうなノアの声に、いい加減根負けした。目元を両腕で覆《おお》って、雄一郎は大きく息を吐き出した。

「好きにしろ」

そう呟《つぶや》いた瞬間、まるで呼吸ごと奪うようにノアの唇が重なってきた。

＊＊＊

シャラと細い金属が擦《こす》れる音が聞こえた。左手首にひやりと冷たい何かが触れている。

薄《うっす》らと目蓋《まぶた》を開くと、雄一郎の手首を掴んでいるノアと目があった。ノアがぱちりと大きく瞬《またた》いてから、唇を開く。

「おはよう」

「何をしてる」

挨拶《あいさつ》に返事をせず、雄一郎はあくび混じりに呟《つぶや》いた。ノアに掴まれていた手首を軽く持ち上げると、手首に幾重《いくえ》にもまとわりついている細い金の鎖《くさり》が視界に入った。金の鎖《くさり》には、真珠のような丸石がはめ込まれている。

何だこれはと問うように、左手首を掲《かか》げたままノアを見据《みす》える。ノアはばつが悪そうに視線を伏せたまま、ぼそぼそと呟《つぶや》いた。

「だって、あんたが金が欲しいって言うから……」

だから、金の鎖《くさり》か。そう思うと、その安直さに笑えた。ベッドに仰向《あおむ》けになったまま、咽喉《のど》の奥で小さく笑い声を漏《も》らす。、片腕をシーツの上に滑らすと、途端腕にゴツゴツとした硬い物が当たるのを感じた。

その異物感に、雄一郎は軽く上半身を起こした。そして、ベッドの上を見て、大きく目を見開いた。

「何だこりゃ」

自分でも間の抜けた声が零《こぼ》れた。

ベッドの上には、大量の宝石が散らばっていた。一見しただけで、ルビーやサファイア、ダイヤモンドなどの名だたる宝石だと判るものが無造作に転がっている。それも元の世界では一度もお目に掛かったことのないほど巨大な塊《かたまり》でだ。

窓から光が射す度に、チカチカと宝石が色とりどりに煌《きら》めいている。その暴力的とも思える鮮烈な光に、雄一郎は目を細めた。

ノアが散らばった宝石を掴んで、雄一郎の片手の上にそっと乗せてくる。

「これで足りる？　もっといる？」

邪気のない問い掛けに、唇が半開きのまま動かなくなった。これで足りる、なんてものじゃない。元の世界であれば、目の前の宝石だけで何百年も遊んで暮らせるだろう。

「まだたくさんあるんだ。必要ならもっと持ってくるよ」

　黙り込む雄一郎に焦《じ》れた口調でノアが続ける。そのままベッドから降りようとするノアの腕を、雄一郎は掴んで引き留めた。

「待て。もういい。今はこれで十分だ」

　そう引《ひ》き攣《つ》った声で答えると、ノアはほっとしたように頬を緩めた。

　雄一郎はしばらく唖然《あぜん》とした心地で、ベッドの上に転がっている宝石を眺めた。自分が望んでいたものが手に入ったというのに、そこに歓喜や高揚《こうよう》はない。むしろ奇妙な喪失感すら感じる。本当に欲しいのはこんなものではないと、じくじくと惨《みじ》めな心が訴える。

　それでも、こんなものは要らないとは口が裂けても言えなかった。そうでないと、今まで雄一郎がしてきたことに理屈が通らなくなる。なぜ人を殺してきたのか説明できなくなる。

　ひどく釈然としない心地で宝石を眺めていると、ノアがおどおどとした声で話し掛けてきた。

「雄一郎、それは外さないで」

　雄一郎の左手首に巻かれた金の鎖《くさり》を指差して言う。雄一郎は再び手首を軽く持ち上げて、巻かれた鎖《くさり》を眺めた。

　日に当たると、中央にはめ込まれた真珠のような石の表面が虹色に輝く。光を通すと虹色の下、その内側がわずかに透《す》けて見えた。石の内側には、何か小さな埃《ほこり》のようなものが浮いていた。それが何なのかまでは判別できない。

「これは何の石だ」

　一見、真珠のようだが、正確には異なる。問い掛けると、ノアはあからさまに挙動不審になった。

きょろきょろと左右を見渡して、しどろもどろな口調で答える。

「だ、大事なものなんだ。だから、絶対に失《な》くさないように気を付けて」

まったくちっとも答えになっていない。だが、それ以上問い詰めてもノアは口を割りそうになかった。変なところで頑固な子供だ。

雄一郎は唇を引き結んだまま、ベッドの下に置いていたバックパックを引っ張り上げた。元の世界から持ってきた中身を、シーツの上にぶちまける。中から出てきたのは、サバイバルキット一式とレーションが数個、着替えや靴下三足、それから赤い表紙の古びた本が一冊。

表紙がすり切れた本を手にとって、ノアが呟《つぶや》く。

「雄一郎、これは何の本？」

問いかけられた言葉に即答できなかった。しばらくまじまじと本を眺めてから、ようやく思い出す。この世界へ飛ぶ直前に、オズが雄一郎のバックパックに無理やりねじ込んだものだ。

「聖書だ」

「セイショ？」

聖書はチューニングが合っていないらしい。もしくはこの国に聖書という概念がないのか。

「神について書いてある本だ」

いい加減な説明をすると、ノアはふぅんと興味がなさそうな相槌《あいづち》を漏《も》らした。そのまま、ベッドに寝そべってパラパラと適当に本をめくり始める。雄一郎の世界の文字など読めるはずもないのに。

雄一郎はノアを放って、広げた上着の上に宝石を集めた。宝石を積み上げて、上着で包み込む。

続いて、空っぽになったバックパックの底に宝石ごと上着を詰め込んだ。バックパックがずっしりと重たくなる。バックパックに入りきらなかった宝石は、サイドテーブルの一番下の引き出しの中に放り込んだ。

「雄一郎は、神様を信じている？」

唐突な問いに、雄一郎は咄嗟《とっさ》に動きを止めて、まじまじとノアを見つめた。ノアはうつ伏せになって、聖書に視線を落としている。

「さぁな」

どう返せばいいのか解らなくて、雄一郎は曖昧《あいまい》な返事を呟《つぶや》いた。

神はいない。もし神がいるのなら、なぜ妻と娘は死んだのか。正しく、誠実に生きてきた人間がなぜあんなにも残酷な最期を迎えなくてはいけなかったのか、理解ができない。

神などいない。神などいてたまるか。

「少なくとも、俺がいた世界に神はいなかった」

込み上げてきた怒りのまま、吐き捨てるように呟《つぶや》く。奥歯を軽く噛み締めて、沸騰《ふっとう》しそうな心を静めようとする。

気が付いたら、ノアがじっと雄一郎を見上げていた。

「神様を憎んでるの？」

その質問を、雄一郎は鼻で笑った。

「いもしないものを憎んでどうする」

「だから、自分を憎んでるの？」

続けられた言葉に、不意に呼吸が止まった。血の気が足元まで引いて、再び頭の天辺まで這《は》い上《あ》がってくる。同時に湧き上がってきたのは怒りだ。それはノアに対する怒りではなかった。小さな子供にすら暴かれてしまう、浅はかな自分自身に対する羞恥心《しゅうちしん》にも似た怒りだった。

ベッドから勢い良く下りて、雄一郎はノアの顔も見ずに扉へ向かって歩き出した。背後からノアの声が聞こえる。

「ど、どこ行くのさ」

返事をする気も起こらなかった。子供っぽい行動をしている自分が情けなくて堪《たま》らない。下唇をきつく噛み締め、扉を大きく開いて出ていく。雄一郎は、長い廊下をあてもなく大股で歩いていった。

「雄一郎、怒ったの？　ぼく、悪いこと言った？」

小走りでノアが追いかけてきている。ご機嫌をうかがうようなその声を黙殺して、雄一郎は目に入った階段をずんずんと上っていった。歩幅が違うせいで、ノアの声がどんどん遠くなる。

自分がどこへ向かっているのかも解らなかった。ただ、どこでもいい。誰の目も触れないどこかへ消えてしまいたかった。

階段を上り切ると、城壁の上に出た。左右を見渡すと、砲台がいくつか置かれているのが見える。砲台兼見張り台といった場所だろうか。

塀のように積まれた石壁へ近付くと、城下の様子が一望できた。まるで夢のように真っ白な街並みだ。写実派の画家に絵の具を持たせずに描かせたら、こんな現実味のない光景になるのかもしれない。

そして、街の向こうには地平まで続く砂漠と吸い込まれそうな白銀の空が広がっていた。目が眩《くら》むような光景だ。

不意に、遠いところに来てしまった、と強く思った。今まで地球の裏側まで行っても感じたことのない感覚だ。それは郷愁に似ていた。

息を大きく吸い込む。途端、乾いた空気が潜《もぐ》り込《こ》んできて咽喉《のど》が詰まった。腰の高さの石壁に手をついて、小さくせき込む。

上半身を深く折り曲げた瞬間、背後から腕を掴まれた。手首に巻かれたままだった金の鎖《くさり》が揺れて、軽やかな音を立てる。

振り返ると、息を切らしたノアが雄一郎の腕を掴んでいた。

「雄一郎、行かないで」

縋《すが》り付《つ》くような声音だ。ノアの指先が雄一郎の腕に食い込んでいる。まるで、こちら側に引き留めるみたいに。

「どこに……」

唇から半笑いの乾いた声が漏《も》れた。だが、言葉は途中で途切れた。

どこに行くっていうんだ。どこにも行けない。どこにも行きたくないのに。元の世界に戻ったって、待っている人はもういない。そんなことは、本当はとっくの昔に解っている。ただ、駄々《だだ》っ子のように、いつまでも現実を受け入れられないだけだ。

どう答えればいいのか解らず、雄一郎は結局眉尻を下げて、押し黙った。石壁に背を凭《もた》れさせる。向き合うと、ようやくノアは安心したように指から力を抜いた。それでも、雄一郎の腕を離そうとはしない。

「お前を本当の王にするまでは、どこにも行かんよ」

わざとおどけるみたいに言う。ノアは、まだ不安そうに雄一郎を見つめていた。

吸い込まれそうに青い瞳を見返しながら、どうして目の前の少年は自分をそんな目で見るのだろうと思った。まるで雄一郎を失うことを、心の底から恐れているようだ。金で動くただの傭兵を、真剣に繋ぎ止めようとしている。

そう思った瞬間、ふと自分の胸に愛《いと》おしさにも似たものがわずかに込み上げてくるのを感じた。

手のひらを伸ばして、ノアの頭を軽く撫《な》でる。

少しほっとしたようなノアの表情を見つめて、雄一郎は呟《つぶや》いた。

「お前が作る世界が見たいからな」

王になったノアの横に自分がいるかどうかは解らない。それでも、目の前の少年がこの世界をどう変えていくのか、無性に知りたいと思った。

番外編　女神に乾杯

最初に見た時、彼は敵兵の心臓をナイフで刺し貫《つらぬ》いていた。引き抜かれたナイフの先端からぽたぽたと赤い滴《しずく》を零《こぼ》しながら、命乞いをする敵兵に近づいていく彼の姿は、まさに恐怖の権化《ごんげ》のようだった。

黒く短い髪、剣呑な眼差《まなざ》しに屈強な体躯。吐き出す言葉は皮肉じみていて、冷徹なまでの残忍さを滲《にじ》ませている。彼を構成するすべてが、可愛らしいだとか守ってあげたいという言葉とは真逆の位置にあった。

だからこそ、彼が『女神』であると聞いた時は、笑いが止まらなかったのだ。

今思い出しても、くふくふと唇から密やかな笑い声が零《こぼ》れてしまう。

にやつくゴートを見て、テーブルの向かい側に腰掛けたチェトが気味悪そうに目を細める。

「何を笑ってるんですか、気味が悪い」

あっさりと口にまで出しやがった。その小柄な身体には似つかわしくない大きいグラスを手に持って、中に入っている酒を一気に呷《あお》る。

チェトの前には、すでに空になったグラスが大量に並べられていた。

見た目は童顔なくせに大酒飲みなチェトは、ちっとも酔い潰れることがないのだから困る。毎度奢《おご》らされる方の身にもなってほしい。

「いやぁ、今日の『アレ』を思い出すと笑いが止まらなくてなぁ」

そう含みを持たせると、チェトはゴクゴクと咽喉《のど》を鳴らして酒を飲んだ後、あぁ、と小さく声を漏《も》らした。

「アレって、女神様の演説ですか」

言いながら、チェトの口元にもニヤッと笑みが浮かんだ。その言葉に、ゴートは頷《うなず》きを返す。

「お前も見たか」

「もちろん。あれはなかなかの見物《みもの》でした」

思い返すようにチェトがわずかに視線を宙に浮かべる。その眼差《まなざ》しには、かすかな憧憬《どうけい》と高揚《こうよう》が滲《にじ》んでいるように思えた。一刻前まで身を置いていた戦場の熱がまだ体内でくすぶっているのかもしれない。それは、ゴートも同じだった。

戦いの後は、体内の熱が消化しきれず、なかなか寝付くことができない。だからいつも、チェトと酒場に来て溺れるほど酒を飲むか、娼館で売娼を買うかしている。今日は満場一致で酒を飲むことを選んだ。

「『私が、ノア王へと勝利をもたらす』でしたか。はっきり言って、これ以上ないほど最高の演説でしたね。アレで、あの方は味方だけでなく敵兵の心すらも掴みましたよ」

誇らしげな声でチェトが言う。その声には、新しい上官に対する期待が満ちている。

それくらい今日の彼は圧倒的だった。

アム・アビィでウェルダム卿の裏切りをあばき、とんぼ返りで反逆者に囲まれる王都を解放した。更にあの神々しい演説だ。

炎に焼かれる敵陣へ向かって、優しく、時に苛烈に叫ぶ女神の姿は、きっと神話として永劫残されていくのだろう。その神話の一ページを見られたことは、おそらく一市民として僥倖《ぎょうこう》なのだろうと思う。

だが、ゴートは、かすかに胸の中でもやもやと燻《くすぶ》るものを感じていた。血に濡れた彼の姿を思い出す度に、腹の底が静かに疼《うず》くような感覚を覚える。今すぐ誰かを滅茶苦茶に抱き潰したいような、一息に切り捨ててやりたいような凶暴な衝動だ。

渇く咽喉《のど》を潤《うるお》すために、酒を呷《あお》る。咽喉《のど》が湿《しめ》り気《け》を帯《お》びると、かすかに気持ちが落ち着いた。

「どう思う？」

「どう？　あの方をですか？」

ゴートの端的かつ大振りな問い掛けに、チェトは怪訝《けげん》そうな表情を浮かべた。わずかに考え込むように丸みを帯《お》びた下顎《したあご》を手のひらで撫《な》でてチェトが答える。

「指揮官として優秀。だが、破滅主義者。周りが上手《うま》く手綱《たづな》を引かないと、そのまま味方もろとも崖から飛び下りる羽目になる」

歯に衣《きぬ》着せぬチェトの言葉に、ゴートはぶふっと大きく噴き出した。ゲラゲラと声をあげて笑っていると、チェトは呆《あき》れたような声で続けた。

「貴方だって同じですよ」

「俺ぇ？」

「破滅主義者」

忌憚《きたん》のないチェトの物言いに、ますます笑いが止まらなくなる。

ゴートがヒー、ヒーと声をあげて笑っている間に、チェトは酒場の店員に声をかけて酒を追加注文した。新しく届いた酒をごくごくと飲みながら言う。

「隊長と副官が破滅主義者なんて、部下にとっちゃ最悪ですよ。俺は、こんな戦争で死ぬつもりはないんです。大事な『妻たち』を未亡人にするつもりはありませんから」

その言葉に、ゴートは鼻白んだように軽く肩を竦《すく》めた。目の前の男はその童顔に似合わず、とんだ『色男』だ。

誰かの口から『妻』という言葉を聞く度に、皮膚がざわめくような不快感を覚えた。その不快感は、喪失感と紙一重《かみひとえ》だった。妻と子が焼き殺されたと聞いた瞬間の、世界が一瞬で色を失くしていく感覚に似ている。

丸焦《まるこ》げになった赤黒い身体を見ても、一粒の涙も流せなかった。あの日から、ゴートは一度も泣いていない。

お節介な部下などは後妻を娶《めと》れと五月蠅《うるさ》く言ってくるが、それらすべてをゴートはへらへらと笑ってかわしてきた。表向きには、もう少し遊びたいだとか可愛い子がいっぱいいて選べないだとか答えているが、実際のところ、もう二度と大事なものをつくるのは御免だった。二度も失うことに、自分は耐えられない。

つまみとして置かれていた木の実をぼんやりと口内で転がしながら、ふと思った。

もしかしたら、破滅主義者な彼も、自分と同じなんだろうか。大事な何かを失って、胸に呪いと憎悪を抱え、死へ向かって突き進んでいるのだろうか。

そう思うと、ふと胸に愛《いと》おしさにも似た感慨が湧き上がってきた。まるで同じ旅路を共にする仲間ができたような気持ちだ。だが、その旅の果ては行き止まりだと解っていた。

薄笑いを浮かべるゴートを見て、うかがうようにチェトが呟《つぶや》く。

「俺は、貴方には誰か待っていてくれる人が必要だと思いますよ」

チェトの気遣いの言葉に、ゴートは躁《そう》じみた声で答えた。

「俺は、死ぬまでオガミ隊長についていくだけだ」

「本当に死んじまいますよ」

「そのときは、あの人と一緒に死ぬさ」

どこか狂信的なゴートの言葉に、チェトは露骨に眉を顰《ひそ》めた。不愉快そうな顔でゴートを見据《みす》えた後、半分ほど残っていた酒を一気に飲み干す。グラスをゴンッと音を立ててテーブルへ置いた後、チェトは意気込んで訊《たず》ねてきた。

「貴方こそ、どう思ってるんですか」

「どう?」

「女神様をです」

詰問めいたその問い掛けに、ゴートはわずかに首を傾《かし》げた。数秒の沈黙の後、ゴートは笑った。屈託《くったく》のない満面の笑みを浮かべて答える。

「食いたいな」

「は？」

「あの人が死んだら、頭からガブガブ食っちまいたい」

頭のネジが飛んだゴートの言葉に、チェトは一瞬ぽかんと唇を開いた。だが、ゴートがブハッと噴き出すと、途端くだらない冗談を聞いたかのように顔を歪《ゆが》めた。

「勘弁してくださいよ。誰かに聞かれたら、冗談でも首が飛びます」

「ノア様もテメレアも嫉妬《しっと》深いからな」

彼がノアとテメレアに貪《むさぼ》られた翌日は、正直目のやり場に困るほどだった。身体から匂い立つ情交の残り香、皮膚の薄い部分につけられた鬱血痕《うっけつこん》、気怠《けだる》げに吐き出される吐息。あれが敵兵を殺していた残虐な男と同じとは思えない。

思い出すと、また咽喉《のど》がひどく渇いた。酒を飲もうとグラスへ手を伸ばして、もうほとんど残っていないことに気付く。

ゴートは店員に片手をあげて、もう一杯持ってくるように頼んだ。感じの良い男性店員が、はいっ、と大きな声で答える。短く刈り上げた項《うなじ》が少しだけ彼に似ていると思うと、無意識に下唇を舌で舐《な》めていた。

そんなゴートの様子を眺めて、チェトが呆《あき》れたように溜息《ためいき》を漏《も》らす。

「言っても無駄だとは思いますが、できるだけ死なないでください」

「できるだけか」

「どれだけ祈ったって人間死ぬときゃ死にます。だけど、なるべくなら死んでほしくはないでしょう。俺だって、酒を飲む相手がいなくなるのは面白くないです」

どこか達観したような、それでいて諦めたようなチェトの言葉が面白かった。ゲラゲラと笑っていると、先ほどの男性店員が酒を運んできた。男性店員の手からグラスを受け取りながら、偶然を装《よそお》ってその手の甲をかすかに指先でなぞる。

「ありがとう」

にっこりと笑いかけると、一瞬だけ男性店員は恥じらうように視線を逸《そ》らした。ぺこりと頭を下げて去っていく背中をにやにやと眺める。途端、テーブルの下でチェトが軽く脛《すね》を蹴ってきた。

「いてっ！」

「本気でもないのに、商売人じゃない子に手を出さないように」

釘をさされて、ゴートはわざとらしく両手をあげた。

「こう見えて、俺は一途な人間だぞ」

「知っています。だから、厄介なんです」

随分と失礼なことを言う。グラスの中で揺れる酒を眺めながら、ひとりごとのようにチェトが呟《つぶや》く。

「人のものには手を出さないようにしてください」

それが誰のことを指しているのか、ゴートには解った。だからこそ、何も答えなかった。緩く笑みを浮かべて、なみなみと酒が注がれたグラスを片手で掲《かか》げる。

「我々の女神様に乾杯しよう」

芝居がかった声で言う。チェトは面倒くさそうに唇を尖《とが》らせた後、それでも自身のグラスを小さく掲《かか》げた。

「我々の女神様に」

「乾杯」

そう囁《ささや》きながら、互いのグラスを軽く合わせた。

この作品に対する皆様のご意見・ご感想をお待ちしております。
おハガキ・お手紙は以下の宛先にお送りください。

【宛先】
〒150-6008 東京都渋谷区恵比寿 4-20-3 恵比寿ｶﾞｰﾃﾞﾝﾌﾟﾚｲｽﾀﾜｰ 8F
(株) アルファポリス　書籍感想係

メールフォームでのご意見・ご感想は右のＱＲコードから、
あるいは以下のワードで検索をかけてください。

アルファポリス　書籍の感想　検索

ご感想はこちらから

本書は、「アルファポリス」(https://www.alphapolis.co.jp/) に掲載されていたものを、
改題、改稿、加筆のうえ、書籍化したものです。

傭兵《ようへい》の男《おとこ》が女神《めがみ》と呼《よ》ばれる世界《せかい》

野原耳子（のはらみみこ）

2020年 9月 30日初版発行

編集ー黒倉あゆ子
編集長ー太田鉄平
発行者ー梶本雄介
発行所ー株式会社アルファポリス
〒150-6008 東京都渋谷区恵比寿4-20-3 恵比寿ｶﾞｰﾃﾞﾝﾌﾟﾚｲｽﾀﾜｰ8F
TEL 03-6277-1601（営業） 03-6277-1602（編集）
URL https://www.alphapolis.co.jp/
発売元ー株式会社星雲社（共同出版社・流通責任出版社）
〒112-0005 東京都文京区水道1-3-30
TEL 03-3868-3275
装丁・本文イラストービリー・バリバリー
装丁デザインーAFTERGLOW
印刷ー図書印刷株式会社

価格はカバーに表示されてあります。
落丁乱丁の場合はアルファポリスまでご連絡ください。
送料は小社負担でお取り替えします。

ISBN978-4-434-27875-4 C0093